거의 모든 것의 기록

거의 모든 것의 기록

초판 1쇄 발행 | 2019년 1월 31일

지은이 | 이왕진
펴낸이 | 공상숙
펴낸곳 | 마음세상

주 소 | 경기도 파주시 한빛로 70 515-501

출판등록 | 2011년 3월 7일 제406-2011-000024호

ISBN | 979-11-5636-308-8 (03810)

원고 투고 | maumsesang@nate.com

* 값 13,200원

* 마음세상은 삶의 감동을 이끌어내는 진솔한 책을 발간하고 있습니다.
참신한 원고가 준비되셨다면 망설이지 마시고 연락주세요.

이 도서의 국립중앙도서관 출판예정도서목록(CIP)은 서지정보유통
지원시스템 홈페이지(http://seoji.nl.go.kr)와 국가자료종합목록시스템
(http://www.nl.go.kr/kolisnet)에서 이용하실 수 있습니다. (CIP제어번
호 : CIP2019000424)

거의 모든 것의 기록

이왕진 지음

마음세상

들어가는 글

이 책은 기록을 다룬다. 평범한 회사원이 겪은 기록이라는 흥미로운 삶의 도전 이야기다. 지능, 생각하는 방식, 살아가는 방식 모두 보통이지만, 기록에 대해서만은 유별난 흥미와 애착을 갖고 살아가는 한 사람의 이야기다. 개인의 기록 역사와 의미를 탐구한다.

독서 모임에 처음 갔을 때 읽은 소설이 기억난다. 자신의 과거를 잃어버린 남성이 기억과 관련된 단서를 더듬으며 자신의 기억을 하나씩 복원하는 과정을 담은 소설이다. 나에게 책을 쓰는 과정도 그와 비슷했다. 기록해 놓은 내 과거를 다시 들춰보면서 잃어버린 줄 알았던 기억을 많이 찾게 됐다. 과거의 기록 속에 현재의 내가 어떻게 형성됐는지 알 수 있는 단서가 많았다. 책을 쓰면서 자신에 대한 이해를 높일 수 있는 순간을 많이 접했다. 그 순간이 행복했고, 앞으로도 자주 겪고 싶은 순간임에 틀림 없었다.

이 책을 보면 메모와 함께 하는 나의 일상, 일상의 순간을 기록으로 남기는 삶에 대해서 간접적으로 알 수 있다. 그리고 나 자신이 언제나 이유 없이 종이 위에 펜을 움직이던, 키보드를 열심히 치던 삶에 대한 이유와 회고이기도 하다. 살다 보면 그냥 좋아서 하는 일이 있다. 나에겐 그런 행동이 기록이었다. 이런 삶을 사는 사람도 있는구나 하면서 읽으면 된다. 그리고 이런 삶이 조금이나마 자신의 삶에서 추구해볼 만한, 시도해볼 만한 부분이라고 생각할 수 있다면 더할 나위 없겠다.

기록을 해오면서 이전부터 원하고 꿈꾸던 삶의 모습에 조금씩 가까워지는 걸 알 수 있었다. 책을 쓰는 과정이 나에겐 꿈이었다. 그리고 나는 오래전부터 꾸던 꿈을 실행하는 삶을 살고 있다. 막연한 꿈이 현실이 되어가는 과정에서 기록이 어떤 효과를 발휘하는지 알 수 있다. 그리고 그 효과가 주위 사람들에게 미치는 영향에 대해서도 다룰 예정이다.

기록에는 다양한 형태가 있다. 메모, 일기, 블로그, 사진, 독서, 영화 등의 전반적인 분야에 관련된 기록에 대해서 나눈다. 주로 관심 있는 분야의 기록과 관련된 이야기, 그리고 기록을 어떻게 하는지에 대해서 보여준다. 각 기록의 형태별로 어떤 식으로 기록을 남기고 후에 활용하는지 어떤 의미가 있는지 돌아볼 예정이다. 기록에 관련된 다양한 도구와 프로그램에 관심이 많아서 다양한 시도를 해봤다. 이전에 활용했거나, 현재 사용 중인 각 도구와 프로그램을 설명하고 개인이 어떻게 활용해야 하는지 설명도 포함했다. 특히 생산성에 관심이 많은 사람이라 시간 관리나 업무에 관련된 도구를 많이 엿볼 수 있다.

독서와 다양한 영화를 보면서 느낀 일화와 감정도 펼쳐질 내용에서 많이 찾아볼 수 있을 것이다. 오랜 시간 동안 읽어온 책의 내용 중에서 적절한 예시와 적합한 뜻을 찾기 위해 고심했다. 문화와 함께 하는 기록 부분에서는 문화는 어떻게 기록하고 활용할 수 있을지도 적어뒀다. 이 책을 읽는 독자는 문화에 관심이 많을 것이라 감히 추측해본다. 우리가 문화를 소비하는 방식에 대해서도 기록과 관련하여 다룰 예정이다.

결론적으로 이 책은 쌓아가는 사람, 호모 아키비스트의 삶을 다룬 책이다. 나오는 여러 방식 중, 자신에게 필요하거나 맞는 방법을 하나씩 시도해보고 각자의 방식에 맞게 변형해서 쓰면 좋겠다. 기록에 관련해서 드러나거나 드러나지 않은 많은 고수가 있다. 나 또한 그들의 방식을 보고 따라 하면서 배웠다. 기록에 대해서 보고, 듣고, 배운 과정도 책에서 다룬다. 다양한 고수들의 저서와 강의가 소개될 것이고, 이들은 책이 집필되고 있는 시기에도 온오프라인에서 왕성하게 활동하고 있는 분들이다. 다양한 통로를 통해 배운 나만의 기록 철학을 소개한다.

이 책을 읽으면서 삶의 소중한 순간을 돌아보고, 가장 마음에 드는 수단으로 남기는 과정을 거칠 것이다. 꿈에 가까워지는 삶을 나의 기록 이야기와 함께 시작해보자. 자신이 꿨던, 혹은 지금 꾸는 꿈을 한 번 생각해보고 가까워지는 계기가 됐으면 한다.

제1장
삶을 기록하다

수불석펜

본격적인 기록은 대학 생활과 함께 시작됐다. 모든 활동의 본격적인 시작은 장비가 아니던가? 메모의 시작은 메모장과 필기구 구매였다. 오랜 수험생활을 거쳐서인지 문구류에 관심이 많은 학생이었다. 당시 유행하던 펑퍼짐한 청바지 한쪽에 항상 지브라 미니 볼펜과 적당한 치수의 메모장을 갖고 다녔다.

왜 적기 시작했을까? 입시에 실패하고 대학에 남들보다 늦게 들어갔다. 늦게 시작한 대학 생활에 힘이 되는 무기 하나를 갖고 싶었던 게 아닐까 싶다. 학교 근처에 있는 서점에 가서 메모에 관련된 책을 보면서 하나하나 메모에 대한 의지를 다졌던 기억이 난다. 책을 빠르게 훑으면서 메모를 알아갔다. 그리고 학교 도서관에서도 메모에 관련된 다양한 책을 찾아봤다. 그리고 고등학교 국어 교과서에 나왔던 '메모광'이라는 수필이 나에게 깊은 감명을 줬다. 그런 기록에 관련된 작품이 눈에 들어왔다는 사실 자체가 불같은 기록 열정을 알 수 있는 증거다.

　스마트폰이 없던 당시에는 아날로그 메모가 일반적이었다. 도구를 갖고 다니는 불편함을 감수하고 언제나 메모할 수 있도록 메모장과 볼펜을 갖고 다녔다. 지금 생각해보면 불편한데도 꾸준하게 펜과 종이를 갖고 다닌 내가 대견하다. 요즘엔 스마트폰 덕분에 옷 한쪽으로 무게가 쏠리기만 해도 불편해하는 균형 주의자인데 말이다.

　그렇게 메모는 내 삶에 스며들었다. 당시 메모는 요즘처럼 열심히, 그리고 상세하게 적지는 않았다. 당시의 날씨, 먹은 음식, 만난 사람, 어떤 버스를 타고 학교에 다녔는지, 어떤 과목의 강의를 듣고 수업이 어땠는지 적혀 있다. 한 번씩 술을 마시고 적은 듯한, 혹은 새벽에 적었을지 모르는 감상적인 문구가 메모장 한쪽에 자리 잡고 있기도 하다.

　처음 메모를 시작하면 무엇을 적을지 잘 모른다. 《난중일기》에서 이순신 장군이 하루하루의 날씨 변화를 적었다는 걸 보고 나도 따라 했던 기억이 난다. 이렇게 일단 쓰는 행위를 통해 준비운동을 한다. 그리고 날씨를 적는 습관은 지금도 유지하고 있다. 시간별로 흘러가는 하루를 적으려고 했다. 10년이 훌쩍 지난 지금도 만나는 동기들과 보낸 새내기 시절의 하루가 메모장에 고스란히 담겨 있다.

　펜을 놓지 않았다. 어디서든 적었고 다양한 활동을 기록으로 남기고 싶어 했다. 이런 유전자는 어디서 왔을까? 돌이켜보건대 부모님의 영향이 크다. 아버지는 학문적으로 높은 경지에 이르고 싶어 하는 분이었다. 고등학교 졸업이 당신 학력의 전부였지만 한자나 불경에 능통했고 집에 책이 많았다. 어머니는 전화할 때 펜을 갖고 메모인지 낙서인지 모르지만, 항상 적고 계신다. 적힌 걸 보면 의미 없는 낙서 같아 보인다. 어머니의 전화 노트를 따로 만들어놓았으면 재밌었을지도 모르겠다. 전화하던 순간의 어머니를 다시 만날 수 있을 테다.

그런 기록적인 환경에서 자랐고 일기를 쓰는 게 전혀 부담스럽지 않았다. 유일하게 미룬 일기가 초등학교로 치면 말년 병장 시기인 6학년 2학기 겨울 방학 때였다. 내 초등학교 생활은 집에 있는 일기장에 대부분 담겨 있다. 남자아이와 여자아이가 같이 꽃을 바라보고 있는 충효 일기의 고스러운 표지를 펼치면 초등학교 시절로 돌아갈 수 있다. 일기를 보면 재밌고 신기하다. 이렇게 일기를 보면서 과거로 돌아가는 경험이 즐거워서였을까? 메모를 계속해 오고 있다.

슬프게도 대학생 새내기 때 시작한 메모는 그렇게 오래가지 못했다. 처음으로 연애를 시작했다. 적어야 할 게 문자나 연애편지 말고는 없었다. 항상 여자 친구와 붙어 다녔다. 혼자서 생각할, 그리고 쓸 시간이 별로 없었다. 강의 메모 외에는 별로 메모하지 않는 시대로 돌아갔던 기억이 난다. 여자 친구와 먹은 음식, 만났던 장소, 본 영화, 그리고 당시에 어떤 마음을 갖고 있었는지 적혀 있다. 놀러 갈 때 어디에 갈지 무엇을 먹을지 온전히 데이트용으로만 메모했고 그렇게 내 기록은 암흑기를 맞이하게 된다.

오랜 기록의 중세 시대를 지나 군대에서 기록은 새로운 국면을 맞이하게 된다. 군대라는 힘든 상황을 이겨낼 수 있는 수단으로 기록을 선택했다. 군대에서는 지브라 미니 볼펜 대신 다른 시리즈 볼펜과 TV 교양 프로그램의 이름을 딴 PD 노트를 갖고 다녔다. 나는 훈련할 때도, 자기 전에도, 기억해야 할 사항이 있을 때도 메모를 했다. 여자 친구에게 편지를 적는 형식으로 하루하루를 기록했다. 이 메모에 대해선 다음에 자세히 다루도록 하겠다.

그러다 군대에서 후임이 갖고 있던 메모 관련 책을 우연히 보게 됐고, 메모에 더 꽂히기 시작했다. 일기는 계속 적어왔지만, 형식을 갖춘 메모를 한 적은 없었다. 메모와 관련된 기술을 본격적으로 파고들기 시작했다. 이 시기 이후로 메모할 수 있는 도구를 몸에서 떼고 다닌 적이 없다. 일어나는 일을, 내 생각을 항상 기록해야 하는 사람이 됐다.

노트와 펜을 꾸준히 사용하다가 스마트폰이 나오면서 에버노트, 원노트나 워크플로위 같은 노트 관련 프로그램을 섭렵했다. 점점 메모에 많은 에너지와 시간을 쏟으면서 어떻게 편하게 기록하고 다시 볼 수 있을지 고민했다. 다양한 변화를 거쳐 현재는 워크플로위(Workflowy)라는 아웃 라이너 메모 프로그램에 메모하고 있다.

그리고 사진이라는 좋은 보완재를 통해서 문자로 남길 수 있는 표현의 한계를 극복하려고 한다. '구글 포토'나 '네이버 클라우드'와 같은 사진, 동영상 백업 프로그램을 활용해서 스마트폰에서 찍은 사진을 바로 인터넷에서 보고 활용할 수 있도록 개인 사진 보관 시스템을 구축했다. 이렇게 보면 처음엔 항상 펜을 들고 다니는 수불석펜이었다가 이젠 스마트폰을 항상 몸에 휴대하고 있는 수불석폰이 되고 있다고 해야겠다.

적을 수 있는 도구가 몸에 없으면 불안하다. 필기도구와 펜이나 스마트폰이 항상 내 몸 어딘가에 있어야 한다. 적고 싶은 순간을 흘려보내면 다시 돌아오지 않는다. 심리학의 의식 분야를 집대성한 켄 윌버는 한 사람이 삶에서 맞이할 수 있는 다양한 생각과 아름다운 장면은 언제나 현재에만 존재하고 다신 돌아오지 않는다고 말한다. 우리는 현재만을 살 뿐이다. 그리고 현재를 잡을 수 있는 수단 중 하나가 기록이다. 내 삶의 많은 순간을 잡아서 다시 꺼내 보고 싶다. 내가 꺼내 보고 싶은 순간과 생각들을 필요한 순간에 불러낼 수 있다면 마법과 같은 일이 아닐까. 그래서 오늘도 펜과 노트, 스마트폰을 들고 다닌다. 언제든 메모하거나 사진을 찍을 수 있도록 기록 준비 태세를 갖추고 있다.

기록할 때 온전히 감정과 생각에 집중할 수 있다. 어느덧 메모하고 글 쓰는 일이 삶에서 가장 깊게 몰입할 수 있는 순간이 되고 있다. 무엇을 쓰고 적을 때 실체가 없이 흐릿하던 내 생각은 물성을 갖고 세상에 나오게 된다. 이렇게 생각과 나의 감정, 그리고 일상을 하나하나 잡아주는 기록은 내 삶에서 계속해서 추구해야 할 것으로 생각하고 있다.

에너지가 부족하더라도 계속해나가면서 에너지를 채울 수 있는 일, 에너지를 바닥내면서도 삶의 연료가 되는 일이 나에겐 기록이다. 기록이라고 해서 거창할 필요는 없다. 삶에서 일어나는 일과 생각을 계속해서 낚아채는 연습을 하면 된다. 조금씩 적다 보면 잘 적고 싶은 욕망이 생기고, 욕망을 따르면 성장하게 된다.

적는 양에 대해서는 고민할 필요가 없다. 많이 적다 보면 덜 적고 싶은 욕구가 생기고 많고 너무 적다 싶으면 채우게 된다. 기록의 양도 균형을 찾아가게 된다. 단지 우리에게 필요한 건 무엇인가를 남기고 싶은 마음을 행동으로 옮길 손놀림이다.

다양한 삶이 있고, 그 안에도 다양한 일이 있듯이, 똑같이 느껴지는 우리의 일상도 하나같이 다르고 새롭다. 우리는 하루하루 같은 일을 반복하지만, 나에겐 하루하루가 새롭다. 하루도 같은 날이 없고 같은 일을 한 적이 없다. 같은 사람을 만나도 다르게 보이는 경우가 많다. 기록은 이렇게 삶의 날카로운 감각을 유지하게 해준다. 언젠가 내가 기록하는 도구를 손에서 놓는 날은 내 감각이 가장 무뎌지는, 내가 세상과 이별하는 날이지 않을까 생각한 적이 있다.

다양한 삶이 있다. 그리고 다양한 하루가 있다. 그런 하루를 내 것으로 만들려는 노력은 삶의 순간을 기록하는 데서 올 수 있다. 생각 하나, 사건 하나를 적어내려는 노력은 우리의 감각을 보다 기민하게 만든다. 기민한 감각을 갖고 살아가는 이는 삶에서 더욱 많은 부분을 볼 수 있다.

　길을 걷다 문득 나를 멈춰 세우는 머릿속 생각과 눈앞의 풍경은 그저 지나가는 것에 불과하다. 우리 삶의 많은 부분을 차지하지만 흘러가는 것들을 조금씩 붙잡을 수 있다면 우리 삶은 조금 더 재밌고 기억할만하고 즐길만한 대상이 되지 않을까?

　오늘부터 하루 한 줄이라도 적어본다면 당신의 하루가 기록으로 남게 된다. 그렇게 쌓인 한 줄이 시간이 흐르고 돌아봤을 때 하루를 온전하게 기억나게 하는 마법 같은 한 줄이 될 수 있다. 삶의 한 부분으로 돌아갈 수 있는 주문을 여기저기 적어두자. 생각지 못한 여행을 떠날 수 있는 티켓을 남기자. 티켓을 남길 수 있는 도구를 몸에 갖고 다니자. 펜과 노트 혹은 스마트폰에 있는 메모 프로그램이면 충분하다.

하루를 기록하는 습관

평소 끈기가 없는 편이다. 다양한 분야에 관심이 많아서 이 분야 저 분야의 관심을 오간다. 그런 내가 유일하게 오랫동안 유지해서 습관으로 정착한 하나 있다. 그 분야는 당연하게도 기록이다. 기록하는 수단은 다양하다. 메모, 낙서, 사진 등의 형태가 있다. 어떤 형태든 하루의 특정 순간에 느꼈던 생각과 감정, 풍경을 수집한다.

하루를 기록하는 습관은 자연스럽게 개인이 자신의 일상과 생각을 적고 공유할 수 있는 블로그 활동으로 연결됐다. 대학생 때부터 블로그를 운영해오고 있다. 취업을 위한 시기와 사회초년생 시절엔 잠시 쉬기도 했다. 요즘엔 하루의 일상을 포스팅하고 있다. 하루가 지나기 전에 혹은 하루가 지나고 나서 적어가는 공개된 일기다. 나에겐 일기지만, 블로그 방문자들에겐 타인의 삶에 관심을 두고 지켜볼 기회이자 다양한 문화적 정보를 얻을 수 있는 공간이다.

회사에서 일어난 일, 퇴근 후에 일어난 일, 그리고 나의 감정을 블로그에 남기기 시작했다. 일기를 왜 블로그에 적냐고 하는 지인들도 있다. 어쩌면 하루하루 별다를 것 없이 반복되는 일상이라 그럴 만도 하다. 아침에 일어나서 회사에 가고 점심을 먹는다. 오후 활동을 하다가 퇴근해서 하고 싶은 일을 하면서 하루를 마무리한다. 그리고 다시 일어나서 가볍지 않은 발걸음으로 회사로 향한다. 블로그엔 이런 반복되는, 지긋지긋할 수도 있는 일상에서 일어나는 변화가 기록돼 있다. 같은 일을 해도 느끼는 감정과 내가 일을 대하는 방식은 다르다. 이런 의식의 흐름을 볼 수 있는 곳이 블로그다. 삶에서 일어난 각종 사건 사고도 기록돼 있다.

어떤 일이 있었는데 잘 기억나지 않을 때, 블로그에 있는 날짜를 찾아서 무슨 일이 있었는지 확인한다. 어떤 음식을 먹었는지, 누구를 만나고 어떤 대화를 나눴는지, 어떤 생각을 했는지 대부분 적혀 있다. 어찌 보면 간단한 메모보다 자세한 기록이고, 다르게 보면 문장의 형태를 가진 개인의 작품이다.

그리고 다른 이들과 보낸 시간은 공유된 기억이다. 내가 적은 포스팅을 보고 어떤 이는 왜곡이 심하다고 한다. 이런 왜곡은 당연할 수밖에 없다. 각자가 본 어떤 사건은 다른 풍경과 색채를 지닐 수밖에 없다. 나는 내가 보고 느낀 대로 적을 뿐이다. 혹은 기억하고 싶고 보고 싶은 대로 적을 뿐일지도 모른다.

핀잔 섞인 주위의 관심이 적게 만든다. 특히 모임을 같이 하는 이들에게 블로그를 오픈하고 이들과 보낸 즐거운 시간이 많을 때, 모임 원들은 자신이 글에 등장하는 것을 보면서 재밌어한다. 나도 누군가의 블로그에 등장할 때가 있는데 그럴 때 기분이 묘하면서 이 사람이 나를 이렇게 본다는 것을 알 수 있었다. 타인의 눈에 비친 나를 알 수 있는 블로그가 있다면 당연히 자주 올 수밖에 없지 않을까. 그래서 나의 블로그엔 주로 생각을 많이 나눈 모임 사람들이 오는 편이다. 그리고 검색으로 들어오는 사람들도 꽤 많다. 내 글의 조회 수가 조금씩 올라가는 걸 보면서 나의 일상도 누군가에겐 콘텐츠가 될 수 있겠구나 싶었다.

기록하는 삶을 살기 위해, 그리고 다른 이들에게서 받는 소중한 관심으로 일상의 기록을 지속하고 있다. 나의 일상이 누군가에겐 공감할 수 있고, 자신을 다시 돌아볼 수 있는 계기가 될 수 있다는 걸 알수록 더 열심히 적게 된다. 그런데 적다 보면 가장 도움받는 건 나 자신이다. 나에 대해서도, 주위 사람에 대해서도 고민할 시간을 갖게 된다. 문장으로 정리해야 하기에 평소 하지 않았을 생각을 하고 정리까지 하게 된다.

하루를 보내면서 만나는 수많은 순간과 생각이 있다. 그런 장면에서 이런 생각을 많이 한다. '지금 떠오른 생각을 메모하고 싶다, 메모해야 한다. 사진까지 찍어 놓으면 더할 나위 없겠다'라는 생각이다. 이런 생각은 내 삶에서 하나의 조각을 모으는 행위다. 해변에 흩어져 있는 돌 중, 이쁜 돌을 줍는 것처럼, 기록은 삶의 조각 중 이쁜 부분을 챙기려는 노력이다.

기록할 때 나는 내가 살아온 순간을 돌아보고, 과거의 나와 만나고, 동시에 미래를 그려나간다. 머릿속에 남아 있는 기억은 왜곡되는 경우가 많다. 왜곡의 형태는 고통의 감소나 기억의 미화이다. 나는 그런 아픈 기억이 고통스럽고 다시 돌아보기 힘들더라도 다시 만나야 하고 대면해야 극복할 수 있다고 믿는 편이다. 피하기만 하는 삶은 회피하는 삶이다. 꿈속에서 도망치는 꿈을 많이 꾸는 이유는 우리의 삶에서 도망치고 있는 부분이 많아서이지 않을까?

일상을 적을 때 나를 돌아본다. 나의 행동, 타인에 대한 나의 마음, 태도, 언어를 다시 한번 생각하게 된다. 어린 시절의 나는 완고하고 고집이 센 아이였다. 타인이 어떻게 말하든 상관이 없었다. 오직 내 생각이 중요한 사람이었다.

글을 쓰면서 그런 부분이 많이 변했다. 일상을 쓰면서 인생을 복습한다. 쓰는 시간은 자신에 대해 깊게 생각할 수 있는 시간이다. 깊은 생각은 나에 대한 이해에 닿는다. 나를 이해하고 받아들일 수 있으면 타인도 받아들일 수 있다. '수신제가 치국평천하'라고 했다. 나 자신을 다스린 이후에 타인도 국가도 다스릴 수 있다.

그리고 기록하려면 기억해야 한다. 기억하려면 순간에 충실해야 한다. 그래서 나는 하루하루를 충실하게 살려고 노력한다. 회사에서는 열심히 일한다. 일이 많고 힘들어도 버텨낼 수 있다. 힘든 순간엔 나중에 집에 가서 적을 수 있는 소재가 된다고 생각한다. 그리고 즉시 메모한다. 팀장님과 말썽이 생겨도, 일이 나에게 몰려도, 다른 동료와 말다툼을 하더라도 괜찮다. 기록의 재료로서 접하는 하루는 여행지에서 맞이하는 새로운 풍경과 같다. 여행에서 무슨 일이 일어날지 모르듯이 우리의 무료해 보이는 일상도 어떤 일이 일어날지 모르는 설렘 가득한 순간의 연속이다. 우리는 매일 같은 일을 하지만 매일 다른 삶을 살아가고 있다. 그래서 여행자로서 살아가는 일상은 기억에 오래 남는다. 그런 삶이라는 여행의 기억을 기록으로 남기면 영원히 기억될 수 있다.

시간 가는 줄 모르고 할 수 있는 일이 저마다 있을 것이다. 조용한 독서일 수도, 집중할 수 있는 게임일 수도, 땀 흘리는 운동일 수도 있다. 나에게는 시간 가는 줄 모르고 집중할 수 있을 행위가 기록이다. 기록하는 행위는 다양할 수 있다. 메모하거나, 사진을 찍거나, 글을 적거나, 캘린더에 하루 일정을 남기거나, 본 영화나 읽은 책을 평점 매기기 서비스에 서상할 수도 있다. 이런 기록들은 훗날에 나란 사람이 어떤 삶을 살았는지 돌아볼 수 있는 근거가 된다.

나는 오랫동안 쓰는 삶을 동경해왔다. 이유 없이 끌리는 대상이 있다. 나에겐 문학 작품과 작가들이 끌리는 대상이었다. 작가가 되고 싶었다. 그들이 남긴 작품, 살아간 삶이 대단하고 멋있어 보였다. 작가가 되기 위해 많은 투자를 했다. 책을 쓰고 싶었고 강의를 하고 싶었다. 그런 말을 블로그에 끊임없이 적었다. 그리고 관련되는 활동들을 찾아다니고 많은 조언도 구했다.

생각해보니 이런 조언은 필요 없었는지도 모른다. 작가는 쓰는 사람이고 나는 이미 쓰는 삶을 살고 있었다. 상상 이상의 양을 가진 글을 블로그에 올리거나 메모해오고 있었다. 나는 오래전부터 꿈꾸던 삶을 조금씩 살아가고 있었다. 꿈을 살아가는 삶의 시작은 기록이었다. 기록하면서 나의 삶은 원하던 방향으로 가고 있다.

집 책상에 놓인 청축 기계식 키보드로 내가 보낸 하루를 쏟아내면서 아침부터 밤까지 돌아본다. 머릿속에 있는 생각이 키보드를 통해서 모니터 화면에 등장한다. 모니터 화면에 등장한 글은 사진과 어울리는 소제목을 달고 블로그에 업로드된다. 다음날이면 나의 블로그 애독자들이 와서 공감이나 댓글을 달아준다. 이런 강화를 통해서 나는 하루를 기록하는 삶에 박차를 가하고 있다.

나는 소소한 일상을 기록하는 습관을 통해 꿈에 가까워지고 원하는 꿈을 이루고자 한다. 타인에게 선한 영향력을 전달하는 작가, 강연자의 꿈을 이뤄줄 기록의 힘을 믿는다. 기록 해놓으면 이뤄지는 신기한 경험은 대부분이 들어본 적 있을 것이다. 대학 시절 나는 토익 점수가 필요했고 원하는 점수를 연필에 새겨 놨다. 몇 년이 지나고 나서 그 연필을 우연히 다시 보게 됐다. 나는 그 터무니 없이 높았던 점수를 이룬 상태였다. 기록으로 적어두는 개인의 목표는 강력한 효과를 발휘한다. 우리를 행동하게 하고 꿈꾸게 한다. 그 꿈을 향해 나아갈 수 있는 비밀 열쇠가 기록이라고 믿는다.

오늘도 적는다. 어떤 날은 자다가 새벽에 일어나 포스팅을 할 때도 있다. 매일 적어나가기로 한 나와의 약속이다. 내가 만든 약속이니 잘 지킬 수 있다. 피곤하고 에너지가 부족해도 계속해서 나아갈 수 있는 일이 기록이다. 졸면서 오타를 왕창 쳐도 재밌다. 쓰다가 침대에 쓰러져 자는 날도 많았다. 그러면서도 적어나간다.

　개인의 반복되는 행동은 습관이 되고 습관은 삶을 지탱하는 믿음이 된다. 기록하는 습관을 통해서 나는 뭐든지 이룰 수 있다는 믿음을 가졌다. 그리고 어떤 일이든 온전히 경험해낼 수 있는 배포를 가지게 됐다. 그러니 기록하지 않을 이유가 없다. 하루하루 살아가면서 느끼는 모든 감정과 경험을 그대로 체험하고 기록하는 삶을 살길 원한다. 삶을 왜곡해서 보지 않고, 보이는 그대로 보고 적는 행위를 통해서 나는 완벽하진 않지만 온전한 삶을 살아가려고 한다. 근대의 문을 연 데카르트의 문구를 인용하면서 하루를 마친다. 그래서 '오늘도 나는 적는다. 고로 나는 존재한다.'

나는 왜 적는가?

나는 왜 적는가? 적을 때 가장 나다운 시간을 보낼 수 있기 때문이다. 적는 소재나 대상에 대해서 다시 한번 생각해보게 된다. 적는 행위는 성찰의 근원이 된다. 적기 시작한 이후로 마음은 평화로워지고 있다. 이전엔 다가오는 사건이나 내 안의 감정을 나와 동일시하는 경향이 강했다. 사건이나, 내 감정은 내가 통제할 수 있는 부분이 아니었다. 그러나 쓰는 삶을 통해 내가 제어할 수 없는 부분에 신경 쓰는 것을 바꿀 수 있었다. 문자로 적으면서 사건이나 감정을 분리해서 바라보는 기분을 경험했다. 그 기분은 오묘하며 내가 나를 바라보는 객관적이고 차분한 시선을 갖게 된다.

그런 성찰의 과정을 거치면서 어디서나 적어야 하는 사람이 됐다. 쓸 도구가 내 몸에 없으면 펜이 어디 있는지부터 찾게 된다. 살 떨리는 순간이 있다. 노트를 들고 들어간 회의 시간에 펜이 없다. 이렇게 적을 도구가 없을 때 불안함을 느낀다.

나는 무언가를 쓸 때 살아있음을 느낀다. 시시각각 변하는 생각을 낚아챌 수 있는 유일한 수단이 적는 행위다. 변화하는 생각과 일상을 하나씩 남기면서 삶을 기록한다. 기록은 내 삶을 내가 원하는 방식으로 구성할 수 있도록 한다. 메모를 적으면서, 블로그 포스팅을 하면서 내 삶에 일어나는 변화를 감지하고 내 삶의 데이터베이스를 확보할 수 있다. 살아있음을 느끼기 위해서 글을 쓰고, 쓴 글을 통해서 내적인 변화를 감지하며 원하는 목표를 향해 성장할 수 있다.

왜 적는가? 삶을 돌아보기 위해 적는다. 적어두고 다시 보지 않으면 의미가 없다. 삶이 하나의 책이라면 당신은 어떤 페이지로 채우고 싶은가? 페이지를 다시 읽는 순간에 우리는 쌓아온 삶의 기억과 마주하게 된다. 그 순간은 온전히 내가 살아온 기억으로 가득한 페이지다. 내 삶의 페이지를 돌아보는 순간은 즐겁다. 페이지에 담긴 기억이 좋든 나쁘든 즐겁다. 이땐 이렇게 살았다고 하거나, 이땐 이렇게 좋았다고 할 수 있다. 그리고 살아온 삶을 보면서 살아가고 싶은 삶을 생각하게 된다.

나는 인생에서 만난 보물을 담은 상자를 만들기 위해서 적는다. 평범한 일상도 충분히 가치 있는 보물이 될 수 있다. 나에겐 일상이 소재고 콘텐츠다. 내 삶의 조각이다. 조각을 하나씩 모아 큰 그림을 만드는 데 이용할 수 있어야 한다.

하루가 어떻게 흘렀는지 생각하면서 나를 돌아본다. 눈이 감기는 피곤한 상황에서도 키보드를 잡고 일상을 적어간다. 그렇게 적어가다 잠이 들 때가 있다. 다시 깨면 자동 질전 모드에 들어간 모니터 화면을 켜고 적어가기 시작한다. 하루를 복기하면서 기억하려고 애쓰면 생각보다 기억이 잘 난다. 나와 타인의 말과 행동, 그 의미와 당시 생각하지 못했던 하고 싶은 말을 생각해본다. 이렇게 하면 피드백 효과가 있다. 다음에 후회하지 않을 행동을 할 기회를 나 스스로 적어나간다.

하루 중 제일 기다려지는 시간이 하루를 어느 정도 마무리하고 나서 글을 쓰는 시간이다. 그 시간을 생각하면 일상이 버틸 만하다. 이 사건은 어떻게 적을까? 이 사람을 어떻게 묘사할까? 이 사람의 별명은 어떻게 붙일까? 이런 생각을 계속하면서 하루를 살아간다. 쓰기 위해 산다.

어떤 일상을 살고 어떤 생각을 했는지 내가 제일 잘 안다. 쓰는 일은 나에 대한 전기를 스스로 만들어가는 과정이다. 웃긴 이야기지만 혹시나 유명해졌을 상상을 걱정하면서 나의 순간들을 수집한다. 나중에 쓰려면 힘이 드니깐, 그리고 그 깊이와 너비를 위해서 소재를 수집하는 구간이라고 보면 된다.

글만 쓰는 게 아니라 사진도 수집한다. 블로그나 개인적으로 돌아볼 시각 단서를 채우기 위함이기도 하고, 나중에 모아서 보면 재밌는 순간이 많기 때문이기도 하다. 글보다는 사진 한 장에서 많은 기억을 불러올 때도 있다. 한 장의 사진에서 우리는 그 순간 함께 있었던 사람과 당시에 느낀 나의 감정으로 돌아갈 수 있다. 마치 프루스트가 마들렌 향기 하나에 유년기의 시절로 돌아갔던 경험처럼 말이다. 우리의 기억은 불러올 단서가 있으면 쉽게 인출 가능하다. 다양한 과거로의 연결 통로를 만들어둔다. 이러면 우리는 게임에서 나오는 분기점처럼 원할 때, 자유자재로 연결된 시점으로 돌아갈 수 있다.

글을 쓰면 나를 찾을 수 있다. 우리는 결과만 보는 게 아니라 과정에 대해서도 궁금한 경우가 많다. 지금의 내가 어떻게 되었는지에 대해서 사료를 수집해놓는 과정이 기록이다. 나에 대한 사료를 하나씩 수집해서 나중에 돌아보면 이렇게 해서 나는 지금의 상태가 되었다는 걸 알 수 있다. 흘러가는 대로 사는 것처럼 보여도 우리는 매일의 순간에서 선택하고 고민하고 결정한다. 그 과정을 잘 알 수 있는 단서가 내가 쓴 메모와 블로그에 있는 일상 포스팅이다. 시시콜콜한 일상과 감정을 훑다 보면 재밌다. 당시에 왜 저렇게 생각하고 선택했는지 알 수 있다.

쓰다 보면 지켜봐 주고 응원하는 사람이 생긴다. 나는 하루하루 있었던 일을 포스팅으로 올린다. 정보를 제공하는 포스팅도 아닌데 들어와서 보는 이가 있을까 싶었다. 그렇지만 보는 사람이 있다. 어쩌다가 주위의 지인이 내 블로그를 발견하게 될 때도 있다. 블로그 하고 있다는 사실과 약간의 단서를 통해서 내 블로그를 찾아낼 때가 있다. 아예 친한 사람이거나 아니면 아예 모르는 사람에게만 오픈하는 편인데 그렇게 되면 쑥스러울 때가 있다.

내 블로그에 오는 사람은 내 생각을 알게 된다. 나의 일상과 생각을 보면서 공감하는 경우가 많다고 한다. 독서 모임을 같이 하고 있던 한 사람이 내 블로그를 발견하고 읽어보니 재밌다고 말했다. 지속해서 내 블로그에 와서 읽고 댓글도 남기다 보면 친해진다. 이들과는 오프라인에서 만나서도 더 가까워질 수밖에 없다. 사람 사이엔 주파수가 맞을 때 공명이 일어나고 관계가 깊게 이어지게 된다. 나의 일상에 자신의 주파수가 반응하는 사람은 친해질 확률이 높을 수밖에 없다.

주위 사람들의 관심을 받으면 더 열심히 써나갈 힘을 얻게 된다. 블로그를 지켜 봐주는 주변 사람들 덕분에 나는 계속해서 쓸 수 있었다. 스스로 좋아서 해나가는 일이지만 타인의 관심과 격려는 큰 도움이 된다. 어떤 일이든 긍정적 강화는 더 열심히 할 수 있는 동기를 준다.

쓰지 않아도 되는 이유는 수없이 많다. 피곤하고, 쓸 내용도 없고, 누구도 궁금해하지 않을 내 일상을 이렇게 늘어놓을 필요가 없다고 말할 수도 있다. 그래도 나는 적는다. 영화계의 영원한 거장, 알프레드 히치콕 감독이 모든 사람은 관음증 혹은 노출증 환자라고 했는데, 한쪽에서 노출이 있어야 반대쪽에서 지켜볼 게 있지 않겠는가. 당신의 삶이 영화 같은 일상이 아니라도 적으면 특별해진다. 인생은 내가 어떻게 내 삶을 보는지에 따라서 그 의미가 달라지기 때문이다. 아무것도 아닌 일이라도 의미를 부여하는 순간 가치를 갖게 된다. 그리고 쓰는 것 자체만으로도 훌륭한 의미부여가 된다. 남들과 별반 다르지 않은 일상이라도 적힌 일상은 특별하다.

쓰면 내가 무엇을 좋아하는지 알 수 있다. 내가 잘 적을 수 있고 잘 적게 되는 소재를 접하면 거리낌 없이 써나갈 수 있다. 나에게 저항이 없는 대상을 찾는 과정이라고 볼 수도 있겠다. 그게 재능이거나 취미가 될 확률이 높다. 같은 맥락으로 자신이 어떤 사람을 좋아하고 싫어하는지도 잘 알 수 있다. 적으려고 하면 생각을 정리해야 한다. 막연히 '어떤 사람이 좋다, 싫다' 이런 막연한 상태에서 벗어나 좋고 싫음의 이유를 알게 될 확률이 높다. 생각해서 적기도 하지만 적으면서 생각을 확장해 나가는 경우가 많다.

'자이가르닉 효과'라는 게 있다. 뇌는 우리가 어떤 일을 해야 한다고 던져 놓으면 해결해야겠다고 생각하고 일을 시작한다. 내가 인지하든 안 하든 말이다. 미 완료 상태에서 완료 상태를 지향하게 되는데 글쓰기를 하면서 뇌에 생각할 거리를 던져주고 무의식 안에서 열심히 돌아가게 놔둔다. 그러면 뇌는 알아서 답을 찾는 과정을 진행한다. 적는 행위는 이와 비슷한 과정이다. 적는 행위 자체가 뇌에 시각 단서를 제공하는 일이다. 시각 단서가 있으면 더욱 자주 생각해볼 수 있게 되기에 쓰지 않을 때 보다 깊게 생각하는 삶을 살 수 있다.

적어놓으면 원하는 일을 이룰 확률이 높아진다. 하루를 적어나가는 포스팅을 하면서 오늘 하루를 정리하고, 마지막엔 내일 할 일과 기대에 대해서 적어놓을 때가 많았다. 이렇게 적어두면 자기 선언적 효과를 얻게 된다. 스스로 하는 다짐이지만 타인이 보는 공간에 내가 어떻게 하루를 살겠다고 다짐하면 우리는 그런 하루를 살 확률이 높아진다. 우리는 하루를 기획하고 그걸 실천하는 삶을 살아갈 기회가 있다. 쓰기를 통해서 말이다. 다양한 삶의 방식과 그 흔적을 남기는 과정을 통해 삶을 구상하고 실천할 에너지를 얻게 된다.

적어보자. 하루 한 줄이라도 적다 보면 자신의 삶이 어떻게 흘러가는지 보인다. 혹은 내 삶에서 어떤 부분이 바뀌면 좋을지 생각하게 된다. 일상은 그 말이 지닌 의미처럼 반복적이고 새로울 것 없을 때가 많다. 하지만 이런 일상 안에서도 보이지 않는 다양한 선물과 가능성이 숨 쉬고 있다.

우리는 여행이나 특별한 일을 기억하고 추억하려고 한다. 여행의 반대인 일상은 대체로 지리멸렬한 것으로 우리에게 인식되기 때문이다. 그런데 꼭 여행같이 특별한 일들만 의미가 있고, 일상이 의미 없는 게 아니다. 반대로 뒤집어 생각해보면 일상도 특별하고 재밌을 수 있다. 나는 그런 깨달음의 과정이 인문학이라고 생각한다. 기록으로 일상을 하나씩 수집하고, 일상에 의미를 부여하는 삶의 방식은 인생을 살아볼 만하고 소중한 것으로 여기게 할 수 있다.

교향곡을 듣는 환희처럼

　한 번씩 과거로 시간 여행을 떠날 때가 있다. 목적지는 마음대로 고를 수 있다. 기록으로 남아 있는 시기 어디로든 돌아갈 수 있다. 과거로 떠나는 경로는 다양하다. 사진, 메모, 달력, 블로그 등이 있다. 느끼고 싶은, 그리고 필요한 밀도에 따라 우리가 선택하는 자유 여행 코스처럼 입맛대로 선택하면 된다.

　과거로 떠날 때 영화 〈어바웃 타임〉에 나오는 남자 주인공처럼 어두운 곳에 가서 손을 꾹 쥘 필요가 없다. 기록의 한순간을 펼치기만 하면 여행이 시작된다. 집 안의 책장에 꽂힌 수많은 메모장 중 하나를 펼쳐 든다. 2016년 3월의 주말에 카페에서 적은 메모가 보인다. 카페에서 책을 필사하고 포스팅을 했던 날이다. 당시의 내 상황과 어느 카페인지, 주말의 풍경은 어땠는지 기억이 난다. 메모에 날짜도 같이 적어두기 때문에 어떤 시기에 메모해놨는지 쉽게 알 수 있다.

군대에서 메모와 관련된 책을 본 이후에 열심히 적은 메모장을 보면 당시 군인이었던 나의 일상과 고민을 알 수 있다. 어떤 내용이 적혀 있어도 내가 남긴 내용을 돌아보면 재밌다. 대학도 늦게 간 데다, 군대도 늦게 갔다. 그래서 취업에 대한 걱정이 많았다. 그래서 토익 공부나 독서 같은 일반적으로 사회에 복귀 후 필요한 부분을 공부했다. 당시까지만 해도 다른 사람들과 별반 다르지 않은 걱정을 했다는 걸 알 수 있다.

제대한 이후엔 컴퓨터 활용능력 1급을 독학으로 준비하면서 고생하고, 내가 왜 이걸 한다고 했는지 하면서 힘들다고 적어놓은 순간도 고스란히 남아 있다. 어떤 친구와 어떤 음식을 먹고 어떤 일상을 보냈는지도 돌아볼 수 있다. 내가 어떤 생각을 하고, 어떤 사람을 만나고, 어떤 관심사를 가졌는지 촘촘하게 기록돼 있다.

기록을 보면 내 고민의 역사를 알 수 있다. 현재 시점에서도 종종 떠오르는, 장기적으로 진행되는 고민도 있고, 반면에 그런 고민을 왜 그렇게 손으로 적는 수고까지 하면서 했을까 싶은 것도 있다. 그 당시도 기록이 내 삶에서 소중하고, 사는 동안엔 내 기록하는 생활이 계속될 거라 적어놨다. 블로그에 꾸준히 글을 남기면 죽어서도 내 생각과 삶의 흔적이 남을 수 있다고 적어놓은 부분에서 사람이 참 한결같다는 생각도 한다. 이렇게 변하기도 하고 그대로이기도 한 나를 기록에서 마주할 수 있다. 그리고 마주하는 과거의 나를 보면 짠하기도 하고, 대견하기도 하다.

블로그를 다시 시작했던 시기엔 하루 방문자 수가 60이라고 적혀 있다. 지금 생각해보면 정말 적은 방문자 수다. 이런 걸 보면 모든 시작은 소소하다는 생각이 든다. 그리고 꾸준히 지속하다 보면 원하는 목표를 이룰 수 있다는 걸 느낀다. 당시에 내가 어떤 관심사를 갖고 있었는지 세세하게 적혀 있어서 다양한 내 관심사의 변천을 알 수 있다. 하나씩 읽다 보면, 메모장이 술술 넘어간다. 살면서 흘러온 순간을 기록보다 잘 알려주는 수단은 없다.

과거로 떠나는 여행엔 기록이 있다. 시간이 지날수록 점점 메모 분량이 많아지고, 고민의 흔적이 많이 담기기 시작한다. 노트 크기도 커지고 분량도 방대해져서 모든 부분을 다시 보는 건 엄두가 안 나는 일이다. 한 번씩 과거에 적은 노트를 펼쳐 볼 때 환희를 느낀다. 마치 오케스트라가 연주하듯 내 과거가 튀어나와 각자의 시기를 조화롭게 연주한다. 내가 지휘자이고 오케스트라가 매력을 뽐내면서 나를 과거로 초대한다. 그리고 과거들이 만나 만들어내는 교향곡은 쇼팽의 〈야상곡〉처럼 감미로울 때도 있고, 베토벤의 〈운명〉처럼 처절하면서 결단에 가득 차 있을 때도 있다.

이렇게 내가 만든 과거라는 초대장에 내가 초대를 받는다. 그 초대는 언제나 기꺼이 받아들일 수 있다. 과거의 기록이라는 파티는 즐겁고 유쾌하고 동시에 담담하다. 과거의 기록을 보면서 앞으로 더 열심히 하루를 기록해야겠다고 다짐한다. 블로그에 적은 일상을 몇 달 정도만 지나고 봐도 내가 이런 생각을 했었나 싶을 때가 많다. 이런 일도 있었구나 하면서 신기하게 나의 일상을 바라볼 때도 있다. 지금은 참 다른 생각을 하는구나 하면서 일상을 더듬는 과정이 나에겐 즐겁고 의미 있다. 이런 재밌는 파티에 초대장을 받기 위해 나는 계속해서 기록한다.

사진은 글로 된 메모보다 시각적이기에 편한 여행이다. 사진은 메모엔 없는 시각적 단서를 보여준다. 그래서 기억의 인출이 메모보다 쉬운 편이다. 사진 한 장엔 사람뿐만이 아니라 당시의 분위기와 나의 감정도 녹아 있기 때문이다. 고등학교 친구들과 가까운 금정산으로 등산을 가면서 찍었던 사진을 꺼내 본다. 걸어가는 친구들의 뒷모습, 앞모습, 같이 찍은 사진들을 보고 있으면 함께

한 시간의 소중함을 느낄 수 있다. 먹었던 음식 사진까지 찍혀 있으면 일거양 득이다. 이렇게 떠나는 여행은 단시간에 몇 달을 훑어볼 수 있다. 이런 과정은 몇 시간이고 계속해서 할 수 있다. 한 장소에 가서 찍은 사진 몇 장만 있어도 당시에 어떤 분위기였고 어떤 기분이었는지 알 수 있을 때가 많다.

요즘은 음식 사진을 많이 찍는다. 음식 맛을 조금씩 알아가면서 맛있는 음식을 먹는 순간에 두는 의미가 조금씩 늘어가고 있다. 그런데 이상하게 먹은 음식만 봐도 당시에 만난 사람과 어떤 일로 만났는지 기억난다. 이렇게 사진은 메모보다 강력할 수 있는 여행 수단이다. 사진에 메모가 더해진 포스팅은 더할 나위 없는 과거 여행의 수단이다. 차곡차곡 모아 놓은 사진이 내 과거를 추적할 수 있는 단서가 된다. 대학에 들어간 2006년도부터 드문드문 사진이 쌓이기 시작했고 이제는 하루도 사진이 빠지는 날이 거의 없을 정도다.

사진을 모으는 데 좋은 프로그램이 있다. 스마트폰에 사진을 찍거나, 하드디스크에 사진을 저장하면 자동으로 클라우드 공간에 업로드 되게 해주는 '구글 포토' 프로그램을 활용한다. 온라인 저장소에 업로드될 때 자동으로 사진 크기가 조절되면서 무제한 저장 공간을 제공한다. 무료에 무제한 공간을 누릴 수 있어서 메인 사진 저장 공간으로 선정했다. '구글 포토'에서 스크롤을 내리면서 나의 사진을 구경하면 시간이 어떻게 가는지 모를 정도로 시간이 빠르게 흘러간다. 과거에 포착했던 나의 순간들과 마주하게 된다.

예전 사진을 보다가 사진에 등장하는 사람에게 연락해서 다시 만날 때도 있다. 대학 동기나 군대 후임이 대표적인 예다. 함께 수년의 시간을 같이 보냈는데 연락이 잘 닿지 않는다. 그러다 사진 한 장에 등장하는 사람과 관련된 기억이 새록새록 떠오른다. 나눴던 말, 그 사람의 꿈이 기억나고, 이후에 어떻게 살아가고 있는지 궁금해진다. 연락이 닿을 수단이 있으면, 연락해서 근황을 묻고 만나자고 했던 경험도 종종 있다. 군대 후임들과 얘기를 나누면 군인 시절에 왜 그렇게 꽉꽉하게 살았나 후회하기도 한다. 앞으로 어떤 삶을 살고 싶은지에 대해서 얘기하면 다들 각자의 위치에서 원하는 삶을 위해 노력하고 있다고 느낀다. 이렇게 기록은 과거와의 인연을 다시 이어줄 수 있는 끈이다. 요즘 인물 사진을 잘 찍지 않는데 다시 이전처럼 카메라를 들이대 봐야겠다. 사진은 다시 돌아보기 편하고 백업만 잘해 놓으면 영원할 수 있다.

메모나 사진보다 빠르게 과거로 떠나는 방법은 모바일 캘린더에 적어놓은 하루 요약을 보는 것이다. 2010년 7월부터 구글 캘린더에 내 일정이 기록돼 있다. 당시에 스마트폰은 없었으나 구글 캘린더는 사용했다. 제대 후, 인터넷을 자유롭게 이용할 수 있었던 시기부터 내가 어떤 일상을 보냈는지 기록했다. 경영학 복수전공을 신청하고 합격했던 날도, 컴퓨터 활용능력 1급 실기에서 1점 차이로 떨어진 날도 캘린더에 적혀 있다. 당시의 기분도 세부사항에 들어가 보면 적어놓은 경우가 많다. 그럴 땐 과거의 나 자신에게 고맙다. 귀찮았을 수도 있는데 세부사항까지 적어놔서 조금 더 과거를 잘 기억할 수 있기 때문이다.

제대 후 바로 복학해서 경영학과 복수전공을 시작하고 보낸 발표 준비와 시험 준비로 보냈던 바쁜 나날들, 첫 회사에 합격했던 2012년도 5월의 가족적인 계획표, 그리고 합격 이전에 떨어졌던 수많은 서류 마감과 면접의 나날도 한눈에 볼 수 있다. 회사에 처음 다닐 때 무슨 일을 했는지도, 첫 중국 출장은 언제 갔는지도, 연애를 시작한 날도, 헤어진 날도 기록돼 있다.

삶이 변화하기 시작한 순간도 고스란히 남아 있다. 캘린더에 적혀 있는 일정을 보면 만나는 사람의 그룹이 변화하는 시점을 알 수 있다. 그리고 만나는 사람이 삶을 변화시키는 과정이 그대로 담겨 있다. 당시에 얼마나 세상과 부대끼며 지금의 내가 됐는지도 캘린더에 고스란히 남아 있다. 하루하루 적는 메모가 디테일이라면 캘린더는 큰 그림이다. 메모가 하루하루의 나를 살펴보는 일이라면 캘린더는 한 주, 한 달 단위로 돌아보는 수단이다. 캘린더는 크게 그려진 그림을 하나씩 감상하는 미술관 투어 느낌이다.

이렇게 다양한 자료를 통해 과거 여행을 떠난다. 지금 내 순간이 여행의 목표 장소라고 가정한다면 이 과정으로 오기까지 어떤 경로를 통해서 왔는지 알 수 있는 단서가 기록이다. 삼보일배 하면서 올 수도, 뛰어서 올 수도, 날아서 올 수도 있다. 이런 다양한 경로를 갖고 있으면 큰 무기가 된다. 친구들에게 추억을 선물하는, 친구들의 추억을 잘 간직하고 있는 사람이 된다. 나에겐 현재 나의 근원을 알 수 있는 단서가 된다. 지금의 나는 어떻게 해서 구성됐나 궁금할 때 과거를 돌아보면 알 수 있는 경우가 많다.

다양한 악기를 갖고 마음대로 지휘할 수 있듯이 나는 내 기록들을 갖고 다양한 교향곡을 연주한다. 나만의 멋진 교향곡을 위해 나는 오늘도 내일도 기록을 지속한다. 과거의 나에게서도 배우듯, 주위 사람들에게서도 배우면서 그 배움을 기록하고 하루하루 성장한다.

해야 할 일, 하고 싶은 일이 있는데 나에게 기록은 두 조건을 모두 충족시키는 일이다. 해야 할 일은 내가 스스로 부여한 삶의 목표이고, 하고 싶은 일이 된 건 하다 보니 좋은 걸 알아서이다. 평범한 개인의 소소한 일상을 기록하는 일이 어떤 의미를 지니겠냐고 물어볼 수 있겠다. 우리 각자의 삶은 스스로 제작도 하고 감독도 하는 세상에서 유일한 영화라고 생각한다. 지나간 영화 안의 디테일을 살려낼 수 있는 수단이 기록이라고 믿는다. 만났던 사람, 본 영화, 읽은 책, 들은 음악, 먹은 음식, 가본 장소, 느꼈던 감정이 복합적으로 융합하고 반응하면서 현재의 나라는 존재가 만들어졌다. 우연의 연속으로 이뤄진, 과정을 찾을 수 없는 그 복잡함을 해석할 수 있는 단서를 주는 게 과거와 관련된 한 줄의 기록, 한 장의 사진이다. 그래서 오늘도 메모하고, 블로그에 일상을 남기고, 사진을 찍고 캘린더에 짧게 하루를 남긴다.

자신의 삶을 기록하는 일은 오직 자신을 위한, 자신만이 할 수 있는 일이다. 그렇기에 다른 어떤 일보다 소중하고 신경 써서 해야 한다. 자신을 위해 한 일이 타인에게도 긍정적인 영향을 미치거나 공감을 얻을 수 있다면 금상첨화다. 좋아서 한 일이 타인에게 긍정적 영향을 미치는 것보다 아름다운 일이 어디 있을까?

일상의 순간에서 잠시 멈추게 하고 나를 잡아끄는 순간이 있다. 이 기억하지 못할 작은 순간이 쌓여서 미래의 내가 된다. 기억하지 못할 순간을 기억할 수 있게 하는 방법은 기록이다. 기록할 당시엔 무슨 의미를 지녔는지 모르지만 쌓였다가 돌아보면 의미를 알 수 있게 된다. 그리고 기록하는 행위 자체가 의미를 부여하는 과정이다. 교향곡의 악보를 하나하나 그려나가는 것처럼 우리의 삶도 적어나갈 필요가 있다. 삶의 어느 순간에서 내 악보를 연주해볼 때, 어떤 음악이 나올진 알 수 없다. 중요한 건, 우리가 악보를 그렸다는 것이다. 누구도 알 수 없는, 쓰지 않았다면 나도 몰랐을 내 삶의 악보를.

호모 아키비스트

문화에 관심이 많은 편이다. 평소 듣고 싶은 강의가 많다. 온라인 강의는 테드(TED)나 세상을 바꾸는 시간 15분(세바시), 그리고 유튜브에 올라온 각종 인문학 강의를 즐겨듣는 편이다. 강의를 들으면서 되도록 강사의 모든 말을 담으려고 노력한다. 태블릿에 있는 심플한 아웃라이너 앱인 '워크플로위(Workflowy)'를 활용해서 강의에 나오는 내용을 구조적으로 정리해 놓는다. 토씨 하나 틀리지 않고 메모해 놓으려고 한다.

요즘은 오프라인 강의에 가면 슬라이드를 파일로 제공하는 친절한 강의가 많다. 굳이 받아적지 않아도 된다고 한다. 다른 말은 잘 들어도 필기하지 말라는 말은 전혀 듣지 않는 편이다. 혼자서 나만의 필기를 하는 편이다. 노트를 적으면서 느끼는 나의 감정이나 기억할 일, 해야 할 일은 태그를 걸어놔서 검색하기 편하게 설정해둔다. 그러면 강의가 끝난 후에 활용할 가능성이 커진다.

해당 태그에 관련된 메모만 모아서 볼 수 있기 때문이다. 적어놓은 강의 내용은 강의 직후 바로 보지 않더라도 나중에 언젠가 내가 보고 싶거나 인용이 필요할 때 찾아본다.

일어난 일에 관한 판단은 모든 사람이 다르게 한다. 그래서 나는 오늘도 겪은 일에 대해 나만의 메모를 한다. 강의하는 내용 전부를 적는다. 같은 강의를 들어도 같은 메모를 하는 사람은 없을 것이다. 나만의 생각이 섞인, 나만의 언어로 풀어낸 강의록을 남기는 과정이다.

회사에서는 노트와 펜으로 기록한다. 전화가 온다. 담당자 이름을 적는다. 관련된 아이템을 적고 아이템에 관련된 사항과 수치, 이슈를 적어둔다. 그리고 언제까지 업무 처리가 필요한지도 적어둔다. 내가 한 말을 기억하기 위해 메모로 남겨 둔다.

팀장이 부른다. 그러면 바로 노트와 펜을 챙긴다. 업무 지시를 받으면서 기록할 만한 사항이 있으면 적어둔다. 처리해야 할 일은 빨간색으로 적어둔다. 그리고 궁금한 사항은 즉시 물어보면서 기록해둔다. 내가 할 일이 뭔지 확실히 확인하고 자리로 간다. 기존의 일들과 업무 우선순위 조절을 하고 난 후 업무를 처리한다.

일하다가 세관에 사유서를 낼 일이 생겼다. 이전에 비슷한 일을 했는지 양식을 찾아본다. 이메일과 일정 관리를 동시에 할 수 있는 프로그램인 아웃룩에서 '사유서'로 검색한다. 3년 전에 제출했던 사유서 양식이 나온다. 같은 거래처에서 샀고, 같은 이유에 대한 사유서라 수정 사항만 입력해서 세관에 보낸다. 이전에도 승인받았던 사유서라서 금방 처리가 된다. 뿌듯한 미소를 지으면서 다른 업무로 넘어간다.

입사할 때부터 저장해 놓은 메일이 수만 통을 넘어가고 있다. 메일 용량으로

만 10기가바이트(GB)가 넘는다. 몇 년 전 진행했던 업무라도 관련된 키워드나 담당자가 기억나면 찾을 수 있게 구축해놨다. 다른 사람들은 모르는 나만의 업무 무기다.

점심을 먹고 매일 산책을 한다. 산책하는 도중 생각이 떠오르면 역시 메모 프로그램에 틈틈이 적어둔다. 스마트폰은 항상 들고 다니기 때문에 연결해서 메모할 수 있다. 일자별로 적는 메모는 어느덧 나의 습관이 됐다. 적지 않은 날을 오히려 찾기 어려울 정도로 삶을 기록으로 채워나가고 있다. 그 날의 날씨, 기분, 생각, 할 일을 적어두고 하나씩 처리하거나 기존의 메모에 생각을 더해서 발전시켜 나간다.

메모하고 꼭 다시 봐야 한다는 강박에 시달리지는 않는다. 이전엔 이왕 해놓은 메모인데 자주 봐야 하지 않냐며 강박에 시달린 적도 많았다. 그러다 내가 좋아하는 기록을 스트레스받으며 할 필요는 없다고 느꼈다. 그리고 적어두면 적어두지 않는 것보단 실행력이 훨씬 올라간다. 적어두고 필요할 때 처리하면 스트레스받지 않을 수 있다.

메모는 내 삶을 기억할 수 있는 수단 중의 하나다. 나만의 내밀한 감정이나 다른 사람들에 대한 생각, 다양한 아이디어가 적혀 있다. 하루가 지난 메모를 돌아봐도 재밌다. '어제는 이런 생각을 했구나' 할 때가 많다.

음식은 삶의 큰 즐거움 중 하나다. 맛있는 음식이 만들어내는 풍경이 눈 앞에 펼쳐진다. 그럴 땐 스마트폰을 꺼내고 사진을 찍는다. 찍는 게 수고스러운 행위지만 사진을 찍는다. 몇 초의 번거로움을 이겨내면 영원히 기억할 수 있는 재료를 쥘 수 있다. 그리고 이 사진은 '구글 포토'와 '네이버 클라우드'에 올라가서 블로그 포스팅할 때 유용하게 쓰인다. 두 개의 클라우드를 쓰는 이유는 안전한 백업을 위함이다. 부모님이 사진 찍으면서 만나셨다고 들었다. 그 피를 이어받아서인지 나는 어릴 때부터 카메라가 있으면 손에서 놓지 않았다. 사진의 구도를 잘 잡는다고 생각했고, 한 번도 정식으로 배운 적 없는 사진에 대한 근거 없는 자신감이 있기도 하다.

삶에서 접하는 경험과 대상을 남기는 일이 즐겁다. 누가 시키지 않아도 계속할 수 있는 일이다. 남기지 않은 장면에 대한 후회가 많기에 요즘은 대부분 시선을 잡아끄는 장면에서 멈춰서 찍으려고 한다. 음식을 빨리 먹길 기다리는 동료가 주위에 있거나, 가야 할 길이 바쁘더라도 평생 남을 사진을 위해서라면 재촉하는 시선과 멈춰서는 번거로움 정도는 감수할 수 있다. 다양한 피사체를 마주하면 재밌다. 이전엔 인물 사진을 많이 찍었는데 요즘은 사물을 많이 찍는다. 멈춰 있는 대상에서 포착해낼 수 있는 순간이나 구도가 재밌게 느껴진다.

하루를 수집하는 일이 쌓이면 삶을 수집할 수 있다. 이 수집이 어떤 효과가 있는지 수집할 당시엔 모른다. 시간이 지나면 알 수 있다. 수집된 하루가 삶의 조각들이고, 내 인생을 분석해볼 수 있는 단서가 된다. 단서를 통해 지금 내 존재에 대한 명분이 만들어진다.

삶을 수집하는 사람은 주위에도 영향을 미친다. 오로지 혼자 살아가는 삶은 없다. 우리는 관계에 의해, 관계를 위해서 살아간다. 관계 안에서 수집된 기록은 주위 사람들에게도 삶을 돌아볼 수 있게 해준다. 살아오면서 겪었던 많은 순간을 제공하는 사람이 된다. 선물을 주는 것과 같은 행위다. 함께 겪은 순간을 기록하고 기억할 수 있도록 해주는 일은 생각보다 기분 좋은 일이다. 잊었던 인연도 다시 생각날 수 있고 다시 이어질 기회가 된다.

개인적으로 진행하고 있는 기록의 형태를 다양하게 보여줬다. 역사를 들여다보는 일은 미래를 위한 행위다. 국가와 세계의 역사가 그러하듯 개인의 역사도 반복된다. 한 사람이 살아가는 인생은 쉽게 바뀌지 않고, 일어나는 일도 기존의 일에서 크게 벗어나지 않는다. 우리는 과거를 돌아보고 거기에서 교훈을 얻고 미래를 대비할 수 있다. 과거를 돌아보고 교훈을 얻는다는 측면에서 다가올 미래에 현명한 선택을 할 가능성이 커진다.

지금의 삶에 어떻게 이르게 됐는지 파악하려면 단서가 있어야 한다. 그래서 나는 그 단서를 수집하기 위해서 메모를 하고 일기를 적고 사진을 찍는다. 순간을 스쳐 가는 생각을 흘려보내지 않고 노트에 잡아둔다. 전화하면서 들은 수치나 정보를 노트에 적는다. 미래에 도움이 되는 현재의 순간을 쌓기 위해서 기록할 수 있는 시스템을 갖춰놓고 살려고 노력하는 편이다.

호모 아키비스트의 삶, 언제나 수집하고 기록하는 삶은 고되지만, 의미가 있다. 삶의 흔적을 모으려는 노력은 그 자체만으로도 인정할 만하다. 살다 보면 수집하고 싶은 대상이 변하게 마련이다. 당시에 무엇을 기록했는지 보면 내 삶의 가치관과 관심사가 어떻게 변화했는지 알 수 있다. 사람은 자기의 관심사를 기억하고 기록하고 싶어 한다. 단지 내가 어떤 기록을 수집했는지만 봐도 내 삶에서 일어난 관심의 변천사를 훑어볼 수 있다.

예를 들면, 우리는 사진을 보며 어떤 이를 추억한다. 사진에 남겨지지 않은 어떤 부분은 우리의 삶에서 사라진다. 일어났던 일이지만 다시 접할 수 없기에 없었던 일처럼 된다. 이런 삶의 조각을 많이 갖고 있을수록 우리는 기억할 수 있는 삶의 부분이 많아진다. 통계에 사용되는 데이터가 많을수록 올바른 결과를 낼 가능성이 커지듯이 쌓아온 자료가 많을수록 살아온 삶에 대해 제대로 돌아볼 수 있다. 올바른 평가와 판단을 할 기회가 늘어난다.

흘러가는 삶의 흔적과 생각을 모아보자. 이런 기록이 모여서 나라는 사람이 어떻게 구성됐는지 알 수 있다. 오로지 나만의 삶을 모아가는 행위다. 이런 행위가 옳은지 그른지에 대한 가치 판단은 필요 없다. 오직 나에게 의미 있는 일을 해나가면 된다.

유난스럽게 기록하고 수집하는 삶은 주위를 불편하게 할 수 있다. 그리고 나도 불편할 수 있다. 모두 준비된 음식을 먹으려는 순간, 거기에 '잠시' 하면서 카메라를 들이대는 용기는 오랜 시간 동안 단련이 필요하다. 찍어서 어디에 쓸거냐는 말에 그냥 좋아서 찍는다고 웃는다. 왜 사냐건 그냥 웃는다는 시의 한 구절처럼 말이다.

기록은 눈이 녹는 것처럼 사라지는 기억을 잡을 수 있는 행위다. 지나간 것은 지나간 대로 둬도 되지만 기억하고 싶을 때 찾아볼 수 있는 상태로 두면 더욱 괜찮을 일이다. 그리고 기록을 통해 지금 바라보는 대상에 집중하고 자세히 볼 수 있다. 한 줄이라도 적으려면 생각을 정리해야 하고, 한 장이라도 찍으려면 구도를 고민하고 어떻게 찍으면 좋을지 고민하게 된다. 여러분도 오늘부터 삶을 쌓아가는 호모 아키비스트의 삶을 살아보는 게 어떤가?

누가 안 적어주니 내가 적는다

식당에 가면 자주 붙어 있는 문구가 있다. '물과 추가 반찬은 셀프입니다'라는 문구다. 종업원을 부르고 물을 달라고 한 이후, 이 문구를 보게 되면 머쓱할 때가 있다. 인생도 이 문구와 마찬가지다. 인생은 셀프다. 우리가 머물러 있는 현재는 우리가 과거에 고른 선택지의 결과다. 지금 우리가 겪는 기쁨, 행복, 슬픔, 분노 등의 감정은 우리가 삶에 셀프 주문했다고 볼 수 있다. 어떤 일이든 남이 해주지 않는다. 본인의 선택과 그 결과에 대한 책임은 스스로 지는 것이 인생이다. 기록도 마찬가지다. 인생에 필요한 일은 스스로 해야 한다. 타인이 해줄 거란 기대는 으레 실망으로 다가오게 마련이다.

스스로 적으면 어떤 일이 생길까? 개인의 역사가가 된다. '나' 전문가가 될 수 있다. 좋아하고 싫어하는 일과, 사람뿐만 아니라 그 이유까지 알 수 있다. 적다 보면 자주 적고 싶은 주제가 생긴다. 그 주제는 내가 엄청나게 좋아하거나 싫어하는 대상 중 하나이다. 삶에서 좋고 싫음을 구분하는 것은 취향의 문제로 귀결된다. 개인이 취향을 만들어가는 건 성숙의 과정이다. 성숙을 더욱 수월하게 하는 일은 자신에 대해서 잘 아는 일이다. 적으면 자신이 어떤 사람이고 무엇을 원하는지 알 수 있다.

자신에 대한 기록은 삶을 돌아볼 수 있는 최고의 수단이다. 하루 한 줄이라도 하루 동안 일어난 일, 하루에 대한 감상을 남기면 돌아볼 수 있다. 삶을 살아가는 게 한 계단씩 오르는 과정이라고 생각하고 오늘 하루 오른 계단에 대한 감상을 남긴다. 감상을 더듬으면서 계단을 오르거나 내려가며 과거를 돌아본다. 오르고 내리는 동시에 미래의 나를 상상한다. 어떤 계단이 오르기 쉬운 형태와 기울기를 갖고 있고, 어떤 계단이 맞지 않는지 알 수 있다. 하루 한 줄의 기록이 삶을 돌아볼 수 있는 수단이 된다.

스스로 만드는 기록은 오로지 본인의 재미만을 위해서 적을 수도 있다. 타인의 눈치를 보지 않아도 된다는 말이다. 글에는 적는 사람의 주관과 가치 판단이 들어간다. 다른 이가 쓴 내 인생은 내가 스스로 평가한 것이 아니다. 그저 타인의 의견을 듣고 고개 끄덕이는 삶은 속이 텅 빈 삶이다. 일어난 일이 자신에게 어떤 의미를 지니고, 거기서 무엇을 느꼈는지 적어보는 일은 자신의 삶을 돌아보고 계획하는 데 큰 도움이 된다. 삶은 미리 생각해본 만큼 살아갈 수 있다. 어떤 일이 미래에 일어나면 좋을지 그려보는 일엔 재료가 필요하고, 그 재료는 현재와 과거의 흔적이다.

삶이 무료하고 반복적이고 재미없다고 느낀다면 하루 한 줄의 글을 적어보자. 직장을 다닌다면 상사나 동료의 인상 깊었던 말이나, 가슴에 계속 남아 있는 장면과 말을 적어보자. 왜 그런 말을 했는지 생각해보게 된다. 나라면 저 상황에서 어떻게 했을지 생각해본다. 그 말 이외에 다른 말을 했으면 더 좋지 않았을까 생각해본다. 내가 한 말에 대해서도 마찬가지다. 그렇게 하면서 주위 사람들에 대해서 생각해볼 수 있고, 내 말과 행동을 반성할 수 있다.

자신도 놀랄 만큼 어두운 생각을 적기도 한다. '이런 생각을 할 수 있을까?' 정도의 생각을 하기도 한다. 하지만 나의 생각이다. 어떤 생각이든 거부하지 않고 적는다. 어둡고 밝음이 언제나 밤낮을 교차하며 오가듯 언제나 밝을 순 없다. 내 안에 있는 어두운 측면과 대면을 통해 더욱 큰 밝음으로 향할 수 있다. 특정한 감정이나 생각에 에너지가 뭉쳐 있지 않고 자유롭게 다양한 감정과 생각을 오갈 수 있는 사람은 감정적으로나 신체적으로나 자유로울 수 있다. 극단을 오가는 힘과 통로를 기록을 통해서 마련할 수 있다. 기록으로 남겨 놓으면 특정한 부분에 묶여 있던 감정적 에너지가 해방될 수 있다. 기록된 감정을 객관적으로 바라볼 수 있기 때문이다.

혼자서 해나가는 기록은 고되고 외롭다. 독서 모임에서 서기를 자청해서 3년째 하고 있다. 서기를 하다 보면 내가 생각할 기회를 놓치는 경우가 많다. 토론이라면 타인의 의견에 대한 나의 반응을 바탕으로 진행해가는 게 정석이다. 그런데 적다 보면 내 생각을 펼치기 힘든 경우가 많다. 다른 사람의 말을 적어야 하기 때문이다. 누구도 해주지 않는데 나만 이렇게 하고 있으니 발언 기회를 놓치는 것 같고 답답할 때도 있다. 그리고 이렇게 한 기록을 누가 보기는 할까 하는 생각을 자주 했다. 그런 시간이 쌓인 후, 최근 내가 만들어가고 있는 모임 기록에 대해 긍정적인 피드백이 돌아오고 있다. 처음엔 인정받지도, 크게 의미도 없었던 기록이 쌓이고 나니 모임의 중요한 데이터베이스가 됐다. 지금까지 읽은 책, 토론에서 나온 발언과 관련된 추가 자료를 한 곳에서 볼 수 있다. 디지털로 작성돼 있어 접근이나 검색의 활용 측면에서도 편리하다. 이렇게 개인이나 모임의 기록이 특정한 방식으로 쌓이면 가치를 갖게 된다. 그 길이 외롭고 힘들지라도 누군가에겐 의미가 있을 거라 생각하며 적고 쌓으면 된다.

객관화된 감정과 생각은 내 감정의 도로를 놓는 과정이다. 도로를 신규 개통하는 심정으로 내 감정과 기억을 적는다. 내 안에 갖고 있지만, 형체를 알 수 없는 감정과 기억이 연결될 도로를 설치하고 나면 자유자재로 돌아다닐 수 있다. 차를 타고 다니듯 감정과 기억을 방문한다. 통행료는 기록 도구와 시간, 단 두 가지 정도다.

기록을 꾸준히 해나가다 보면 엄청난 힘을 갖게 된다. 타인에 대한 평가나 권력 등을 말하는 게 아니다. 자신의 삶을 온전히 살아내는 힘을 갖게 된다. 내 삶이 아무리 힘들더라도 회피하지 않고 돌아볼 수 있고, 스스로 위로할 수 있는 시간을 가질 수 있다. 아무리 힘든 일도 이미 일어난 일이고 그 순간은 지나간다. 일어난 일은 힘들지라도 이 일을 글로 적으면 어떨지 생각하는 과정은 재밌다.

기록하면 삶에서 한 걸음 떨어져 볼 수 있는 관조의 시선을 갖게 된다. 우리는 겪는 일이나 감정에 과하게 몰입하는 경향이 있는데 이를 방지할 수 있다. 지금 드는 생각이 내 것이라고, 이 사건은 무조건 좋은 방향으로 흘러가야 한다고 생각하는 관념 때문에 자신이 처한 일을 너무 가까이서 보게 된다. 가까이서 보면 큰 흐름을 볼 수 없다. 작은 일만 열심히 해선 큰일을 할 수 없다. 우리는 적당히 거리를 두고 물러서서 그림을 그릴 필요가 있다. 그 거리를 확보하는 방법은 자신이 겪은 사건과 느낀 감정을 솔직하게 적는 것이다. 행복하든 불행하든 적어본다. 적으면 나와 일어나고 있는 상황 사이에 거리가 생긴다. 상황에 대해 적으면 나에 대한 관찰자적 시선을 확보할 수 있다.

심리학 기법 중에 나에게서 몇 걸음 물러선 상태에서 나를 영화 찍듯이 바라보는 기법이 있다. 그렇게 되면 나에 대한 행동과 부정적 감정의 크기를 어떤 확대나 축소 없이 크기 그대로 볼 수 있다. 그렇게 한 걸음 물러서는 방식은 힘든 일을 대할 때 도움이 된다. 자신이 제대로 행동하고 있는지 아닌지 보려면 누군가에게 물어볼 필요 없이 자신이 평가하면 된다. 주위의 피드백은 단지 참고 자료로 활용하면 된다. 삶은 오로지 자신의 것이다. 타인이 제시한 관념과 생각에 사로잡혀 사는 사람은 사대주의에 물든 사람이다. 자신의 것이 없으니 보다 많은 사람이 안전해 보인다고 생각하는 것을 받아들이면서 살기 쉽다. 주위 사람들의 시선에 휘둘린다는 생각이 들 때, 자신의 상황을 적으면 자신의 기준을 확실히 알 수 있다.

내가 언제 행복하고 기쁘고 충만하고 자신으로 존재하는지 적으면 된다. 그러면 삶의 반성도 할 수 있고 삶에 대한 기준도 가질 수 있다. 기록된 것은 모두 의미가 있다. 의미가 있으면 가치가 있게 되고, 또 기록되었기 때문에 가치 있게 된다. 살아볼 만한 삶이 된다.

매일 블로그 포스팅을 한다. 모든 내용을 적고 싶으나 기억나지 않는 내용도 있고, 기억나지 않는다는 것도 인지하지 못하는 내용도 있다. 블로그에 적힌 나의 일상은 소중하다. 그날에 한 일도 기억이 나지 않는 경우도 많다. 회사 생활은 대부분 반복되기 때문에 어제와 오늘이 거의 비슷해 보인다. 그렇지만 적어보면 천차만별인 어제와 오늘이 지나간다.

하루하루 나의 마음가짐, 일어난 일, 사건 사고 등이 다양하게 펼쳐진다. 이렇게 일상이 다채로울 수 없다. 같은 장소에서 같은 일을, 같은 사람과 진행하지만, 일의 양상은 어떻게 펼쳐질지 모르는 블록버스터다. 소중하지 않다고 여기던 것들도 적어보면 소중해진다. 기록하면서 현재 나의 삶이 이렇게 흘러가고 있는지 알 수 있고, 돌아볼 기회를 만든다.

한 번씩 주변 사람들이 묻는다. 어떻게 그렇게 하루의 일과 한 말을 잘 기억하느냐고 말이다. 그 물음에 대해서 적기 위해서 기억하게 되고, 적다 보면 더 잘 기억이 난다고 말했다. 사실이다. 적지 않고 흘러갔으면 아예 뇌에서 인출이라는 과정을 한 번도 거치지 않고 해마에 머물다가 사라졌을 기억이다. 최초 입력 시간에서 그리 오래지 않은 시간에 적기 위해서 기억을 불러오니 잘 기억할 수밖에 없다. 그리고 매일 적으니 더 잘 기억날 수밖에 없다. 이렇게 자신의 하루를 적는 일은 삶을 스스로가 보살필 기회가 된다. 기회는 스스로 마련하는 것이니 다양한 시도를 해보면 좋다.

내가 스스로 적는 기록은 환경에 대한 통제권을 가질 수 있게 해준다. 적는 내용은 본인이 원하는 상태나 목표일 확률이 높다. 메모장에 막연히 원하는 걸 적는다. 사고 싶은 것, 되고 싶은 것, 하고 싶은 것을 다양하게 적어둔다. 나중에 메모를 돌아보면 그 대상을 여전히 원하고 있을 수도 있고, 아닐 수도 있다. 그런 과정을 통해서 본인이 진짜 원하는 게 뭔지 찾아갈 수 있다.

기록하는 대상은 자신이 원하는 것일 확률이 높다. 자신이 좋아하는 사람이나 사물은 본인이 의식하지 않아도 자주 기록하게 된다. 그래서 한 사람이 꾸준히 남긴 기록을 보면 어떤 삶을 살길 원하는지 알 수 있다. 개인적으로 오래전부터 책 쓰기가 꿈이었다. 다양한 경로로 글쓰기에 대한 시도와 연습을 해왔다. 그리고 지금은 책을 쓰고 있다. 한 번 적어서 안 되면 여러 번 적고 방법을 고민하면 길과 인연이 닿게 마련이다.

스스로 기록하는 삶은 외롭고 고되지만, 의미가 있다. 자신이 경험한 모든 대상과 인연에 대해 기록으로 남기려는 의지는 생에 대한 의지를 충만하게 한다. 기록하기 위해 살아가게 되고, 살기 위해 기록하게 된다. 기록하려는 의지를 통해서 삶이 가지는 의미에 대해서 생각해볼 수 있다. 그리고 그 기록을 다른 사람들과 공유하면 더 큰 의미를 얻게 된다. 사람은 타인에게 도움이 된다고 생각할 땐 자신이 겪는 수고와 어려움을 견딜 수 있다. 내가 기록하는 힘도 거기서 나온다고 믿는다.

삶이 힘들고 외롭고 쓸쓸하고 못 견딜 것 같을 때 펜을 들어보자. 자신의 현재 상황에 대해서 적어보자. 어떤 부분이 왜 힘든지 생각해보자. 그리고 실제로 그렇게 적어두고 봤을 때 정말 견디지 못할 상황인지, 생각 보다 견딜만한지 적어보자. 그러면 생각보다 견딜만한 상황인 경우가 많다. 생각이 문자라는 형태로 남겨지면 객관화시켜서 볼 수 있다. 객관화하면 힘든 일도 생각보다 힘들지 않은 경우가 많다. 상황은 그대로이지만 객관화되어 인식되는 고통은 그 크기와 강도가 줄어든다.

제2장
기록의 시작

군 시절 메모의 변곡점

딴짓을 좋아한다. 회사에서 점심 먹고 나면 회사 밖으로 나가는 걸 좋아하고, 답답한 사무실 책상에서 벗어나는 해외 출장도 좋아한다. 명절에도 계속 머물러야 하는 공간인 친척 집에서 벗어나기를 즐긴다. 항상 딴짓만 하는 습관은 군대에서도 그대로였다. 훈련하는 도중, 출동 가는 도중, 그리고 다양한 시점에서 할 수 있는 딴짓을 찾았다. 그 딴짓은 메모였다.

'PD NOTE'라는 수첩을 아실 것이다. 훈련복 왼쪽 주머니에 딱 들어갈 만한 포켓 크기의 메모장을 사서 꾸준히 메모했다. 다음 장에서 다루겠지만 여자 친구에게 주기 위한 일기 형식의 편지를 메모장에 적었다. 본격적으로 메모하는 삶의 시작이었다. 그리고 상병 시절에 우연히 후임이 읽고 있는 메모책을 봤다. 재밌어 보여 다 읽고 나면 빌려 달라고 했다. 읽어보니 아주 괜찮은 책이었다. 메모에 관련된 책이 하는 말은 오직 하나다. 메모는 좋다. 그리고 이렇게 하면 된다. 다양한 자신의 방법론과 다른 사람들의 좋은 메모 사례를 소개해준다. 나는 이미 삶을 적는 행위에 꽂혀 있는 상황이었고, 이 책은 큰 기폭제가 됐다. 책 내용을 요약하며 읽었다. 그중, 활용할 수 있는 부분을 다시 읽었다.

그 책에서는 마이크로 소프트 오피스의 메모 프로그램인 '원노트(OneNote)'를 다뤘다. 그리고 원노트는 디지털 기기와 프로그램에 관심이 많았던 나에게 큰 감명을 줬다. 적은 내용을 필요할 때 검색할 수 있다는 점이 인상 깊었다. 원노트에 관한 관심이 생겨서 당시에 원노트를 탑재하고 있던 스마트폰을 사고 싶었다. 계속해서 디지털 메모 부분을 읽으며 제대하면 꼭 스마트폰을 사리란 꿈을 키워나갔다. 군대 안에선 핸드폰을 사용할 수 없으니 제대하면 이런 시스템을 구축하겠다고 다짐했다.

군대 안에서 할 수 있는 일에 집중하는 게 최선이라 생각했다. 그래서 아날로그 메모를 계속했다. 여자 친구에게 적던 편지 형태의 메모는 상병 말 호봉 시점에 끊기고 개인 메모로 넘어갔다. 해야 할 일, 하고 싶은 일에 대한 단서들이 담긴 메모장을 현재도 보관하고 있다.

당시의 기록을 보면 시시콜콜한 군대 생활 내용이 대부분이다. 제대하고 나면 무엇을 할지에 대한 깊은 고민은 없다. 군대 생활에 대한 생각이 많이 남아 있다. 군대 안에서 다양한 일을 했고, 고민이 많았다는 걸 알 수 있다. 쓴 돈, 기억할만한 일과 내 생각에 대해서 이것저것 적혀 있다. 당시 메모를 보면 지금과 어쩌면 이렇게 비슷할까 생각할 때도 있다. 메모를 많이 할 거란 생각에 약간은 두꺼우면서 위로 넘기는 메모장을 샀다. 이 메모장을 계속해서 몸에 지니고 다니면서 지브라 미니 볼펜으로 기록해나갔다.

상병 말 호봉이 됐을 때, 분대장을 달고 편한 생활을 하고 있었다. 당시 나의 목적은 사회로 복귀하는 데 필요한 기술들을 쌓는 데 있었다. 취업하든 복수전

공을 하든 보편적으로 필요한 토익 점수가 필요했다. 그리고 군인의 유일한 군 생활 목표인 휴가에 사용하는 스티커를 위해서도 토익 점수가 필요했다. 일정 수준 이상의 토익 점수를 달성하면 휴가 스티커를 줬다. 시험비도 할인해주고 외박도 보내주는데 치지 않을 이유가 없었다. 군인 신분 증명증이란 것도 발급 받아서 토익을 쳤고, 원하는 점수를 받아서 휴가도 갔다. 이런 소소한 군대 시절 이야기도 메모장의 몇 줄로 기억해낼 수 있다.

당시 메모에 관련된 책을 본 건 어찌 보면 인생에서 큰 행운이 아니었을까 싶다. 일상을 끄적이던 수준에서 메모를 적극적으로 활용하는 수준으로 넘어 갔다. 할 일을 챙기고, 한 일을 기록하며 나의 삶은 정돈되기 시작했다. 군대에 서 제일 잘한 일 두 가지를 꼽자면 독서와 메모를 시작한 일이다.

메모 책을 봤을 때 이거다 싶은 생각이 들었고, 디지털 메모에 대한 새로운 시선을 열어줘서 향후 나의 메모를 어떻게 해야 할지 큰 그림을 던져줬다. 나 에게 책을 빌려준 후임은 제대하고 나서도 몇 번 만난 기억이 있다. 만날 당시 엔 이 책이 나에게 이렇게 의미가 있는 책인지 몰랐다. 시간이 지나고 나서 생 각하니 내 기록 인생에 온 큰 변곡점이었다.

사람은 바라던 대상이 주변에 나타날 때 실행할 용기가 생긴다. 메모 책이 나에겐 그런 용기를 심어준 책이었다. 당시의 상황에 감사한다. 군대란 상황 자체는 버겁고 힘들고 되도록 피하고 싶은 상황의 연속이었다. 하지만 다양한 사람들과 함께 생활하면서 다양한 가능성을 보기도 했다. 나의 내적인 욕망이 뭔가를 써가는 행위라는 걸 군대에서 만난 책 한 권에서 발견할 수 있었다.

포켓 치수 메모장 외에 군대에서 제공하는 다이어리를 함께 사용했다. 학교 의 조회 시간 비슷한, 교양 시간이라고 불렸던 소대장과 부관이 말하는 걸 적 는 노트였다. 당시 부대에 독서실 비슷한, 공부할 수 있는 공간이 있었다. 중대 전체에서 특정 순위 안의 서열이 되면 열외라는 걸 한다. 열외가 되면 모든 중대 업무에서 해방된다. 열외 이후 나는 독서실에서 살았다. 시간만 나면 독서실에 가 있었다. 내가 생활실에 없는 게 후임들도 편하고 나도 그 공간이 좋았다. 주로 책을 읽거나 영문법 동영상 강의를 보며 시간을 보냈다.

당시에 적은 강의 노트나, 각종 생각이 담긴 노트를 제대할 때 갖고 왔다. 제대 이전 2~3개월에 가장 열심히 공부했다는 걸 노트를 보면 알 수 있다. 제대 직전엔 밖으로 어떻게든 하루라도 빠르게 나갈 생각밖에 없어서 공부에서 손을 놓았다. 이렇게 삶의 흐름이 담긴 하나의 노트는 당시의 삶을 돌아볼 수 있는 소중한 단서다.

과거에 얽매일 필요는 없다. 다만 자신이 해 온 일을 생각해보면 현재에 영향을 미치고 있다는 걸 알 수 있다. 그래서 우리는 현재를 잘 살아가야 한다. 과거에 했던 일에서는 자유롭되 현재에 하는 행위가 미래에 어떤 방식으로 영향을 미칠지 생각하면서 살아야 한다. 현재 살아가고 있는 순간을 가장 잘 남길 수 있는 게 자신이 한 일, 감정 등을 남기는 메모나 사진 등의 기록이다. 이런 재료들을 통해 시간이 지났을 때 자신을 돌아볼 수 있다. 재료와 결과의 관계에 대해서 알게 되고, 미래에 어떻게 다가올지 예측해볼 수 있다. 그래서 우리는 적어야 한다. 현재를 위해서도, 현재가 영향을 미칠 미래를 위해서도 말이다.

기록하면 본인이 어떤 상황인지, 어떤 장소에 있는지와 상관없이 살아온 삶을 챙기고 돌아볼 수 있다. 각자의 삶은 유일하고 독특하다. 나로 살아갈 힘은 내가 어떤 존재인지 아는 데서 온다. 나에 대한 이해를 위해 기록하자. 과거의 나를 돌아보고 앞으로 어떤 내가 되고 싶은지 알기 위해서 말이다. 다양한 삶의 순간이 있고 그 순간은 자체로 아름답고 간직할 만하다.

이렇게 삶의 순간을 쌓아가다 보면 하나의 변곡점이 다가온다. 변곡점은 삶을 통째로 뒤흔들만한 지점이다. 무엇을 원하는지 알 수 없었던 20대 초반에 변화의 단서를 제공해 준 메모에 감사한다. 메모를 통해서 다양한 삶의 순간을 수집하고 돌아볼 수 있었다. 과거를 돌아보면 반성할 수 있다. 반성할 수 있으면 행동을 바꿀 수 있다. 행동이 바뀌면 삶이 바뀐다. 기록이란 작은 행위가 이렇게 삶을 바꾸는 힘이 된다.

쌓아온 기록은 나의 힘이 된다. 누구도 갖지 못한 나만의 기록이다. 나를 공부하며 변화의 기회를 얻는다. 역사를 공부하는 이유와 같다. 나에 대한 역사를 파악하며 앞으로 일어날 일을 어떻게 대할지 결정할 수 있다. 데이터베이스가 많이 생길수록 보다 유연하고 자신에게 만족할 만한 결정을 내릴 확률이 높아진다. 완전히 같은 상황이 오진 않겠지만, 기준을 확립할 수 있기에 힘이 된다.

이렇게 나는 군대에서부터 본격적으로 나의 힘을 쌓아왔다. 점점 시간이 흐르면서 적었던 순간이 번거롭고 귀찮기도 하지만 시간이 흐르고 돌이켜보면 큰 힘이 된다. 지금 나에 대한 이해의 단서를 제공한다.

사람마다 자신만의 무기가 있다. 나에게는 그 무기가 기록이다. 별반 다를 바 없는 일상에서 느낀 감정들, 먹은 음식, 고민 등이 적혀 있다. 시간이 지난 지금도 여전히 하는 고민이 적혀 있을 때도 있다. 많이 변한 부분도 변하지 않은 부분도 확인할 수 있다. 지금 주위에 펼쳐지고 있는 일, 생각, 그리고 고민에 대해서 적어보자. 그리고 시간이 흐른 뒤 펼쳐보자. 그 한 줄이 우리 삶에 어떤 영향을 미쳤는지 확인해보자. 어떤 영향을 미치고 있는지, 앞으로도 이 한 줄의 의미가 있을지 계속해서 곱씹어보자. 나는 적었다는 사실 자체만으로도 의미가 있다고 믿는다. 삶이 한순간이라도 의미가 없었던 적은 없다. 다만 우리가 의미를 부여하지 못했을 뿐이다. 적는 순간 의미가 부여된다. 한 번이라도 생각해본 대상은 의미가 있게 마련이다.

한 줄, 한 장, 삶의 부분을 남기려는 시도를 통해 우리는 삶의 의미를 찾을 수 있다. 다양한 꽃이 있듯이 다양한 향이 있다. 우리 자체가 꽃이 되어 매력을 발산한다. 다른 누가 찾아주지 않아도 그 자체로 아름답다. 스스로 부여한 의미로 살아가기 때문에 타인의 말에 휘둘리지 않을 수 있다. 나는 기록하는 행위가, 한 사람이 꽃이 되는 과정을 도와줄 수 있다고 믿는다. 한 줄이라도 생각과 감정에 대해 남기려는 노력이 우리 스스로 빛날 수 있도록 한다.

내가 접한 변곡점처럼 모두의 삶에는 변곡점이 있다. 삶에 대한 의지와 그에 수반하는 노력이 변곡점을 만들어낼 수 있는 원동력이다. 큰 변화를 만드는 변곡점은 예상치 못한 순간에 찾아온다. 내가 전혀 생각하지 못한 순간이나 결정이 돌아보면 변곡점인 경우가 많다. 어느 순간이 내 삶의 변곡점이었는지와 그때의 상황이 어땠는지 알고 유추하려면 단서가 있어야 한다. 기록이 그런 변화의 시작을 잘 알 수 있는 수단이라 믿는다.

연애편지

의경에 입대했던 2008년 8월은 무더웠고 올림픽이 한창이었다. 한 게임도 챙겨 보진 못했으나 당시 나는 2년 정도 사귄 여자 친구가 보낸 편지로 그 분위기를 알 수 있었다. 매일 도착하는 편지로 사회와 다분히 이질적이었던 군대라는 환경의 어려움을 이겨냈던 기억이 난다. 훈련소에선 정신 차리지 못하는 나날들을 보냈다. 자대에 와선 더 정신없는 나날을 보냈다.

그러다 한 가지 사업을 생각했다. 나의 일상도 남기면서 여자 친구에게 줄 수 있는 선물을 만들고 싶었다. 휴대할 수 있는 노트를 샀고, 어디든 갖고 다닐 수 있는 볼펜을 샀다. 군 생활 내내 항상 들고 다녔다. 어디서든 적었다. 여자 친구에게 보내는 편지처럼 매일 메모를 해나갔다. 아침에 일어나서 어떤 운동을 하고, 어떤 밥을 먹고, 어떤 활동을 하고, 어떤 일이 있었는지 적었다. 그리고 여자 친구에게 보내는 메시지로 하루를 끝맺었다. 현재 하는 일상 메모와 비슷하다. 다만 한 사람을 대상으로 적었다는 측면에서 조금 다르다.

지금 생각해보면 어떻게 적었나 싶을 정도로 꾸준히 그리고 많은 양을 적었다. 심지어 훈련으로 땀 범벅인데도 쉬는 시간엔 노트와 펜을 꺼내 들고 편지를 적었다. 주위 선임들이 뭘 그렇게 적냐 하면서 내용을 궁금해하던 기억이 아직도 새록새록 난다. 자신에 대한 욕을 적는 게 아닌가 하며 노트를 보려 하던 선임도 있었다. 지금도 회사에 대한 불만과 각종 인물에 대한 희화화를 하는 걸 보면 당시에 욕을 안 적진 않았을 것 같다. 안타깝게도 이후에 헤어져 확인할 방법이 없다.

지금 그런 메모를 적었으면 스캔해서 파일로 보관하고 줬을 것이다. 군 생활의 3/4 정도가 들어있는 메모장이다. 특별하게 힘들고 고됐던 시간을 다시 펼쳐볼 수 있으면 얼마나 재밌을까. 내 삶의 힘들면서도 변화를 맞이한 순간들이 담긴 메모장이고 당시의 일들을 회상해볼 수 있는 단서이다.

폐쇄된 공간에서 젊은 시절을 보내는 군대 생활은 심적으로 길게 느껴졌다. 이런 답답한 생활에 익숙하지 않던 나로서는 엄청난 스트레스를 받았다. 매일 적어나가면서 버텼다. 적으면서 내 생활을 돌아볼 수 있었다. 사랑하는 사람이 있다는 사실이 나를 버틸 수 있게 했다. 그 사람에게 하고 싶은 말은 종일 계속할 수 있었다. 그래서 많이 적을 수 있었다.

메모장 위에 글자로 수다를 떨면서 하루를 온전히 보낼 수 있었다. 힘든 일도, 적을 수 있으면, 누군가에게 말할 수 있으면 괜찮았다. 맞춤법도 틀리고 비문인, 앞뒤 내용이 엉망인 문장이 넘쳐났을 것이다. 그래도 적어나가는 삶이 군 생활의 일부였다는 게 지금 생각해보면 재밌고 뿌듯하다. 지금의 삶과 비슷하다. 하루를 일상으로 남기는 삶, 내 삶을 하나의 콘텐츠로 만들어내려는 노력이었다.

연애편지 메모장의 맨 뒷부분은 군 생활 서열 정리로 쓰였다. 곧 제대를 앞둔 내무반장부터 말단 이등병까지 명단을 만든다. 그리고 선임이 한 명씩 제대하면 이름에 줄을 긋는다. 신입이 들어오면 내 밑에 적어나간다. 그런 식으로 차곡차곡 드래곤볼을 모아가듯이 이등병 생활을 버텼다. 군 생활 기수가 잘 풀린 편이라 일주일 차이 나는 후임이 있었고, 4주 차이 나는 후임도 있었다. 후임은 빠르게 많이 들어오길 기원했고, 선임은 빠르게 많이 나가길 바랐다.

나의 노트는 '데스노트'라고 불렸다. 거기 이름이 적히면 언젠가는 사라진다. 맞는 말이다. 본인들도 사라지길 원한다. 군 생활에선 빨리 사라질 수 있으면 좋다. 나도 언젠가 이 노트에서 사라지길 바라면서 계속해서 노트를 적어나갔다. 소대원이 대략 20명 정도 됐다. 최하단에서 시작해서 마지막 노트를 적을 당시엔 내 이름의 위치가 올림픽 단상에 오를 정도가 됐다. 이렇게 오랜 시간 적어오며 지워나가는 재미를 알게 됐다. 지금은 사람이 아니라 할 일을 적고 지우고 있다.

할 일 관리 앱에서 할 일을 지워나가듯 선임 한 명이 제대하면 한 줄씩 그어나갔다. 완료 버튼을 누르는 방식과 비슷하게 데스노트를 작성해나갔다. 군 생활의 재미였고 이름만 봐도 기억나는 소대원들과의 추억이다. 의경 생활을 책으로 써도 될 정도의 디테일이 메모장 안에 살아있을 것이다.

그 시절의 내가 대견하다. 어떻게 군 생활을 하루하루 적을 생각을 했을지, 어떻게 꾸준히 적어나갔을지, 그리고 함께했던 사람에 대한 마음이 그렇게 해바라기 같을 수 있었는지 말이다. 내 삶은 크게 바뀐 듯하면서 별로 바뀌지 않았다는 생각이 글을 적는 순간 함께 한다.

사람들과 얘기할 때, 나는 전쟁에 나갔으면 어딘가 숨어서 메모하다가 죽었을 거라고 농담으로 말한다. 군대에서도 그렇게 살았으니 실제 전쟁이 나도 그러지 않았을까. 전쟁의 참상과 시시콜콜한 일상을 적다가 메모장 수십 개를 남기고 떠나는 삶은 지금 생각해봐도 괜찮을 기록적인 삶이다.

경험하고, 느끼고, 배운 내용을 글로 남기는 삶은 언제나 괜찮다. 실제 삶은 힘들고 고될지라도 우리가 받아들이는 방식과 삶을 해석하는 방식은 삶의 인식에 큰 영향을 준다. 그리고 어떤 삶이라도 변화 없이 흘러가는 삶은 없다. 같은 일을 할지라도 일을 대하는 나의 모습과 펼쳐지는 하루의 결이 다르다. 그 결을 하나씩 추적하고 만드는 과정이 기록이다.

당시에 사랑이라는 목표가 있었다. 군 생활에선 그 사랑을 유지하는 게 나의 외부와 통하는 유일한 목표였다. 그래서 나는 적었다. 나의 감정과 시시콜콜한 얘기를, 하나도 공감되지 않을지 모르지만, 당신을 생각한다고 말이다. 당시 여자 친구가 한 말이 떠오른다. 매일 비슷한 느낌이라 나중엔 읽기 힘들다고 했던 기억이 난다.

지금 운영 중인 블로그도 매일 하나의 일상을 담은 포스팅을 올린다. 나의 하루는 어찌 보면 비슷하고 반복적이다. 그런데도 안을 살펴보면 엄청난 변수와 다양한 사건이 하루를 채우고 있다. 당시 여자 친구가 보기에 재미없었던 이유는 시청각 자료가 부족해서이지 않을까 싶다. 그리고 책의 부분을 골라서 짧게 읽는 분량이 아니었다. 반복되는 일상을 담은 약 3~4개월 치의 편지 일기를 몰아서 봐야 했으니 지겹다고 한 것도 이해가 된다. 노트를 2~3권 정도 줬을 땐 읽긴 했을까 하는 생각이 들기도 했다.

편지 일기가 밀리는 날도 있고, 하루에 엄청난 양을 적어내는 날도 있었다. 할 말이 많은 날이 있었다. 적기 싫은 날도 있었을 테다. 그래도 하루 일정 분량 이상의 기록을, 빠지지 않고 적어나가는 건 삶을 돌아보고 미래를 향하는 습관이 됐다.

군 생활 시절의 내 모습이 어땠을지 궁금하다. 나조차도 접근할 수 없는 기록물이 되어버린 연애편지 메모이다. 다음에 찾아볼 수 있도록 스캔이라도 해뒀을 좋았을 텐데 아쉽다. 그 이후론 이런 일을 해본 적이 없다.

매일 적는 연애편지는 내 인생을 돌아봐도 크나큰 프로젝트였다. 편지를 가장한 일기라고 볼 수 있겠다. 그 당시 느꼈을 나의 감정과 다양한 일상을 적었던 내가 보인다. 누가 뭐라고 해도 꿋꿋이 '여자 친구한테 적는 겁니다' 하면서 열심히, 그리고 묵묵히 적어나갔던 기동복 입은 내가 보인다.

출동 다녀와서 모두 잠든 새벽 시간 창문을 통해 들어오는 아침 햇살을 조명 삼아 편지를 적던 내 모습이 기억난다. 노트도 펜도 싸구려였지만 적어나갔던 내 삶의 목소리는 값지고 가치 있었다. 하루를 지나며 느꼈던 감정을 놓치지 않으려는 노력, 하고 싶은 말을 지연하지 않고 바로 적으려는 노력을 통해 나는 약 4권의 노트를 완성했다. 완성된 노트는 휴가 나갈 때마다 여자친구에게 건넸다.

기억해보면 여자 친구가 크게 감동을 하거나 고마워하진 않았다. 큰 감동은 첫 번째 노트를 전해줬을 때 느꼈을 테지만 이후 나의 일기를 생각해보면 하나의 책이었다. 다 아는 책을 다시 읽는 심정이었을 것이다. 매일 전화 통화도 하고 외출을 자주 나가는 편이어서 그렇게 나의 일상이 비공개로 진행되다가 극적인 문장의 형태를 띠고 나타나는 건 아니었다.

평생 적을 말을 다 적었을지도 모르지만 할 말은 끊임없이 나왔다. 하나의 삶을 일정한 형태를 가진 기록으로 남기는 행위는 또 다른 생산을 만들어낸다. 많은 사람이 이렇게 말한다. 기록할만한 내용이 없어서 안 적는다고 말이다. 일상에서도 적을 내용은 차고 넘친다. 현재 여러분이 삶에서 가진 불만만 적어보라고 해도 수백 가지는 적을 수 있다. 그리고 고마운 것도 적다 보면 꽤 많이 적을 수 있다. 단지 시작이 어려워서 적지 못할 뿐이다. 우리는 할 말이 많다. 왜냐하면, 할 말을 다 하지 못하고 살기 때문이다.

그러면 어떻게 해야 할까? 적으면 된다. 다시 보지 않더라도 자신의 삶을 위해서 적는다. 타인이 보고 긍정적인 피드백을 받는다면 더 좋다. 긍정적인 피드백은 계속해서 적어나갈 힘이 된다. 내 경험과 생각이 누군가에게 긍정적인 영향을 미친다는 믿음은 삶을 계속해서 새롭게 경험할 수 있게 한다. 글이 아니어도 내 일상을 계속해서 특정한 형태로 남기면 힘을 갖게 된다. 재미가 있고 없고를 떠나서 나중에 보면 재밌다.

본인이 보기에 재미없다고 느껴져도 개의치 말고 적으면 된다. 나중에 보면 재밌을 거라고 믿으며 적으면 된다. 지금 내가 군 생활의 메모를 본다면 엄청 재밌을 것이다. 피식하면서 당시의 하루를 회상할 수 있는 재료이기 때문이다. 지금 현실에선 의미 없는 추억 놀이라고 해도 괜찮다. 내 삶의 한 부분이고 20대 초반의 어느 하루로 나를 인도해줄 것이기 때문이다.

이렇게 군 생활 시절 연애편지 일기를 통해서 기록 근육을 단련했다. 지금은 비록 근육 없는 삶을 살지만, 기록에 대한 근육은 발전의 과정에 있다고 믿는다. 기록 몸짱이 되는 그날까지 나는 쓰고, 찍고 남기려고 한다.

스마트폰의 출현

스마트워크에 관심이 많다. 이유는 모르지만 잘 알아야 할 분야로 느꼈다. 대학생 당시, 하는 일은 없었지만 스마트워크는 큰 관심사 중 하나였다. 그리고 아이폰 출시 이후로 스마트폰이 보급되기 시작했다. 스마트폰 열풍은 세계를 강타했고, 나는 약간 늦게 스마트폰을 샀다. 다양한 앱을 설치해서 쓸 수 있다는 점이 마음에 들었다. 어릴 때부터 컴퓨터에 다양한 유틸리티 프로그램을 깔아서 써보는 걸 좋아하는 컴퓨터광이었다. 자연스럽게 스마트폰에 지대한 관심이 생겼고, 스마트폰을 산 이후 스마트폰에 빠져들게 됐다.

'넥서스S'라는 구글 레퍼런스 폰으로 스마트폰에 입문했다. 레퍼런스 폰은 구글에서 지정한, 특정 소프트웨어 버전의 기준이 되는 스마트폰을 지칭한다. 잡다한 통신사 앱이 없고 기본 앱만 들어있는 구성 자체가 깔끔한 스마트폰이다.

스마트폰을 사고 나서 가장 먼저 설치한 프로그램은 에버노트였다. 스마트폰을 사기 전부터 PC 버전으로 가입해서 사용하고 있었고, 스마트폰을 산 이후로 활용도가 더욱 늘어났다. 에버노트의 기능을 보완하는 외부 앱도 많이 있었고, 메모를 어떻게 하면 잘 할 수 있을지에 대한 관심이 많았다.

나는 언제 어디서나 적고 찍을 수 있다는 스마트폰의 장점에 매료됐다. 다양한 메모 앱에 눈을 돌렸다. 다양한 프로그램을 써봤다. 지우고 다시 설치하는 과정을 반복했다. 하나에 정착했다가도 곧 다른 앱으로 눈을 돌렸다. 그렇게 써본 앱의 종류가 상당히 많다.

에버노트, 원노트, 컬러노트, 스프링패드, 솜노트 등 다양한 메모와 관련된 앱을 사용했다. 앱별로 장단점이 있었고 하나에 쉽게 만족하지 못했다. 그래서 다양한 앱을 오가며 메모했다. 스마트폰을 사용하면서 기준으로 세운 점은 언제 어디서나 접근할 수 있어야 하고 (클라우드), 사용이 쉬워야 하고, 오랜 기간 지속할 것 같은 기업의 서비스를 활용해야 했다. 회사의 수명이 다하면 쌓아놓은 기록이 사라지거나, 다른 곳으로 이전해야 한다. 이런 번거로움은 되도록 피하고 싶었다. 그래서 선택한 앱이 에버노트이다. 에버노트는 동기화된 노트에 언제 어디서나 접속할 수 있다. 모든 운영체제를 지원하고, 사용하기가 편했다. 그리고 활용할 수 있는 방안도 많다. 그리고 100년간은 망할 것 같지 않은 기업이었다. 에버노트 강의로 유명한 1인 기업가의 다양한 칼럼과 동영상을 보며 에버노트 사용법을 익혔다.

스마트폰에서 사진을 찍으면 자동으로 인터넷 공간에 저장되는 클라우드 서비스도 이용했다. 찍은 사진을 어디서나 볼 수 있다는 장점이 있다. 집에서 저장한 사진을 스마트폰에서도 볼 수 있고, 반대도 가능하다. '구글 포토'라는 서비스를 이용하면 모든 사진이 적당한 크기로 설정돼 업로드된다. 원본이나 동영상 용량을 제외하면 사진을 무제한 저장할 수 있다. 데스크톱 폴더 업로드도 지원한다. 이렇게 사진을 담고 있는 모든 기계에서 업로드된 사진을 '구글 포토'에서 확인할 수 있다. 유용한 사진 및 동영상 관리 서비스다.

스마트폰은 혁명이다. 이제 메모장과 펜이 없어 일상과 생각을 못 적는 시대는 지나갔다. 우리는 스마트폰을 언제나 들고 다닌다. 그래서 꺼내고 화면을 켜고 앱을 실행하는 번거로움만 이기면 얼마든지 적을 수 있다. 스마트폰의 터치 자판에 대한 갈증을 해결하기 위해서 물리 키보드를 지닌 쿼티 스마트폰을 쓰기도 했다. 쿼티 키보드로 메모하면 더 빠르고 정확게 입력 가능했다. 다양한 스마트폰을 썼는데 쿼티 자판을 가진 스마트폰은 아주 애착이 깊었다.

스마트폰이 나오기 이전인 2011년 1월부터 에버노트 PC 버전에서 메모를 적어왔다. 월별로 정리된 노트를 추적하면 내 삶이 어떻게 흘러 왔는지 알 수 있다. 당시의 시시콜콜한 일상과 생각을 적어놨다. 무슨 생각으로 적었는지 이유를 알 수 없는 메모도 많다. 친구들에 대한 정보, 줘야 할 돈, 받아야 할 돈, 날씨 정보가 가득 차 있다. 이렇게 하나하나 적어간다. 그리고 돌아본다. 잊었던 과거의 인물들을 회상할 수 있다. 생각지도 않았던 정보가 나온다. 시시콜콜하다. 지금 적으면 미래에 과거의 나를 볼 수 있다. 어떤 생각을 하고, 어떤 사람을 만나고, 어떤 고민이 있었는지 말이다. 당시엔 손으로 메모하고 나서 에버노트에 옮겨적던 시절이다.

스마트폰을 산 날 '행복하다'라고 적힌 메모가 있다. 본격적으로 메모를 하면서 단어가 아닌 문장 형태의 기록이 시작됐다. 당시엔 누가 어떤 스마트폰을 샀는지도 메모했다. 그만큼 스마트폰은 지대한 관심의 대상이었다. 기억나지 않는 스마트폰 기종이 적혀 있기도 하고, 당시에 쓰던 스마트폰이 어땠는지 감상과 평가가 적혀 있다. 온통 메모와 관련된, 혹은 생산성과 관련된 앱에 대한 정보 또한 많이 담겨 있다.

처음엔 날짜만 적어두고 메모하다가 욕심이 생겼다. 하루의 어떤 시간에 메모를 적었는지 궁금하다. 그래서 시간을 넣을 수 있는 앱을 활용했다. 에버노트의 부가 앱을 활용하거나 안드로이드 키보드 앱의 상용구 기능으로 해결할 수 있었다. 메모를 적은 시간 추적이 가능하도록 다양하게 시도했다.

우리는 여행과 연애와 같이 좋았다고 생각되는 일만 기억하는 경향이 있다. 그래서 나중에 돌아보며 지금은 왜 이렇게 별로인가 고민할 때가 많다. 꼭 그렇지 않다는 게 나의 생각이다. 적어놓은 메모를 돌아보면 일상과 고민으로 가득했다. 무슨 음식을 먹을지도 고민한다. 데이트할 때 어떤 코스로 돌아야 할지, 갚아야 할 5천 원을 언제 줄지도 고민했다. 우산을 갖고 나오지 않아서 비를 맞을까 걱정하고, 내 앞에 펼쳐질 불투명한 미래에 대해서도 고민한다. 오랜 시간이 지나고 돌아보면 당시의 고민도 이해가 되고, 지금도 비슷한 고민을 하고 있다.

메모를 이전보다 잘하고 싶었고 관리 하고 싶었다. 메모하고 돌아보지 않던 시기도 있고, 매일매일 챙기던 시절도 있었다. 다시 보든 보지 않든 하루도 빠지는 날이 없도록 메모를 했다. 그렇게 쌓아가는 일이 재밌었다. 재미있는 이유는 당시엔 잘 몰랐지만 계속해서 기록해나갔다. 단지 나의 삶을 기록하는 메모였고, 어떤 목적이 있진 않았다. 목적이 없으니 어떤 내용이든 적을 수 있었다.

그러다 시간 단축을 위해 메모 기호를 만들었다. 할 일은 todo 를 줄여서 'td'로 질문은 question을 줄여서 'qs'로 생각은 think를 줄여서 'th'로 줄인다. 나중엔 'th'의 발음 기호와 비슷한 @ 부호 하나로 줄어든다. 나중에 쉽게 알아볼 수 있도록 태그를 설정하는 것이다. 현재 쓰고 있는 노트 프로그램의 태그와 유사하다고 보면 된다. 어떻게 하면 조금 더 체계적으로 분류할 수 있을지 많은 고민을 했다.

현재도 메모에 대해 고민한다. 어떻게 하면 조금 더 잘 적을지 말이다. 어떻게 하면 모든 일상을 낱낱이 기록할 수 있을까 고민한다. 생각과 일상을 기록하고 내 삶에 등장한 사람과 내가 즐겼던 대상을 기록하고 싶다. 더 잘 활용할 수 있는 방향을 계속해서 고민 중이다.

항상 쥐고 있는 스마트폰으로 일상과 생각을 기록한다. 사진을 찍기도 하고 메모를 하기도 한다. 녹음하기도 한다. 기록하는 행위로 자신의 삶을 돌아볼 수 있다. 스마트폰이 생기고 나서 이런 기회가 많아졌다. 지금 느끼는 감정을 적어보는 행위는 감정을 객관화시켜서 볼 수 있는 효과가 있다. 문학적이지 않아도 된다. 화려할 필요도 없다. 지금 하는 생각을 적는 건 나를 챙길 수 있는 행위이다. 자신의 감정에 솔직할 수 있는 행위다. 언제나 메모할 수 있는 도구가 생긴 이후로 이렇게 자신을 돌아보는 일을 자주 할 수 있었고, 나를 조금 더 잘 챙길 수 있었다.

스마트폰의 출현은 기록하는 내 삶을 가속화 했다. 다양한 시도를 해볼 수 있었고, 나름대로 나에게 맞는 최적의 방법을 찾아가려는 노력을 지속했다. 지금도 기록을 지속하고 있고 앞으로도 진행형일 테다. 형태가 어떤 식으로 바뀌든지 메모하고 사진을 찍고, 하루를 정리하는 삶을 지속할 예정이다. 내 삶을 챙기고, 주위 사람들이 어떤 삶을 살아가는지도 적어보는 건 재밌다. 이 취미는 평생 갈 수 있다고 믿는다.

기록에 관련된 앱이 계속해서 나왔으면 한다. 내 생각을 그대로 남겨주는 메모 앱, 내가 보는 모든 것을 기록해주는 도구와 같이 내 삶을 어떻게든 지속 가능한 기록으로 만들어주는 기술이 출현하길 기대한다. 그리고 앞으로도 발전할 IT 영역에 대비해서 역량을 지속해서 쌓아가야 한다.

적으면 우리는 스마트한 삶을 살 수 있다. 나를 돌아보고 원하는 게 뭔지 생각해본다. 주위 사람들에 대한 불만도 적어본다. 어떤 생각이 들 때 바로 적어둔다. '내가 이런 생각을 하고 있구나' 인지할 수 있는 것만으로 어느 정도 욕망이나 불만이 해소된다. 원하는 목표를 이루거나, 불만에 대한 해결책을 찾으면 더 좋다.

스마트폰의 출현은 인류 역사를 바꿔 놓을 만큼 강력했다. 지하철의 풍경도, 공연을 보는 풍경도 모두 바꿔 놓았다. 변화하는 과정에서 부작용도 있지만, 자정 작용을 통해 긍정적인 방향으로 흘러가리라 믿는다. 점점 인체와 합쳐지는 방향으로 스마트폰이 진화하면 보이지 않는 부분에서 우리 삶을 자유롭고 편하게 해주리라 믿는다.

항상 쥐고 다니는 스마트폰의 용도를 한번 생각해볼 필요가 있다. 24시간 몸을 떠나지 않는 스마트폰은 기록하기에 최고의 도구다. 주어진 하루의 시간을 어떻게 썼는지 알 수 있다. 어떤 사람과 통화하고 문자를 주고받았는지 알 수 있다. 돈을 어디에 썼는지도 가계부 앱으로 알 수 있다. 우리는 동시대에 기록할 수 있는 최고의 도구를 선물 받았다. 큰 행운이 아닐 수 없다. 주어진 무기가 있다면 한번 써보는 게 어떨까?

아날로그와 디지털의 만남

메모를 계속하면 고민이 생긴다. 개인적으로 메모장에 적는 아날로그 메모와 프로그램에 적는 디지털 메모를 왔다 갔다 하는 과정을 많이 거쳤다. 한쪽으로만 해서는 양쪽의 장점을 아우를 수 없다. 아날로그 메모는 손맛이 있다. 적으면서 펼쳐가는 생각의 발산이 있다. 속도는 느리지만 깊게 생각할 수 있다. 디지털 메모는 빠르다. 사진도 담을 수 있다. 무엇보다 검색이 쉽다. 아날로그 메모는 적어두고 나중에 못 찾을 때가 종종 있다. 메모를 열심히 할수록 아날로그와 디지털 메모 사이의 고민이 깊어졌다.

대학교 4학년 당시, 처음으로 아르바이트를 해서 돈을 모았다. 노트북을 사기 위해서였다. 방학이 끝나면 취업 준비도 해야 하는 상황이라 자소서를 쓰고 지원하려면 노트북이 필요했다. IT는 엄청나게 좋아하는데도 노트북을 갖고 있지 않았다는 게 아이러니하다. 인터넷에서 노트북을 알아봤다. 약 한 달 동안 고민했다. 넷북을 할지 노트북을 할지 고민한다. 그러다가 완전히 다른 노트북을 알게 됐다. 영화에 메모할 수 있는 노트북이 있다는 사실을 알게 됐다. 태블릿 노트북이다. 펜이 내장돼 있고 화면에 정전기 방식의 펜을 갖고 메모할 수 있는 기계다.

재정적인 부담으로 신품은 사지 못하고 중고로 샀다. 중고 제품을 다루는 카페에서 물건을 샀고 물건은 무사히 도착했다. 고민하느라 학기 시작 전에 사지 못하고, 학기 시작 후 조금의 시간이 지나고 샀다. 이제 모든 것을 디지털로 할 수 있겠다고 생각했다. HP에서 나온 태블릿 노트북이었는데 성능은 그럭저럭 쓸만했다. 태블릿 노트북으로 다양한 시도를 해봤다.

군대에서 메모 책으로 알게 된 '원노트' 프로그램을 수업시간에 이용했다. 필기하면 재생할 수도 있고, PDF 파일 위에 바로 펜으로 필기할 수 있는 프로그램이다. 수업 노트를 모두 원노트에 적었다. 약간의 애로사항도 있긴 했다. 필기가 전체적으로 이상한 곳으로 이동해버린다거나 한 번씩 동기화에 실패하면 열심히 적은 필기 데이터가 날아가 버렸다.

태블릿 노트북으로 그림도 그렸다. 펜이 있으니 다양한 활동이 가능했다. 그리고 시험 기간이 다가오고 시험을 쳤다. 결과는 성적 하락이었다. 아무래도 디지털 메모는 다시 읽기에 힘들다. IT 기술이 인간에 미칠 수 있는 영향을 연구한 책을 보면 인터넷 기사나 전자 화면을 통해서 접하는 데이터는 종이로 된 콘텐츠보다 빠르게 훑어보는 특성을 갖는다고 나온다. 학문적 통계는 사실이었고, 디지털 메모를 통해 공부한 나의 4학년 1학기 시험은 학점 하락을 불러왔다. 1학기 동안은 태블릿 노트북을 활용해서 듣다가 2학기엔 아날로그로 돌아갔다. 나의 학점을 통해 아날로그와 디지털의 장단점을 처절하게 알 수 있었던 시간이었다.

1년의 시간이 흘러 일을 시작했다. 제조업 경영관리 직군에 취업했다. 사무직의 특성상 데이터나 자료를 다루는 일이 많았다. 회사에 들어와서도 열심히 메모했다. 회사에 들어와서도 아날로그 메모와 디지털 메모 사이에서 엄청난 갈등을 겪었다. 처음엔 아날로그, 다음은 디지털, 다시 아날로그를 오가며 다양한 업무에 쓰는 도구와 방식을 경험했다. 한번은 대통합을 시도한 적이 있는데 스마트 펜이라는 도구였다.

내 삶은 지름의 역사이기도 하다. 처음 학과 사무실에서 일해서 받은 돈으로 디지털카메라를 샀다. 두 번째 중식 레스토랑에서 일하고 받은 월급으로 산 게 태블릿 노트북이었다. 아르바이트로 생긴 돈을 바로 전자기기에 쏟아부었다. 두 아이템 모두 후회 없을 정도로 잘 사용해서 본전은 뽑았다. 어릴 때부터 꽂히는 물건이 있으면 꼭 사야 직성이 풀렸다. 스마트 펜은 취업 이후에 꽂힌 수많은 전자기기 중 하나였다. 그래서 사야 했다.

스마트 펜은 아날로그 메모를 적으면 해당 내용이 블루투스 통신을 통해 스마트폰의 디지털 메모로 변환된다. 그래서 PDF나 JPG 이미지로 출력할 수 있게 된다. 스마트 펜 앱에 동기화되어 메모를 바로 이메일이나 메신저로 공유할 수 있는 엄청난 도구였다. 처음 스마트 펜 광고를 보고 이거다 싶었다. 처음엔 종이에 적으면 바로 스마트폰 화면에 반영되는 모습이 신기했다.

스마트 펜으로 메모하면서, 녹음이 가능하고 나중에 재생하면 메모가 적히면서 해당 시점의 녹음 내용이 나온다. 신기한 기능이었다. 이렇게 다양한 활용이 가능한 스마트 펜에 꽂혀서 항상 들고 다녔다. 내가 손으로 적는 메모가 디지털로 전환되는 신기한 일이 가능할지 몰랐다.

필기 인식을 위해선 스마트 펜 전용 노트를 써야 했고 작은 치수와 일반 노트 치수, 중간 치수의 노트도 있었다. 여러 가지 종류의 노트를 다 써봤고 용도에 맞게 변경하면서 필기했다. 언제 어딜 가나 스마트 펜과 전용 노트를 들고 다녔다. 한 번씩 스마트 펜 충전이 안 된 상황에선 불안했다. 그럴 때면 필기를 아예 안 할 때도 있었다. 혹은 샤프로 적었다가 나중에 스마트 펜에 인식되도록 덧칠한 기억도 난다.

기록을 위한 도구라면 돈을 아끼지 않았다. 관련된 전자기기를 하나 더 소개하면 검은 화면에 초록색 글씨가 적히는 어린 시절의 장난감과 비슷한 필기도구가 있다. 스마트 펜과 차이가 있다면 스마트 펜은 실제 종이를 사용하고 부기 보드는 기계 자체에 적으면 스마트폰과 동기화된다. A4 용지 만한 크기에 적으면 바로 스마트폰에 같은 내용이 기록된다. 버튼만 누르면 기계에서 적은 메모가 사라지고 빈 노트가 된다. 종이가 필요하지 않아 무한대로 적을 수 있는 장점이 있었다. 그림도 그리고 낙서도 할 수 있는 장난감이었다.

많은 도구를 사용하며 메모의 본질에서 멀어지는 건 아닌가 하는 걱정도 했다. 본질은 적는 건데 지나치게 도구에 집중하는 건 아닌가 고민도 했다. 지금 돌아보면 다양한 도구를 써보고 나에게 잘 맞는 도구가 무엇인지 찾아가는 과정이었다. 펜을 써도 필기감 좋고 내 손에 딱 맞는 필기구를 쓰면 좋듯이 디지털 메모 도구도 마찬가지였다. 나에게 맞는 도구를 찾는 과정에서 많은 방황을 했고, 돈도 많이 썼다. 결국, 다양한 도구를 써보며 깨달은 사실은 내가 기록에 관련된 도구를 좋아한다는 것이었다. 그리고 이 모든 도구의 본질은 적는 행위였다. 이 사실 하나를 깨달았다.

필기는 무조건 한 군데 하는 게 좋다는 것도 깨달았다. 여러 곳으로 분산되면 다시 볼 확률도 줄어들고 내용을 찾기도 어렵다. 현재는 회사 노트와 개인 노트를 구분해서 사용하고 있다. 더 이상의 분류는 하지 않으려고 한다. 한군데 모으는 효과를 다양한 도구를 쓰면서 깨달았다.

디지털 메모는 내가 키보드로 타이핑 하는 게 좋다는 걸 깨달았다. 손으로 적은 내용을 OCR 문자 인식을 통해 문자로 변환하고 검색할 수도 있지만 모든 문자를 인식할 순 없었다. 이런 단점을 해결하기 위해 손으로 적고 스캔한 그림 위에 컴퓨터 텍스트를 직접 추가해서 검색을 가능하게 하는 방식도 있다.

그리고 적는 것만큼이나 다시 보는 게 중요하다는 사실을 깨달았다. 적어놓고 보지 않으면 소용이 없다. 인간의 기억력과 시간의 관계를 설명하는 에빙하우스 망각 곡선을 보면 주기적으로 회상한 기억은 장기기억으로 들어갈 확률이 높다. 그래서 우리는 기억할 만한 내용을 적고 돌아봐야 한다. 기억할 만한 내용이니 적었을 것이고 다시 보는 게 좋다. 우리 삶에서 소중했던 순간을 기억할 수 있다. 적은 메모를 다시 볼 수 있는 환경을 조성하려고 노력했다.

회사에서는 항상 노트를 펴놓고 일하기 때문에 아날로그 노트에 대부분의 업무 내용을 적는다. 이 노트를 펼치고 전날 메모를 한 번 더 훑으며 그날 할 일을 챙기고 밀린 일을 처리한다. 회의, 보고나 미팅을 하더라도 항상 노트를 들고 다니는 습관이 생겼다.

개인 생활은 회사 생활과 조금 다르다. 노트를 자주 펴진 않는다. 회사처럼 노트를 기본값으로 책상에 두고 생활하는 게 아니다. 내 방 책상의 기본값은 키보드이고 컴퓨터를 위한 공간이다. 회사에서 일하는 기분이 날까 봐 노트를 펴지 않는 건지도 모른다. 이동 중에는 디지털 메모를 하는 경우가 많다. 강의를 듣거나 모임에서도 손으로 적기보단 디지털 메모로 기록하는 게 편하다. 적을 때도 편하고, 나중에 필요한 이들에게 공유할 때도 디지털 메모가 편하다. 요즘은 가벼운 프로그램을 선호한다. 이미지 없는 아웃라이너 프로그램인 '워크플로위(Workflowy)'를 주로 사용하는 편이다. 문자만 있는 간편함이 주는 프로그램의 빠른 속도와 온전히 문자에 집중할 수 있는 환경이 맘에 든다.

개인 생활에선 메모도 디지털로 하려고 노력한다. 어느 정도 아날로그와 디지털 기록의 접합을 시도한 이후엔 정리된 형태로 기록을 쌓아가고 있다. 되도록 기록을 쌓을 때 편한 도구를 사용하고, 되도록 한곳으로 모으고, 자주 볼 수 있는 환경을 마련해둔다. 그러면 자연스럽게 자신에 대한 기록이 쌓인다. 메모가 쌓이면 활용할 수 있는 방식이 많아지고, 이를 콘텐츠로 가공해낼 수도 있다.

개인적으로 메모를 활용해서 블로그 포스팅에 많이 참고하는 편이다. 약속에서 돌아올 때 만난 사람이 했던 말을 정리해서 메모한다. 메모를 토대로 일상을 블로그에 올린다. 메모를 보면서 기억나는 내용이나 개인적인 감상을 추가한다. 메모에 기억과 감정이 추가된다. 주위 사람들이 나보고 기억력이 좋다고 한다. 하지만 내 기억력은 그렇게 좋지 않다. 적기 위해 기억을 인출하려는 노력의 결과다. 이렇게 기록하는 행위는 기억을 강화한다. 기억하려고 하는 순간은 소중해진다. 그러면 삶 전체가 소중해진다. 삶의 의미를 찾을 수 있는 수단으로 기록만 한 게 없다. 그래서 오늘도 기록한다. 내일도 기록할 것이고 죽을 때까지 꾸준히 할 생각이다.

처음엔 다양한 시도를 해보면 좋다. 자신이 좋아하는 대상에 대해 적어보고 생각해본다. 그리고 다른 사람들의 방법으로도 시도해보고 손에 익으면 자신에게 맞게 변형해서 사용하면 좋다. 처음엔 모방이 최고다. 디지털과 아날로그다 시도해보고 자신에게 맞는 도구를 선택하면 된다. 두 가지 형태의 장점을 조합한 스마트 필기도구도 괜찮다. 중요한 건 어떤 도구를 사용하든 적는 행위 그 자체이다.

개인적인 기록 이야기

솔직하게 말하면 개인적인 메모는 하지 않아도 된다. 하지 않아도 살 수 있기 때문이다. 개인적인 삶의 영역은 회사의 일처럼 꼭 처리해야 하는 일이 없다. 꼭 처리해야 하는 일은 시기가 오면 하게 돼 있다. 하지만 기록하면 할 일을 기억하고 처리하면서 삶이 원하는 방향으로 발전할 가능성이 커진다. 막연히 해야 한다고 느꼈던 욕실 청소, 제 시기에 하는 쇼핑, 챙겨야 하는 가족의 생일, 경조사 등은 미리 알고 있으면 임박해서 챙기는 것보다 잘 챙길 수 있다. 그리고 자신이 미리 생각한 동선과 흐름대로 갈 확률이 커진다.

개인적인 기록에선 지나간 일과 스쳐 지나가는 생각을 기억하기 위해서 적는다. 메모에 날짜는 필수 항목이다. 메모를 적는 시간도 적어두면 더할 나위 없다. 언제 무슨 일을 했고 무슨 생각을 했는지 알 수 있기 때문이다. 어쩔 땐 메모를 조금도 하지 못한 날도 있다. 너무 즐거웠거나 너무 바쁜 날이 그런 경우다. 그런 날은 무슨 일을 했는지 온라인 캘린더에 단어라도 적어놓으려고 한다.

기록은 개인이 살아낸 삶의 조각을 모으고, 살아갈 삶의 그림을 그리는 과정이다. 점심시간 회사 주위를 산책하다 생각난 사람, 풍경을 보고 떠오른 감상, 기발하게 느껴지는 내 아이디어를 적는다. 나만이 겪는 순간을 낚아채는 수집 과정이다. 내 삶의 양분이 될 재료를 모으는 과정이다. 의미가 있고 없고는 중요하지 않다. 기록한다는 사실 자체가 수집 대상 자체에 의미를 부여하는 행위다.

적지 않았으면 흘려보냈을 생각이 모여 하나의 사상이 되고, 개인의 철학으로 발전할 수 있다. 터무니없던 꿈이나 목표가 문자로 적히고 내 눈에 들어오면 어떤 식으로 이룰지 고민하게 한다. 고민하면 이룰 방법을 찾게 된다. 방법을 찾으면 다시 적는다. 실천하고 고민하는 과정을 반복해서 거친다.

이렇게 모은 기록을 통해 삶을 돌아본다. 사실 오늘 아침에 뭘 했는지, 점심에 무슨 메뉴를 먹었는지 기억나지 않는 하루가 많다. 메모를 보면 어떤 일을 했고, 어떤 메뉴를 먹었는지 알 수 있다. 기록은 삶의 블랙박스를 만드는 과정이다. 미래에 나의 과거가 어땠는지 알 수 있는 지표다. 과거에서 벗어나지 못하는 삶을 살아선 안 된다. 하지만 기록된 과거를 통해 과거의 답습은 피할 수 있다. 학교에서 역사를 공부하는 이유와 같다. 과거에 일어났던 실수를 반복하지 않기 위해서다.

출근하면서 이북 리더기로 책을 읽는다. 좋은 구절이 나온다. 이북 리더기의 하이라이트 기능으로 좋은 구절을 표시해둔다. 해당 문구에 대한 생각을 적는다. 이렇게 해놓으면 인상 깊게 읽은 구절을 모아 볼 수 있다. 독서 메모를 적는 것은 내가 또 한 사람의 저자가 되는 과정이다. 모두의 책을 나만의 특별한 책으로 만드는 과정이다. 인생도 이렇다. 같은 삶을 살아도 어떻게 가공하고, 어떤 의미를 부여하고, 어떤 생각을 하는지에 따라서 완전히 다른 삶이 될 수 있다. 같은 일상을 반복하는데 어떤 이는 큰 성취와 꿈을 이뤄나간다. 반면에 어떤 이는 그대로 일상을 살아가고 현재에 머물 뿐, 발전이 없다. 이렇게 삶을 기록하면 내가 의미를 부여하고 삶을 만들어가는 다른 하나의 삶을 살 수 있다.

회사에서 일하는 순간에도 개인적인 생각이 떠오르면 회사 컴퓨터에 띄워 놓은 메모 프로그램에 생각을 적는다. 나중에 스마트폰이나 집에서 확인할 수 있다. 어디서든 접속할 수 있는 클라우드 메모 서비스에 저장해 놓기 때문이다. 흘러보낼 수 있는 삶의 조각들을 하나씩 모아둔다. 내가 이런 생각도 했나 싶을 정도로 다양한 생각이 활자로 기록돼 있다. 변하지 않는 듯 변하는 생각과 사상의 흔적을 살펴보고 있으면 영화를 보는 듯하다. 기록은 삶의 시나리오를 하나씩 만들어가는 과정이다. 내가 주인공이자 감독이며 조연이기도 하다. 다양한 기록들이 내 삶의 시나리오를 충만하게 만든다.

인터넷 칼럼을 읽는다. 좋은 내용이라는 판단이 서는 제목과 서문이다. 그러면 인터넷 하이라이팅 서비스인 '라이너(Get Liner)'를 활용해서 밑줄 치면서 읽는다. 그러면 나중에 내가 하이라이트 한 부분과 하이라이트에 추가한 메모까지 모아 볼 수 있다. 한국 회사가 만든 서비스인데 외국에서 인기가 좋다고 한다. 이렇게 내가 소비한 콘텐츠와 인상 깊은 기사의 부분을 모은다. 글에 대한 생각도 수집해놓는다. 어딘가에 소비한 시간이 있다면 거기에 대한 기록이 남아 있어야 한다. 기록이 남아 있으면 어떤 내용을 보면 어떤 생각으로 시간을 썼는지 알 수 있다. 이렇게 다양한 콘텐츠에 대한 소비와 그에 대한 생각이 모인다. 이것들이 내 삶의 가치가 되고 가치는 삶을 바꿀 수 있다.

기록은 생각을 명료화하는 과정이다. 적다 보면 언어 표현력의 한계로 떠오른 생각을 적확하게 표현해내지 못할 때가 종종 있다. 그런 언어 표현력의 한계를 극복하기 위해서 고민한다. 어떻게 표현할 수 있을지 시간을 들인다. 이런 과정을 거쳐 생각을 언어로 바꾸는 능력을 키울 수 있다. 생각을 글로 쓸 수 있다. 글로 쓸 수 있으면 말할 수 있다. 적힌 단어를 보고 수정하며 생각을 다듬는다. 글로 적힌 생각이 내 삶의 지표가 되고, 나는 적힌 대로 삶을 살아갈 확률이 높아진다. 적어놓은 기록은 실현된다는 믿음은 나의 과거 경험으로도 증명이 됐다.

한 예로, 대학생 시절 토익 준비를 하고 있었다. 연필에 '토익 950'이라는, 당시 실력을 보면 터무니없이 어려운 목표를 적어냈다. 시간이 흘러서 우연히 다시 그 연필을 봤다. 몇 년이 지났는지 모르겠지만, 취업 준비를 하던 4학년에 그 점수를 이뤘다. 목표를 적어두고 잊어버려도 달성할 수 있는 효과가 있다고 믿는다.

하나의 일화가 더 있다. 대학교 4학년 때 취업 준비를 하던 시절이었다. 나는 취업이 간절했다. 꼭 취업하겠다는 마음으로 메모장에 적어둔 구절이 있다. 당시 취업과 관련된 자료를 출력하기 위해 A4 용지 2박스를 사면서 '이 A4 용지를 다 쓰기 전에 취업하겠다'라고 다짐했다. 이 다짐 역시 적어두고 적어뒀다는 사실조차 잊었다. 시간이 지나고 취업을 했다. 어느 날 방 정리를 하다 노트를 펼쳐 봤는데 이 다짐이 보였다. 당시 샀던 A4 용지는 거의 다 쓰고, 몇 묶음이 남아 있었다. 신기한 경험이었다. 그 이후론 이뤄지지 않을 목표도 적어놓는다. 나중에 돌아보면 다 이뤄져 있으리라 믿는다. 자신의 꿈을 적어보자.

카페에 가면 몰스킨 노트를 편다. 이전엔 다양한 노트를 쓰다가 이젠 몰스킨에 정착했다. 예술가와 작가들이 적고 쓰고 그린 노트라는 점이 나를 끌어당겼다. 잘 펴지고 종이 위에서 미끄러지는 필기감이 좋다. 3만 원대의 비싼 가격이 전혀 아깝지 않다. 필기감 좋은 퓨어 몰트 4색 볼펜을 쥐고 몰스킨 노트 위에 아무 생각이나 끄적거린다. 오늘 한 일, 날씨, 상태에 대해서도 적는다. 다양한 메모가 몰스킨 노트에 적혀 있다. 하고 싶은 일도 적는다. 고민도 적는다. 그러면 나중에 볼 때 해결된 일도 있고 여전히 풀리지 않은 일도 있다. 기존의 기록 위에 파란색 볼펜으로 현재의 상태나 진행 상황을 업데이트한다. 몇 년이 지나도 똑같은 상태일 때도 있다. 묵은지처럼 묵히는 과정이다. 언젠간 이 메모가 발효돼 내 삶에 도움이 될 거라 믿고 적는다. 삶의 속도보다는 방향에 대해서 고민한다. 원하는 목표로 가는 속도가 느리면 답답하다고 솔직하게 적어둔다. 적는 것만으로도 덜 답답해진다.

살다 보면 보관할 문서가 생긴다. 그러면 에버노트에 사진으로 찍거나 스캐너를 이용해서 파일로 저장한다. 새로운 사이트에 가입할 일이 생긴다. 에버노트에 계정 노트를 만들어서 사이트 주소와 함께 id와 비밀번호를 적어둔다. 나의 건강검진 기록, 연말 정산 자료, 모임 회계 기록 등이 모두 에버노트에 들어 있다. 나의 모든 자료는 에버노트에 들어가 있다. 에버노트는 이런 식으로 자료를 구축해놓고 필요할 때 검색해서 쓰는 노트 서비스다. 어떤 분이 에버노트를 '개인의 구글'이라고 표현한 적이 있는데 딱 적당한 표현이다. 나의 구글을 만들어두고 필요할 때 검색한다. 바로 자료가 나오면 그만큼 다른 사람들보다 생산성 있는 삶을 살 수 있다. 인터넷 영수증, 각종 카드 정보, 은행 계좌 정보 등도 에버노트에 저장해둔다. 하나의 단어만 치면 바로 정보를 알 수 있다. 독서, 영화, 각종 강의 등의 기록도 하나의 노트로 만들어놓고 나중에 참고한다. 이런 식으로 개인 데이터를 쌓아두고 활용한다. 이게 기록의 묘미다. 에버노트는 다양한 스크랩 기능도 제공한다. 컴퓨터나 스마트폰으로 웹서핑하는 도중 괜찮은 기사나 글은 에버노트 웹 클리핑(web clipping) 기능으로 스크랩하면 하나의 에버노트 노트로 생성된다. 에버노트는 이런 식으로 개인의 문서나 자료를 모아두기에 좋은 서비스다.

이동하는 도중 할 일이 생각난다. 스마트폰의 '미리 알림' 앱을 실행하고 무슨 일을 할지 적는다. 여기엔 장기 프로젝트는 적지 않는다. 조만간 처리해야 할 일을 적고, 그 일을 처리하기 좋은 시간이나 기억해야 할 시간에 알람을 설정해둔다. 회사에서 먹는 비타민이 다 떨어지면 집에서 챙겨가야 한다. 집에 충분히 도착했을 시간을 생각한다. 저녁 8시쯤이면 밥을 먹고 쉬는 시간이겠다. 그러면 비타민이라 적고 저녁 8시에 알람을 설정해둔다. 퇴근하고 나서 밥을 먹고 쉬고 있다. 8시에 비타민이라는 알림이 온다. 비타민을 챙겨서 가방에 넣어둔다. 이런 식으로 간단하게 일을 처리하는 경우가 많다.

할 일의 수집은 스마트폰이나 컴퓨터를 가리지 않고 하는 편이고, 확인은 주로 스마트폰에서 한다. 이런 식으로 일을 처리하면 기억에 대한 스트레스가 없다. 그리고 완료한 일도 나중에 다시 볼 수 있다. 과거에 한 일을 보면 미래에 할 일이 보일 때가 많다. 꼭 어떤 시간에 퇴근해야 하면 퇴근 알람도 해놓는다. 그 시간이 되면 컴퓨터부터 끄고 바로 퇴근한다. 기계적으로 움직일 때 덜 생각하고 덜 눈치 볼 수 있다.

회의 중 전화가 온다. 거절 버튼을 누르며 '1시간 후에 전화하기'를 설정한다. 그러면 아이폰 '미리 알림' 앱에서 1시간 뒤에 알림이 온다. 30분이 없다는 게 조금 아쉽다. 업데이트될 때 적용되면 좋겠다. '이동할 때 알림'은 미팅이 잦은 사람에게 유용할 것으로 보인다. 해당 장소에서 다른 장소로 이동하는 도중에 알림이 오고 그때 처리할 수 있기 때문이다. 안드로이드 사용자이고 할 일을 간단하게 관리 하고 싶다면 '분더리스트(Wunderlist)'를 사용해도 괜찮다. 내가 이 책에서 다루는 모든 프로그램은 어디서든 접속 가능한 클라우드 서비스 기반이다. 어디서든 접속할 수 있어야 어디서든 일을 처리할 수 있다. 한 군데에서만 볼 수 있는 로컬에서만 작동하는 프로그램은 유용하지 못하다.

이렇게 기록하고, 할 일을 처리하고 내 생각을 모은다. 다양한 생각을 수집하고 다시 보고 발전시킨다. 생각들을 모아서 하나의 퍼즐을 완성한다. 삶의 퍼즐을 모을 때 살아있다고 느낀다. 조용히 남들이 놓치는 순간을 혼자서 낚아채는 기분이 든다. 미묘한 만족감을 느끼며 메모하고 기록하고 남긴다. 생각들이 모여서 특정한 방향을 갖게 되고, 방향은 가치를 품는다. 이렇게 형성된 가치는 내 인생을 바꾸는 원동력이다.

종이를 빼곡 채운 메모, 프로그램의 정돈된 메모를 보면서 충만함을 느낀다. 살아온 삶에 대한 감사함과 뿌듯함을 느낀다. 살아온 삶을 다시 돌아볼 수 있다. 언어의 갈증을 느끼는 경우가 있다. 고민하며 삶을 살아가는 무기를 가다듬는 기분으로 적합한 단어와 문장을 고민한다. 내 삶의 모든 순간을 잡아두고 싶다. 놓치기 싫다. 놓치더라도 놓쳤다는 사실을 적어두고 싶다. 그래서 계속해서 기록한다. 하지 않는 것보단 하는 게 낫다. 적을까 말까 하는 순간에 적고, 찍을까 말까 하는 순간에 찍으면 우리는 삶의 발자취를 선명하게 남길 수 있다. 이렇게 삶을 수집하고 꾸준히 발전하는 삶을 살고 싶다. 살아온 삶이 살아갈 삶을 비춰준다. 오늘도 나는 살아온 삶을 수집해서 돌아보고, 살아갈 삶을 고민하고 구상한다.

회사적인 기록 이야기

노트 이야기

회사에 출근한다. 제일 먼저 하는 일은 컴퓨터를 켜는 일이다. 책상을 클리너로 닦는다. 의자에 놓여 있는 서류 뭉치를 책상에 올린다. 서류 뭉치와 함께 있는 몰스킨 노트를 꺼내서 키보드 앞에 펴고 4색 볼펜을 찾는다. 몰스킨은 항상 갖고 다니는 나의 분신이다. 회의, 보고, 설명회, 미팅, 업무 책상에서도 항상 펴 놓는다.

우선 컴퓨터로 기본 업무를 처리하고, 어제 했던 메모를 다시 본다. 어제 적은 메모에서 완료한 일은 체크 표시를 한다. 진행 중이거나 미 완료된 일은 제일 왼쪽에 ○ 표시를 해놓는다. 표시해두고 내일이나 시간이 지나고 나서 다시 볼 때 ○ 표시한 부분만 다시 보면 된다. 어제 메모의 ○ 표시를 점검한다. 지금 바로 실행할 수 있는 일은 업데이트한다. 담당자에게 전화를 걸거나, 메일을 보내거나, 동료에게 진행 상황을 물어본다. 팀장에게 보고하거나 어떻게 업무를 처리할지 확인한다.

몰스킨 노트의 또 다른 필기 방식은 빨간색으로 할 일을 적어두는 것이다. 이렇게 빨간펜으로 적어놨다가 업무가 완료되면 줄을 쳐서 완료 점검한다. 할 일을 시각적으로 표시해놓으면 처리할 가능성이 올라간다. 시간이 지난 후, 적어놓은 검은색 필기의 아득한 사막에서 할 일을 찾기란 쉽지 않다. 빨간펜이든 형광펜이든 동그라미든 사소한 메모와 할 일을 확실히 구별할 수 있는 표시가 필요하다.

나의 신입 사원 시절을 생각해본다. 인수인계를 받았다. 메모를 열심히 했다. 메모에 체계가 없었다. 적어두고 보지 않는 경우도 다반사였다. 그렇게 많은 메모가 필요하지도 않았다. 하는 일이 그렇게 많지 않았다. 신입 사원 때 노트를 아직 갖고 있다. 당시엔 회사에서 주는 노트를 사용했다. 입사한 지 6년이 지난 지금의 메모와 비교해보면 어딘가 허술하고 내용도 빈약하다. 그만큼 나의 기록은 발전하고 가다듬어지고 있다.

신입 사원 시절의 나처럼 노트에 메모해두고 다시 보지 않으면 의미가 없다. 시험을 준비하며 수업에서 들은 내용을 복습하지 않고 시험을 치진 않을 것이다. 적은 내용은 다시 봐야 한다. 내 머릿속에 들어올 때까지, 혹은 업무가 끝날 때까지 다시 보고 익혀야 한다. 지나간 노트 메모를 다시 보는 시간을 의식적으로 가지는 편이다. 다시 보면서 파란색 펜으로 기존 필기에 첨삭한다. 오랜 시간이 지나도 풀리지 않는 일은 디지털 메모로 넘겨서 잊고 지나가 버리는 일을 방지한다.

워크플로위 : 아웃라이너 프로그램

아날로그 몰스킨 노트의 디지털 친구는 워크플로위(Workflowy)라는 아웃라이너 프로그램이다. 이 프로그램은 간단하게 설명하면 개요를 짜는 프로그램이다. 구조적으로 생각의 체계를 정리할 수 있게 도와준다. '생각의 지도를 그릴 수 있는 툴'이라는 스마트워크 전문가 홍순성 소장의 설명이 적절하다. 발산하는 생각을 표현해낼 수 있는 툴이라 브레인스토밍하거나 기획에 사용하기 좋다. 회사 업무를 '대기 중', '진행 중', '완료'로 구분해서 관리하고 있다. 완료된 일은 리스트에서 보이지 않게 '완료(complete)' 처리할 수 있다. 이렇게 완료된 일은 보이지 않게 해놓더라도 옵션을 통해 보이게 할 수 있어서 좋다. 평소엔 실제로 지금 해야 할 일만 볼 수 있다는 게 장점이다. 스마트폰에서도, 컴퓨터에서도, 태블릿에서도 잘 작동하는 클라우드 서비스다.

몰스킨 노트는 구조적인 사고를 하기엔 적합하지 않다. 즉각적인 전화 메모나 보고 등의 오프라인 업무에 적합하다. 일에 관련된 사안을 노트에 적어보다가 복잡하거나 오래 걸릴 것 같은 일은 워크플로위에 정리한다. 제목을 잘 설정해둬야 나중에 찾기 편하다. 키워드를 신경 써서 내용을 채워나간다. 그리고 담당자 이름이나 회사명도 적어둔다. 이메일이 왔을 땐 이메일의 제목을, 전자결재 서류의 경우는 전자결재의 문서 제목을 그대로 복사해서 나중에 찾기 편하게 설정해둔다. 이러면 나중에 업무를 검색할 때 많은 도움이 된다.

제목을 적고 나면 아래에 관련 내용을 복사해서 넣는다. 나중에 다시 찾는데 걸리는 시간을 단축하기 위해서다. 그리고 검토해야 하는 부분, 일의 해결 과정에 어려움이 있을 부분을 모두 적는다. 관련된 담당자의 이름, 어디 연락해야 일이 풀릴지 생각해보면서 머릿속에 떠오르는 모든 사항을 적어본다. 순서나 구조에 상관없이 생각을 쏟아낸다. 그러면 업무를 처리할 수 있는 청사진을 갖게 된다. 내가 고려할 수 있는 부분을 모두 넣고, 고려한 부분에 대해서 일을 풀어나가면 된다. 연락하고, 확인하고, 데이터를 찾아서 보고서를 작성하거나 문서를 만든다. 그러면 부족한 부분이 보이고 부족한 부분을 보완한다. 팀장에게 보고하거나 관련 담당자와 논의를 한다.

일에 대한 고민을 다 적어두면 그 문제에 대해서 다시 생각하지 않아도 된다. 이전에 이런 고민을 했던 것 같은데 다시 떠오르지 않아서 곤란할 때가 많다. 다시 그 생각을 하는 데 시간을 들여야 한다. 일을 처음 접할 때 떠오른 생각을 다 적어놓으면 다시 검토하는 시간을 아낄 수 있다. 고민할 수 있는 부분을 다 검토하고 나면 주위 사람들의 피드백으로 보완하고 업무를 마무리한다.

그리고 업무의 진행 상황에 따라 구분해둔다. 완료된 일은 '완료' 부분으로 넘기고, 특정 시기에 처리하거나 다른 사람의 업무를 기다려야 하면 '대기 중' 부분으로 넣어서 후에 확인한다. '진행 중'은 지금 내가 할 수 있는 일이 있는 일만 넣어둔다. 지금 해야 하는 일이다. 일의 구분은 '대기 중', '진행 중', '완료' 순으로 설정해놨다. '대기 중'인 일이 많아지면 나중에 '진행 중' 항목에 밀려서 누락되는 경우가 많아 상단에 올려놨다. 이런 식의 간단한 설정이 놓치는 업무를 방지할 수 있게 해준다. 무엇보다 중요한 점은 즉시 행동하는 실행력이다.

에버노트

아웃라이너 프로그램이 업무 돌격대라면 에버노트는 업무 데이터베이스다. 아웃라이너 프로그램은 텍스트만 적을 수 있다. 문서나 그림을 넣을 수 없다는 단점이 있다. 그래서 에버노트를 보조로 활용한다. 업무는 텍스트로만 처리하는 게 불가능하다. 각종 PPT 자료나 엑셀, PDF 자료가 생기는 경우도 잦다. 이메일에 있으면 검색하기가 비교적 수월하지만, 개인 폴더나 사내 그룹웨어에 들어가 있으면 찾는 과정이 번거로운 경우가 많다. 찾는 수고와 시간을 아끼기 위해서 에버노트에 저장해둔다. 검색할 수 있는 검색 단어를 잘 설정해둬야 한다. 검색할 때 태그나 각종 고급 검색 명령어로 설정할 수 있지만, 제목만 잘 설정해둬도 관련된 자료 찾기가 가능하다.

앞선 '개인 기록 이야기'에서도 말했듯이 에버노트는 개인의 구글이다. 검색해서 찾을 수 있는 정보를 다 넣어두면 후에 검색해서 찾기 편하다. 업무 이력을 관리할 수 있는 프로그램이고, 스마트폰에서도 접속할 수 있기에 외부서도 자료에 대한 접근이 용이하다. 개인적으로 영업 직무에 종사했다면 고객의 정보를 에버노트에 넣어두고 미팅을 하는 장소에서 적극적으로 활용하지 않았을까 생각한다.

에버노트엔 다양한 회사 매뉴얼이 들어가 있다. 워크플로위로 매뉴얼을 작성할 때도 있다. 하지만 시각 자료가 이해를 돕는 경우가 많다. 그래서 화면에 따라 이동하고 순서대로 진행해야 하는 업무는 에버노트에 캡처와 함께 주석을 달아 놓는다. 에버노트 서비스를 이용하면 그림이나 pdf에 주석을 넣을 수 있다. 블로그 포스팅할 때도 설명이 필요한 부분, 모자이크나 크기 편집이 필요한 경우엔 에버노트의 이미지 편집 기능을 활용한다.

에버노트에 매뉴얼을 만들어두면 인수인계할 때도 바로 노트를 공유해주면 따로 설명할 필요가 없다. 자기 업무에 대한 매뉴얼을 갖고 있다면, 인수인계할 때 모든 사람의 업무 지속성에서도 큰 장점이 된다. 이전에 사내에서 쓰는 ERP 프로그램의 매뉴얼을 에버노트에 만들어뒀고 노트를 이메일로 공유해서 간편하게 인수인계를 마친 경험이 있다.

매번 반복되는 업무를 처리할 때 매뉴얼을 보고 처리하는 편이다. 그래서 매뉴얼 아래에 월별 업무가 어떻게 처리했는지 기록을 남긴다. 많은 매뉴얼 노트의 아래에 실제 업무를 날짜와 처리한 업무 명세가 적혀 있다. 다음 달에도 매뉴얼대로 처리하면 된다. 월별로 진행되는 업무는 문제가 생기면 이전에 생긴 문제와 비슷한 경우가 많다. 그래서 매뉴얼 아래에 있는 부분을 보면 어떤 문제가 있었고, 어떻게 풀었는지 알 수 있어서 업무 생산성을 올릴 수 있다.

그리고 워크플로위에 에버노트 링크를 복사해두면 에버노트 노트로 바로 이동할 수 있다. 관련된 문서나 매뉴얼을 바로 볼 수 있다. 매월 반복적으로 진행되는 일에 대한 체크리스트를 만든다. 해당 업무의 매뉴얼을 에버노트 노트 링크로 설정해둔다. 링크를 워크플로위에 넣어두고 필요할 때 클릭하면 바로 에버노트의 해당 노트로 이동한다. 이런 식으로 연결해서 텍스트만 있는 아웃라이너 프로그램의 단점을 보완하는 업무 스타일도 가능하다.

누구도 갖고 있지 않을 무기를 하나 더 갖고 있다. 나는 회사에 들어올 때부터 지금까지 주고받은 이메일을 모두 갖고 있다. 처음 입사할 때 컴퓨터에 아웃룩이라는 프로그램이 설치돼 있었다. 마이크로 소프트 오피스 자격증 시험에 응시할 때 알게 된 메일 및 일정 관리 프로그램이라 써봤다. 별다른 환경 설정 없이 바로 사용 가능해서 입사 때부터 쓰고 있다. 아웃룩 프로그램엔 메일 백업 기능이 있다.

회사의 메일 계정 용량이 2GB(기가바이트)인데 많은 선적서류를 주고받는 직무라 턱없이 부족하다. 시간이 지나면 메일을 주기적으로 지워줘야 한다. 아웃룩은 백업 기능을 지원해서 하드 디스크 용량을 이용해서 메일을 백업할 수 있다. 6년간 쌓인 약 13GB의 메일이 현재 나의 하드 디스크에 있다. 앞으로도 퇴사하기 전까진 메일이 쌓일 예정이다.

동료들에게 아웃룩 프로그램을 알려주면 그때부터 백업을 시작한다. 백업하는 세팅을 내가 도와준다. 나의 동료는 아직 회사에서 제공하는 기본 메일을 쓰고 있고 2~3개월 전의 메일도 찾지 못한다. 메일에 첨부된 파일의 용량이 크면 부담스러워서 삭제한다. 한 번씩 동료가 자신이 나에게 보낸 메일을 나한테서 찾을 때도 있다. 이런 데이터베이스는 업무상 엄청난 장점이 된다. 주기적으로 반복되는, 비슷한 업무를 처리하는 경우가 많다. 이럴 때 과거의 이력은 업무 효율을 상상 이상으로 올려준다. 그리고 세관 등의 대관 업무를 할 땐 양식이 많이 필요하다. 그런 양식도 메일에 남아 있으면 수월하게 업무 처리할 수 있다. 양식 이름이나 보낸 사람을 검색해서 빠르게 일을 처리하는 경우가 많다.

두세 달 지난 메일도 없는 사람과 6년이 지난 메일을 보관하고 있는 사람의 정보 차이는 얼마나 클까? 이런 식으로 정보를 쌓아가는 과정과 방식을 중요시하고 기록을 관리하고 활용하는 데 민감한 편이다. 앞으로도 계속해서 업무와 관련된 기록을 쌓아갈 예정이고, 이런 식으로 검색 가능한 디지털 메모의 축적과 활용에 대한 고민을 계속해 나갈 예정이다.

회의

회사에 다니면 회의가 많다. 불필요해 보이는 회의도, 꼭 필요한 회의도 많다. 진행까지 맡아야 하는 책임감이 큰 회의, 참고인 정도로 들어가는 회의, 들어갈 필요가 없는데 들어가는 회의가 있다. 각 회의 별로 임하는 태도가 다르다.

진행까지 맡아서 관련된 사안에 대해 발표하는 회의가 있다. 그럴 때는 많은 준비가 필요하다. 작년 프로그램 개발을 맡아서 진행했고, 시연회를 했다. 부사장급부터 관련 부서의 모든 임원이 들어온 자리였다. 미리 스크립트를 짜서 들어간다. 어떤 순서로 진행하고, 짚어야 할 내용에 대해서 하나씩 확인했다.

길어지는 것보단 짧고 깔끔하게 발표하는 게 맞다 생각해서 핵심만 발표하는 시나리오를 짰다. 매일 보는 사람들이라도 발표하는 자리는 긴장되고 부담스럽다. 미리 준비한 스크립트를 읽고, 시연을 진행하고 깔끔하게 잘했다는 평을 들었다.

참고인 정도로 들어가는 회의는 회의 이후에 내가 할 일만 챙기면 된다. 되도록 회의 내용은 대부분 적으려고 한다. 관여도가 적은 회의는 졸 수도 있기에 그런 상황을 방지하기 위해 끄적인다. 신입 사원 때는 회의 들어가서 졸았던 기억이 난다.

들어갈 필요가 없는데 들어가는 회의는 노트에 적힌 이전 메모를 보거나 낙서를 한다. 그리고 이것도 질리면 회의에서 재밌는 포인트를 위주로 관람한다. 업무 회의를 할 때, 이견 조율이 가장 재밌다. 자신의 부서 일이 아니라는 걸 어필하는데 되도록 돌려 말하는 게 관전 포인트다. 그런 의견 표현을 잘하는 사람을 관찰하면서 메모하는 재미가 있다.

회의에 들어갈 때 시나리오를 갖고 들어가거나, 집중을 위해 메모를 하고, 개인 업무를 보기도 하고, 낙서하기도 한다. 이렇게 하면 꼭 필요한 부분만 챙겨서 브리핑할 수 있고, 일도 챙길 수 있다. 그리고 회의의 재미도 알게 된다.

업무 노트에 메모하고, 오래 걸리거나 복잡한 일은 워크플로위에 브레인스토밍으로 기록하고, 매뉴얼은 에버노트에 만들어둔다. 이런 식으로 모든 업무를 기록한다. 모든 이메일은 아웃룩 백업을 통해서 저장해둔다. 이렇게 데이터가 하나씩 쌓이면 큰 무기가 된다.

솔직히 기록할 때는 귀찮음이라는 감정이 수반된다. 이렇게 작성해둬서 뭐하나 싶다. 하지만 시간이 지나고 돌아보면 '그때 적어두길 잘했다'라는 생각이 드는 경우가 많다. 이런 미래의 뿌듯함을 위해서 시간과 에너지를 들여서 검색하기 좋게 저장해둔다.

정성스럽게 해놓은 기록이 동료들에게 도움이 될 때도 기분이 좋다. 팀장이 지나가면서 한 말이 있다. '이 대리한테 말하고 검색하면 다 나온다'라는 말을 들었다. 내색은 하지 않았지만, 기분이 좋았다. 내가 한 일이 누군가에게 도움이 되고, 나도 업무에 도움을 받는 경험을 통해 나는 계속해서 기록한다.

기록하자. 나의 미래를 위해서 잊어버리고 무슨 업무를 했는지조차 잊을 나를 위해서 말이다. 도구를 꺼내고 문자로 정리하는 기록의 과정은 시간이 걸리고 귀찮지만, 시간이 지나면 큰 자산이 된다. 업무 할 때 느꼈던 감정, 담당자의 말, 태도 등도 기록해두면 향후 업무에 많은 도움이 된다. 어떻게 대할지 자신이 결정할 수 있다. 업무의 진행 과정과 결론에 대한 기록은 미래의 업무를 쉽게 푸는 핵심 정보가 될 수 있다. 그래서 오늘도 회사에서 적고, 정리하고, 검색한다.

캘린더로 하는 기록

아침마다 회사 자리에 앉으면 전날 한 일을 간단하게 기록한다. 회사에서 '매일 할 일' 리스트에 캘린더 정리를 적어놨다. 이렇게 리스트를 만들어 둔 이후로 캘린더 기록을 빼먹는 경우가 줄어들었다. 지속해서 챙겨야 하는 일은 이렇게 시각적 단서를 만들어두면 좋다. 크롬 브라우저를 실행해서 구글 캘린더에서 어제 날짜를 클릭한다. 스케줄 추가하는 창이 뜬다. 어제 한 일을 간단하게 적는다. 집으로 갔으면 '집으로', 친구를 만나서 음식점에 갔으면 '친구 이름'과 '음식점 이름'을 스케줄 제목으로 설정한다. 그리고 메모난에 들어가서 세세한 부분을 간략하게 적는다.

만난 사람, 어떤 음식을 먹고, 대략 어떤 대화를 했는지 기억나는 내용을 적는다. 그러면 이후에 한 달 분량의 달력을 보면서 어떤 일을 했는지 훑으며 상세한 사항도 알 수 있다. 제목만 간단히 적어두더라도 어떤 일을 했는지 대략 기억이 난다. 마법 같은 일이다.

메모도 하고, 사진도 찍고, 포스팅도 하는데 이렇게 캘린더에 적어두는 이유는 한눈에 파악하기 편해서다. 한 달을 한눈에 바라볼 수 있는 캘린더는 삶의 축소판이다. 그리고 '구글 캘린더'나 '네이버 캘린더'는 인터넷이 되는 곳이라면 어디서든 접속할 수 있다. 각자에게 맞는 인터넷 캘린더 서비스를 이용하면 된다.

매년 초가 되면 한 해를 돌아본다. 그럴 때 온라인 캘린더 만큼 큰 도움이 되는 기록은 없다. 한눈에 지난 1년을 파악할 수 있다. 언제 어디로 여행을 갔는지, 연차를 얼마나 썼는지, 회사에선 어떤 일이 있었는지, 큰 사건은 언제 있었는지 바로 파악할 수 있다. 작년 이맘때쯤엔 어떤 일을 했는지도 알 수 있다. 개인적인 일이든, 회사에서의 일이든 일정한 사이클이 있다. 이런 사이클을 파악할 수 있는 수단이 캘린더다. 적지 않은 날은 '날아간 날'이라고 부른다. 복구하고 싶으면 메모나 블로그 포스팅을 보고 적을 수도 있다.

무료 서비스 가입 후 해지해야 할 날도 구글 캘린더에 적어둔다. 왓챠 플레이, 유튜브 레드 같은 동영상 서비스를 무료 구독하려면 결제 정보를 입력해야 한다. 무료 체험이 끝나고 자동 결제되기 이전에 해지해야 한다. 일정과 관련된 일은 모두 캘린더에 적어둔다. 적어두고도 불안하면 1일 전, 몇 시간 전 알람을 설정해두는 편이다. 카드 결제일도 적어두고 결제일에 결제 통장에 돈을 미리 넣어둔다. 그리고 해당 결제일의 캘린더 상세 명세에 카드 결제 대금 문자 내용을 복사해서 넣어두는 편이다. 이렇게 해두면 카드를 얼마나 썼는지 추적할 수 있다.

병원에 가서 다음 스케줄을 예약할 때도 캘린더에 적어둔다. 적어두지 않으면 기억하지 못한다고 믿는다. 병원에서 오는 예약 문자는 보통 하루 전날 날아온다. 하루 전날 기습을 당하면 내 일상의 리듬이 무너질 수 있다. 그래서 미리 계획하기 위해선 이런 일정 관리가 필수이다. 적어두고 자주 보거나 알림과 같이 상기시킬 수 있는 장치를 마련해두는 게 좋다.

카드 결제나 월급날, 모임 같이 반복되는 일은 되풀이 기능을 활용해서 저장해둔다. 그러면 매월 20일, 매월 둘째 주 목요일, 매주 수요일 등의 방식으로 되풀이 일정을 설정할 수 있다. 이렇게 설정해두는 되풀이 기능은 하나의 넛지로 작용할 수 있다. 3년째 해오고 있던 독서 모임을 그만두고 싶었을 때, 이 회수만큼만 더 하자고 해서 30회로 설정했다. 되풀이 한 30회가 지났고 아직 모임을 하고 있다. 오래 하고 싶은 일은 되풀이해서 계속 반복되도록 해놓자.

그리고 미래에 다가올 마감일을 적어두면 잘 챙길 수 있다. 적금 만기일, 친구와의 약속 등도 적어둔다. 나는 10년 후에 나에게 한 약속을 적어뒀다. 그리고 그때가 되면 찾을 사람도 적어놨다. 10년 후에 그 상황이 어떨지 기대도 되고 걱정도 된다. 타임 캡슐도 미리 심어놓을 수 있는 장점이 있다. 회사의 업무도 마감일을 적어두면 목표 의식이 생겨서 빠르게 일할 수 있다.

회사에서 손님과 미팅 중이었다. 어떤 시기에 미팅을 했고 어떤 논의를 했는지 확인이 필요했다. 스마트폰을 꺼내서 '구글 캘린더'로 바로 확인할 수 있었다. 회사에서 일어난 굵직한 일은 모두 기록해둬서 언제 이런 일이 있었는지 물어보면 대부분 찾을 수 있다. 그리고 연차를 언제 썼는지도 중요하다. 보장된 연차를 다 쓰는 게 나의 연간 기본 목표이다. 다른 일정과 함께 보면 연차 쓸 적당한 타이밍도 알 수 있다.

캘린더를 사용하면 월간으로 반복되는 일을 놓치지 않게 해준다. 매달 반복되는 업무인데 마감이 임박해 챙기게 되는 경우가 있다. 그런 업무를 캘린더에 적어놓는다. 그리고 반복적으로 알림이 오게 설정해뒀다. 그 일을 미리 챙기니

편하다. 이런 간단한 알림만으로도 큰 생산성을 발휘할 수 있었다. 인사 평가 스케줄이나 회의 스케줄을 적어두면 향후 다가올 일정 확인에도 많은 도움이 된다. 우리는 미래에 어떤 일이 닥칠지 예상하고 대응할 때 보다 나은 결과를 가져올 수 있다.

동료들이 수입 화물 선적 스케줄을 궁금해할 때가 많다. 노트에 적어두고 찾아서 알려주기엔 속도가 느리다. 선적 및 입항 예정일을 캘린더에 적어두고 물어볼 때마다 바로 보면서 대답해준다. 스케줄이 바뀌면 마우스로 끌어서 다른 날짜로 이동시키면 된다. 바로 업무에 쓸 수도 있는 캘린더 기록이다.

그리고 업체가 회사를 방문하거나 반대로 출장 갔을 때의 상황도 적어둔다. 업체가 우리 회사를 방문하고 점심을 먹으러 가면 메뉴도 기록해둔다. 이전에 뭘 먹었고 어떤 음식을 좋아했는지 적어두면 나중에 잘 준비할 수 있다. 올 때마다 매번 삼계탕을 먹었던 회사 방문자가 있다. 이젠 삼계탕이 질릴 때도 됐으니 초밥을 먹어야겠다고 대화를 나눴던 기억이 있다. 그 내용을 이전 방문 날짜에 적어두면 다음엔 보다 센스있게 챙길 수 있다.

캘린더를 보면 앞으로 어떤 일이 벌어질지 예측할 수 있다. 그러니 유연하고 적극적인 대응을 할 수 있다. 다양한 스케줄을 보면서 어떻게 스케줄에 완급 조절을 할지 짜나가는 편이다. 주말에 일이 많으면 평일에 휴식을 취하며 에너지를 보충한다. 어떤 요일에 약속이 있으니, 시간에 맞춰 퇴근하려면 미리 회사 일을 열심히 해야겠다고 생각한다. 이런 식으로 캘린더를 보면서 삶의 완급을 조절한다.

캘린더에 적는 일이 귀찮다는 생각이 안 든다. 적지 않았을 때의 후회를 잘 알기 때문이다. 그리고 나중에 쌓인 기록을 보면 재밌다. 제목만 적고 메모를 안 적어두면 나중에 구체적으로 뭘 했는지 궁금한 경우가 많다. 그래서 되도록 디테일도 적어둔다.

기억해야 할 이벤트는 적는 게 당연하다. 머리에 새기면 그만큼 빠르게 날아갈 수밖에 없다. 그래서 개인 캘린더가 조금 더 빽빽하게 적혀 있다. 회사 일은 그렇게 큰 스케줄이 없는 편이기도 하고 주위에서 지속해서 상기시켜 주기 때문에 개인 캘린더에 비해 덜 활용하는 경향이 있다.

나중에 켜켜이 쌓인 캘린더 기록을 보면 재밌다. '이런 일도 있었구나' 하며 삶의 발자취를 알 수 있다. 그리고 미래에 대한 계획을 세우면서 단계별로 어떤 일을 해야 하는지 준비할 수 있다. 내가 남긴 나만의 흔적이다. 2008년부터 10년 정도 쌓아온 구글 캘린더는 내 삶의 요약본이다. 이런 삶의 요약본은 현재 내가 존재하는 방식과 지금의 내 삶에 대한 이유를 한눈에 알 수 있게 해준다.

캘린더는 시간의 속도를 알게 해준다. 과거로부터 시간이 얼마나 빠르게 흐르는지 알 수 있다. 좋은 일, 좋지 않았던 일도 기록해두면 삶이 오르락내리락하는 리듬을 확인할 수 있다. 삶에는 좋은 일만 있지도, 나쁜 일만 있지도 않다는 사실을 눈으로 확인할 수 있다. 삶에 겸허할 수 있는 수단을 제공해준다. 단어 하나, 장소, 이름만 봐도 당시의 상황과 감정이 떠오른다.

10년 전, 생산성에 관심 많은 이들이 캘린더를 사용한다 해서 나도 쓰기 시작했다. 구글 캘린더라는 하나의 서비스에 기록을 쌓아오고 있다. 그리고 회사에서 일하며 주위 상사들이 오프라인 달력을 쓰는 장면을 보고 배우기도 했다. 어떤 일정이나 약속이든 적어놓으면 도움이 된다는 사실을 말이다. 나는 디지털에 관심이 많으니 온라인 캘린더를 쓰자고 다짐했다.

이렇게 캘린더는 삶의 요약본이다. 메모를 다른 버전으로 만들어서 한눈에 볼 수 있도록 하는 하나의 연대기다. 하루 몇 개의 단어로 만드는 나만의 연대기다. 일별로 기록된 나의 하루로 단서를 찾아간다. '집으로'가 적힌 날이 많은 달은 돈을 많이 아끼는 달이다. 집으로 갔으니 밖에서 사 먹지 않았을 것이다. 캘린더에 '집으로'가 많이 찍혀 있으면 이젠 외출할 때가 됐다고 생각한다.

이런 식으로 캘린더는 자신의 삶에 대한 피드백을 진행할 수 있는 도구이다. 삶이 원하는 방향으로 흘러가고 있는지 아닌지도 알 수 있다. 우리는 자주 하는 행동, 가는 장소, 만나는 사람에 의해 많은 영향을 주고받는다. 잘하고 싶은 활동이 있는데 일정에 그 활동이 나타나지 않는다면 충분한 관심과 투자를 하고 있지 않다는 의미다. 좋아하고 잘하고 싶은 활동을 하는 날이 캘린더에 더 적힐 수 있도록 하면 삶은 조금이나마 원하는 상태에 가까워질 것이다.

삶의 기록은 자신을 돌아볼 수 있는 단서를 만들어 나가는 과정이다. 한 일, 할 일의 그림을 그리는 과정이고 큰 의미가 있다. '그림 그리기 참 쉽죠?'라는 화가 밥 로스의 그림처럼 쉽게 적기만 하면 된다. 스마트폰이나 PC 어느 곳에서든 적을 수 있다. 매일 하나의 기록이면 1년이면 365개의 인생 퍼즐을 갖게 된다. 하루 하나의 조각을 만들어보자. 퍼즐이 모여서 하나의 완성된 그림이 되기까지 말이다.

뽀모도로로 시간 기록하기

2018년이 된 지 얼마 지나지 않은 2월이었다. 회사에서 시간 관리에 대한 필요성을 느꼈다. 2017년에 업무에서 주저하고 진행하지 않은 일들에 대한 반성이 있었다. 회사에서 의욕도 없고, 지시받은 후 업무를 진행하기 싫은 나날이 많았다. 이 깊은 권태와 무기력을 이겨 낼 방법이 필요했다. 회사에 다니는 이유를 고민해본다. 일하는 공간이다. 일해야 계속 있을 수 있다는 생각이 들었다. 그래서 일을 제대로 하기로 다짐했다.

평소 업무에 생산성 도구를 적용해서 일하기를 좋아한다. 프랭클린 플래너, 주간 업무 계획 등 다양한 업무 도구의 적용을 시도했다. 어쩌면 일 자체보단 도구 쓰는 걸 좋아한다. 업무를 처리하는 방식은 문제가 없었지만, 의지와 추진력에서 다소 부족함을 느꼈다. 변화가 필요했다. 생산성 넘치는 시간을 보내야 한다는 생각이 들었다. 이전에 쓰던 시간 관리 도구인 뽀모도로(Pomodoro)

를 다시 꺼내 들었다.

뽀모도로는 이탈리아어로 '토마토'를 말하는 시간 관리 방식이다. 간단하게 말하면 25분을 집중력 있게 일하고 5분 쉬는 30분 사이클을 계속 가져가는 시간 관리 방식이다. 25분만 집중해서 일하고 짧은 시간 쉬는 방식으로 일한다. 업무에 시간을 얼마나 썼는지 알 수 있다. 짧은 시간 동안 참고 일할 수 있게 해준다. 어려운, 하기 싫은 일도 25분만 빠르게 해내고 나면 5분 쉴 수 있기에 진행하기 싫거나 귀찮은 업무도 바로 시작할 수 있게 해준다. 시작이 반이라는 말이 있다. 머뭇거리고 머릿속으로 생각만 하는 시간을 획기적으로 줄여준다는 측면에서 큰 효과가 있다. 그리고 사이클이 4번 돌면 (2시간 정도) 15분의 긴 휴식이 있다. 이렇게 집중해서 일하고 쉴 수 있도록 하는 시간 관리 도구이다. 실제 시계와 같은 타이머도 있고, 스마트폰 앱도 있다. 나는 스마트폰 앱을 사용했다.

뽀모도로를 활용하면 어떤 업무에 얼마의 시간을 썼는지 알 수 있다. 타이머를 잴 때 카테고리를 설정해서 내가 어떤 활동에 시간을 썼는지 통계를 낼 수 있다. 업무는 따로 세분화하지 않고 업무로 구분한다. 나머지 개인적인 활동은 내가 관리 하고 싶은 분야를 설정해서 카테고리를 세분화했다. 업체 미팅이나 회의 같은, 일하지 않는 시간은 업무 시간에서 제외한다. 그러면 실제 업무 시간이 어떻게 되는지 알 수 있다. 뽀모도로 단위가 얼마나 들어갔는지만 알면 25분을 곱하면 내가 해당 활동에 쓴 시간이 된다.

뽀모도로를 쓰면서 생산성을 유지한다. 평소 시작을 주저하게 되는 업무를 겁내지 않고 손댈 수 있었다. 우선순위에 있는 업무이지만 하기 싫어서 뒤로 미루던 경우도 있었는데 그런 업무가 줄어들었다. 25분만 버티면 되니깐 일단 손대고 시작한다. 25분의 제약은 덤빌 수 있는 용기를 준다. 하기 싫은 업무 보고, 하기 싫은 통화, 만나기 싫은 담당자, 적기 싫은 이메일 등을 해결할 수 있는 넛지가 돼 준다. 넛지는 간단한 개입이라는 말인데 나는 뽀모도로를 25분의 마법이라고 부른다. 뽀모도로 시간 안에서도 주저되는 경우엔 '54321' 카운트 다운을 하고 바로 움직인다.

뽀모도로는 휴식을 잘 취할 수 있는 시간 관리 방식이다. 이전엔 회사에서 일만 종일 하다가 머리가 띵해지고 두뇌 회전이 안 되는 경우가 종종 있었다. 일은 일대로 안 되고, 스트레스는 스트레스대로 받았다. 휴식 시간을 적절히 가져가지 않으면 이런 상황이 온다. 뽀모도로는 25분만 열심히 하면 5분을 쉴 수 있다. 업무에 소진되는 현상을 예방할 수 있다. 5분 쉬는 시간을 통해서 일에서 잠시 벗어나서 원기를 충전할 수 있다. 짧은 휴식 5분을 통해서 다시 업무에 25분 집중할 수 있는 원동력을 얻는다. 5분 동안은 화장실에 가거나 물을 뜨거나, 바깥에 나가서 내부의 탁한 공기 대신 외부 공기를 쐰다.

회사에서 뽀모도로를 적용하기 시작하고 나서 개인적인 시간 분야에서도 뽀모도로를 적용했다. 취미 생활이나 발전시켜야 하는 부분에 대해서 뽀모도로 방식을 적용했다. 책 쓰기, 블로그 포스팅, 독서, 운동, 산책, 집안일 등의 평소 활동의 대부분을 뽀모도로에 등록해놨다. 집에서 생산성이 낮은 경우가 많다. 개인적인 일은 하지 않아도 되는 경우가 대부분이기 때문이다.

공간이 주는 아늑함 때문인지 지금까지 집에서 뭔가를 제대로 한 경우가 없다. 컴퓨터 앞에서 보내는 시간의 대부분 동안 무엇을 했는지 모르는 경우가 많았다. 웹 검색, 유튜브 채널 보기, 드라마 보기 등으로 시간을 보내는 경우가 많았다. 뽀모도로를 켜두면 시간 흐름을 인식할 수 있다. 흐르는 시간이 시각적으로 보이면 허송세월하지 않게 해준다.

뽀모도로를 개인적으로 적용한 이후, 집에서 실행하기 힘들었던 책 쓰기, 운동, 집안일 등도 잘 챙기고 있다. 25분만 하면 되니 마음이 편하다. 부담도 덜하다. 이전에 집 청소를 하면 종일 하는 편이었는데 25분만 투자해서 부분적으로 정리해 나간다. 이렇게 어떤 활동에 얼마의 시간을 쓰는지 알 수 있고 의식적으로 조절할 수 있다. 현재 책 쓰기도 뽀모도로 앱을 틀어놓고 하고 있다. 이렇게 어떤 일에 얼마의 시간을 투자하고 있는지 측정하면 시간 배분을 할 수 있게 된다. 뽀모도로를 쓰면서 블로그 포스팅에 필요 이상으로 시간을 투자하고 책 쓰기에 생각보다 덜 시간을 투자한다는 사실을 알게 됐다. 그 이후 블로그 포스팅 시간을 줄이고 책 쓰기에 시간을 더 투자하는 시간 계획을 세우게 됐다.

5분의 쉬는 시간 동안은 눈을 감고 있다. 회사에선 자리에서 눈을 감고 있기는 눈치가 보이기에 조용한 공간에 앉아서 눈을 감는다. 5분의 쉬는 시간 동안 눈을 감고 있거나 의자에 편하게 기대 쉰다. 지금 하는 일에 대해 생각하거나 혹은 아무 생각도 하지 않는다. 그렇게 시각 정보를 차단하는 시간은 생각보다 큰 마음의 안정과 평화를 가져다준다. 떠오르는 내용이나 할 일이 있으면 간단하게 메모하는 편이다.

개인적인 영역에 뽀모도로 시간 관리를 적용하고 나서 보다 원하는 일에 시간을 쓸 수 있게 됐다. 우리의 삶은 어떤 시간을 보내는지에 따라서 결정된다. 시간을 잘 관리할 때 원하는 삶을 살 확률이 높다. 그래서 오늘도 뽀모도로를 켜놓고 원하는 일에 시간을 쏟는다. 반대로 원하지 않는 일을 버틸 수 있는 수단도 돼 준다.

이렇게 시간 관리를 하면 정해진 시간을 보낼 때 삶이 정돈된다. 잘 살아가고 있다고 느낀다. 그리고 앱을 이용하면 시간을 어디에 썼는지 기록된다. 내 삶의 큰 목표인 기록이 잘 되고 있어서 기분이 좋다. 보낸 시간의 단위가 하나씩 쌓이는 과정은 벽돌을 쌓는 과정이다. 인생이라는 집에 벽돌 하나씩 쌓아가는 과정이다. 다양한 종류의 벽돌이 있고 나는 어떤 벽돌을 쌓을지 선택할 수 있다. 이후엔 어떤 벽돌이 몇 개나 쌓였는지 알 수 있다.

시간 관리를 시작한 이후, 시간에 민감해졌다. 뽀모도로 앱 화면을 항상 켜놓는다. 그러면 흐르는 시간이 시각적으로 보인다. 25분이 시작되고 주기적으로 시간을 체크 한다. 그 시간 안에 최대한의 생산성을 발휘하게 된다. 헛되이 보내는 시간을 줄여준다. 25분만 제대로 하면 된다. 주위에서 걸어오는 잡담도, 쓸데없이 오는 전화는 업무에 방해가 된다. 삶에서 유일하게 주어진 공평한 자원인 시간이 날아가는 기분이 든다.

시간 관리를 하면 잘 쉴 수 있다. 4 뽀모도로 단위마다 찾아오는 15분의 휴식은 인생의 해방구 같은 느낌이 든다. 5분의 쉬는 시간에는 개인적인 일을 챙기거나 눈을 감고 쉬거나, 스마트폰으로 친구와 메신저를 주고받는 편이다. 회사에서는 되도록 정해진 시간에 쉬려고 한다. 되도록 일하던 자리에서 벗어나라고 하는데 쉬는 시간마다 일어나기엔 눈치도 보이고 부담스러우니 1시간 정도마다 일어나는 편이다.

모두에게 시간은 동일하게 부여되지만, 시간을 어떻게 쓰느냐에 따라서 삶의 결과가 달라진다. 이처럼 시간의 올바른 활용은 중요하다. 삶을 어떻게 보내는지 결정할 수 있는 큰 수단이다. 모두에게 똑같이 부여된 자원이며 시간이 주어지지 않은 삶이란 존재하지 않는다. 시간을 가졌다는 건 삶을 가졌다는 것이고 우리의 삶은 그 시간을 어떻게 보내는지에 따라 결정된다.

시간을 잘 보내기 위해서 우리는 잘 선택해야 한다. 시간을 이 행동으로 보내겠다는 나의 선택이 축적되어 삶의 방향이 결정된다. 우리에게 주어진 자원인 시간을 어떻게 보낼지 생각해보자. 어떤 일을 좋아하는지, 어떤 일에 시간을 투자해야 하는지 적어보자. 그리고 뽀모도로 앱으로 자신이 실제 사용하는 시간을 측정해보자.

시간을 기록하자. 어떤 일에 시간을 쓰고 얼마나 썼는지 측정하자. 피터 드러커가 한 말처럼 우리는 측정할 수 있어야 관리할 수 있다. 시간을 측정하면 삶을 돌아보고 계획할 수 있다. 기록하는 데 많은 노력이 들면 안 된다. 어려운 일은 지속하기 힘들다. 최대한 쉽게 기록할 수 있는 도구가 필요하다. 개인적으로 뽀모도로 앱보다 좋은 도구는 없다고 생각한다.

뽀모도로는 시간에 대한 민감성, 시간에 대한 기록, 적당한 휴식을 안겨주는 최고의 시간 관리 툴이다. 설치해서 써보면 그 위력을 알 수 있다. 처음엔 세세하게 구분하지 않는 게 좋다. 간단하게 구분해서 쓰다가 필요할 때 세분화하는 게 좋다. 단순히 25분 알림을 설정하는 효과가 얼마나 큰지 알 수 있다.

뽀모도로의 기본 25분 간격이 자신의 업무에 맞지 않는다면 50분이나 다른 시간으로 조절할 수 있다. 자신에게 맞는 뽀모도로 프로그램을 찾아보는 재미도 있다. 개인적으로 어떤 일을 했는지 기록되는 앱이 가장 잘 맞았다. 시간은 알차게 보냈는데 어떤 일에 시간을 보냈는지 알 수 있어야 하기 때문이다. 시간을 빈틈없이 알차게 보내게 해주는 뽀모도로를 설치해서 사용해보자. 다양한 컴퓨터 프로그램, 스마트폰 앱이 있다.

제3장
기록하고 나누고 공유하다

기록하는 순간 특별해진다

정서 명명하기라는 개념이 있다. 자신의 감정을 잘 기술할 수 있는 아동들은 그렇지 않은 아동에 비해 감정의 폭발이 적으며 성적도 좋고 인기가 좋다는 것이다. 이것은 감정을 표출하는 것이 아니라 그 감정을 기술할 때 정화 효과가 나타난다는 것을 보여준다.

블로그에 매일 일상을 포스팅한다. 매일 밤, 시간이 있을 때, 시시콜콜한 일상을 적는다. 일어난 시간부터 무엇을 먹고, 출근 시간에는 무슨 일을 했는지 기록한다. 회사에선 어떤 일을 했고, 어떤 말을 들었고, 회식에 가서 먹은 음식과 장소에 대해서 올린다. 퇴근한 후엔 운동하거나 독서를 했거나 친구를 만난 일에 대해서 적는다. 점심시간에 산책하다 찍은 식물 사진이나 소소한 일상의 사진도 올린다. 사람들과 나눈 대화를 기억했다가 적기도 한다. 내가 생각하는 장점을 하루 하나씩 적는 날도 있다. 블로그 포스팅은 하루를 마감하는 나의 의식이다. 하루를 돌아보는, 나의 일과 중 가장 의미 있는 시간이다.

블로그 포스팅이 며칠씩 밀리기도 하고 적기 싫을 때도 있다. 다행히 주위에서 지켜봐 주고 관심을 가지면 어떤 일을 잘 해내는 스타일이다. 모임에서 만난 이들이 나의 주된 블로그 애독자다. 같이 생각을 나누고 웃고 떠들던 시간이 모여서 끈끈한 관계를 유지하고 있다. 이들이 지켜봐 주고 있어서 포스팅을 매일 해나갈 수 있었고 앞으로도 그럴 것이다.

블로그 포스팅엔 힘들었던 순간도 즐거웠던 순간도 가리지 않고 적는다. 실제로 회사에서 일하며 울고 싶었던 날이 있었다. 그 감정을 잊지 않기 위해 적는다. 적으면서 스스로 치유가 된다. 회사에서나 개인적인 부분에서 좋은 일이 눈곱만큼도 없었던 날을 보낼 때도 있다. 하지만, 실제로 글로 적어보면 그렇게 나쁘지 않다. 한순간에 다가온 좋지 않은 기분으로 인해 하루 전체를 좋지 않았던 경험으로 인식할 때가 있다. 글로 적으면 이 '기분 좋지 않음'이라는 필터를 제거할 수 있다. 설사 그 날 일어난 모든 일이 힘들었을지라도 적는 행위에서 치유가 일어난다. 나에게 일어난 일을 객관적인 글이라는 형태로 볼 수 있다. 그리고 내 감정을 표현할 때 그 행위 자체에서 치유가 일어난다. '정서 명명하기'를 매일 블로그를 통해 실천하고 있었다. 블로그에 다 적지 못할 내밀한 감정이나 생각은 개인 노트에 적는다.

포스팅과 더불어 기록에 관한 책을 쓰기 시작하면서 나의 기록 인생을 돌아볼 수 있었다. 삶의 유일한 취미이자 특기인 기록이 지니는 의미를 돌아볼 수 있었다. 책을 쓰다 보니 주위 사람들에게도 기록이 어떤 의미인지 물어보게 됐다. 자신의 삶을 돌아볼 수 있고, 추억할 수 있는 단서이고, 흘려보낼 수 있는 순간을 잡는 느낌이라고 했다. 블로그든, 모임 기록이든, 사진첩이든 어떤 형태로든 남아 있기에 기억을 인출 할 때 좋은 재료가 된다. 그래서 기록하지 않았으면 잊어버렸을 일을 기억할 수 있다고 한다.

책을 쓰며 어떻게 하다가 지금의 기록 수준에 이르게 됐는지 생각해볼 수 있었다. 기록은 개인의 역사를 만들어가는 과정이었고, 삶의 가치관을 다시 정리해볼 수 있는 도구였다. 자신의 삶에 자신이 스스로 의미를 부여하는 시간이었다. 글을 쓰면서 앞으로 살아갈 인생의 그림이 명확해지는 경험을 했다. 이렇게 기록된 일상과 생각은 활자로 적었다는 사실 자체로 특별하다.

여행 가서 찍은 사진도 소중하지만, 나의 감정을 흔들었던 일상의 순간에 찍은 사진이 더 소중하다. 봄이 옴을 느낄 수 있었던 벚꽃의 만개, 그리고 초록의 빛깔이 완연한 이름 모를 식물과 꽃 사진을 통해 '이 순간 봄이 다가오고 있었구나'하고 회상할 수 있다. 사진을 다시 훑어보며 찍을 때 느꼈던 감정이 되살아나는 경험을 했다. 남에겐 아무 일도 아닌 순간도 자신이 적어두거나 보관해두면 특별해진다. 스스로 의미를 부여했기 때문에 기록의 가치엔 누구의 동의도 필요하지 않다.

과거의 메모를 본다. 기록으로 남기면 특별해진다는 사실을 새삼 깨달을 수 있다. 재밌게 봤던 드라마, 영화, 책, 가본 장소, 사람에 대해서 적혀 있다. 이렇게 오랜 기간에 걸쳐 쌓인 기록은 특별하다. 짧은 시간에 다시 훑어볼 수 있다. 내 삶의 기억을 꺼내 볼 단서의 모음이다. 어떤 삶을 살아왔는지, 어떤 삶을 살고 싶어 했는지 기억할 수 있다. 과거의 내가 쌓여서 현재의 내가 됐다. 그래서 우리는 과거를 정확히 알아야 현재도 알 수 있고 미래의 방향도 알 수 있다.

기록하지 않은 일은 아예 기억에 없다. 기록은 과거의 기억에 접속할 기회를 만들어내는 과정이다. 나의 과거에 대한 접속 권한을 스스로 만들어가는 과정이다. 자신을 더 잘 이해하고 감정적으로 평화로운 삶을 살아갈 수 있다. 그래서 모든 기록은 특별하다.

작년 메모를 보다가 모임에 새로 들어왔던 인원에 대해서 적어놓은 부분이 있었다. 모임을 계속 함께 하는 분인데 처음에는 사소한 정보들을 적어냈다. 직업은 무엇인지, 어떤 전공을 했는지 말이다. 지금은 모르고 있던 사실을 기억할 수 있게 됐다. 과거의 메모를 보면서 복습한다. 적어두지 않았으면 앞으로도 모를 일들인데 적어놓으니 그 당시의 상황을 복기하고 주위 사람에 대해서 더 잘 알 수 있었다. 과거 메모를 보면서 더 열심히 적어야겠다고 다짐한다.

언제나 기록할 것이다. 다양한 삶의 방식이 다가오더라도 기록 하나만은 유지할 것이다. 어떤 삶을 살더라도 살아내는 방식과 기억하는 방식에 의해서 삶은 크게 달라질 수 있다. 우리는 각자 자신만의 공장을 운영하는 셈이다. 기록하고 다시 기억하는 과정을 통해서 내 삶의 조각은 하나의 상품이 되어 글이나 특정 형태로 출고된다. 거기서 한 발자국 더 나아가면 나의 삶 자체가 하나의 콘텐츠가 되어 타인에게 선한 영향력을 줄 수도 있다. 이렇게 삶에 대한 긍정과 타인을 도울 수 있는 특별한 삶이 기록하는 사람에겐 찾아올 가능성이 크다.

글로 적으면 느끼고 있다고 생각하지 못한 감정을 느낄 수 있다. 내 감정을 보다 솔직하게 적을 수 있다. 하지 못한 말에 대한 후회, 쑥스러워서 하지 못한 말들도 담아낼 수 있다. 글이라도 솔직히 적으면 나중에 다시 한번 기회가 왔을 땐 적어놨던 말이라도 할 수 있다. 실제로도 포스팅에 적으면서 정리한 내 생각을 말하는 경우가 종종 있다. 블로그 포스팅을 열심히 읽은 사람은 했던 말 하지 말라고 하는 경우도 있다. 나는 글로는 적었지만, 말로는 처음 하는 거라 괜찮다고 설명한다.

글로 적힌 사실과 감정을 바라보면서 스스로 관조하게 된다. 나라고 생각했던 존재에서 한 걸음 물러서서 나를 바라볼 수 있는 시간을 가진다. 사건 안에서 사건을 판단하지 않고 사건 바깥으로 나와서 책이나 영화를 보듯 내 삶을 바라볼 수 있다. 그러면 스스로 삶을 감상하고 느낄 수 있게 된다. 이는 감정적인 소용돌이에서 한 걸음 물러나서 내적인 평화를 찾는 방법이다. 일어난 사건과 겪은 감정을 적으면 감정적으로 평화롭고 평온할 수 있다.

쓰는 순간에 나로 충만함을 느낀다. 감정의 소용돌이를 지켜보고 있다는 느낌이 든다. 다양한 상황 안에서 앞으로 나갈 힘을 준다. 적을 때 나오는 단어와 문장은 내가 어떤 상황인지 알 수 있는 단서를 던져준다. 생각 없이 써나가더라도 생각이 튀어나온다. 펜을 통해 머릿속에 있는 정보가 튀어나온다. 적합한 단어를 찾고 문장을 고민하면서 생각을 강화한다. 쓴 정보를 바탕으로 새로운 기억이 살아나고 새로운 사고가 진행된다. 생각 없이 쓰는 과정을 통해서 나에 대해서 더 잘 알 수 있다. 그래서 자신에 대해 기록하는 일은 특별하다. 특별해지고 싶다면 쓰자, 특별하지 않았을 정보가 특별하게 되고 기억하지 못했을 일을 기억할 수 있다. 오직 쓰기만 한다면 말이다.

일상에서 겪은 모든 대상에 대해서 적으려고 한다. 기억하고 싶은 순간, 누군가가 했던 좋은 말, 나에게 한 인상적인 말, 또는 충격적인 말, 모든 대상에 대한 나의 감정을 적으려고 한다. 시시콜콜한 순간도 적으면 특별해진다. 이렇게 살아가는 삶은 충만함이 가득하다. 누군가의 동의나 인정을 구하지 않고 자신의 삶을 사는 방식이다. 스스로 적고 평가하고 피드백하면서 온전한 자신으로 살아갈 수 있다.

자신의 직업과 일에 대해서 적어보면 삶의 대부분을 차지하는 일에 스스로가 어떤 의미와 가치를 부여하는지 알 수 있게 된다. 적으려고 하면 생각해야한다. 왜 지금 일을 하는지 그리고 장단점은 무엇인지, 이 일을 계속할지 생각하게 된다. 나를 둘러싸고 있는 환경과 동료에 대해서 돌아볼 수 있다. 나는 그들을 어떻게 생각하고, 내가 느끼기에 그들은 나를 어떻게 대하는지 알 수 있다. 좋은 의미든 나쁜 의미든 상관없다.

삶은 자신이 내린 가치와 선택지 중에서 우선순위를 설정하는 방향으로 흘러간다. 우리는 선택한 대로 흘러갈 수밖에 없다. 흘러가는 세월과 사건에 대한 생각, 그리고 순간의 선택이 쌓여서 삶이라는 거대한 성을 이루게 된다. 성을 쌓아가는 과정에서 스스로 돌아보고 성을 쌓는 과정에 의미를 부여하는 행위는 위대하다. 이 위대한 행위 중 하나는 삶에 대해서 생각해볼 수 있는 시간을 제공해주고, 인생에 대해 생각하고 적는 기록하는 행위다.

남기고 떠나는 삶

나는 남기는 행위에 대한 욕망이 강하다. 남기는 게 좋다. 살아오면서 작가, 예술가, 기록한 인물을 동경했다. 영화를 볼 때도 작가나 문학에 관련된 영화를 특히 인상 깊게 봤다. 영화 〈지니어스〉, 〈월 플라워〉, 〈죽은 시인의 사회〉같이 문학에 관련된 영화를 볼 때 가슴이 찌릿했다. 모두 뭔가를 남기고 떠나는 이들이 주인공이다. 개인의 기록이든 영원히 읽힐 수 있는 문학 작품이든 말이다. 문학 작품은 특히 다른 사람들이 보고 영혼의 감동을 얻을 수 있는 인류의 유산이다. 우리는 인생 모든 부분에서 떠나고 있다. 죽음으로 인해서 떠나는 내 삶의 전체만이 떠남의 대상은 아니다. 떠남은 먼 과거에도 적용되고, 어제도 적용되고, 당장 숨 쉬고 있는 지금도 대상으로 한다. 오늘도 현재의 기록을 남기고 현재를 떠난다. 미래에 다시 볼 나를 위해서, 타인을 위해서 말이다. 이런 삶을 살았다고 특정한 형태로 남길 수 있고 돌아볼 수 있도록 하기 위함이다.

매일 블로그 포스팅을 꾸준하게 하는 이유도 같은 맥락이다. 삶을 남기고 싶다. 어떤 삶을 살아내고 있는지 남기고 싶다. 내가 기억하지 못할 순간을 남기고 싶다. 내가 한 말, 나눈 대화, 읽은 책, 감상한 콘텐츠의 내용과 생각을 남기고 싶다. 이 기록은 누가 보든, 보지 않든 상관없다. 타인이 찾아서 보면 더 좋고, 내 삶을 통해서 다른 이도 공감이나 조금이나마 도움을 받을 수 있다면 더할 나위가 없다. 나는 남기는 행위 자체가 쓰는 사람 자신에게 의미 있는 치유 행위이고, 삶에서 꾸준히 할 수 있는, 대가 없는 실천이라고 생각한다. 나는 쓸 수 있는 환경에서 써나갈 정신적·육체적 능력만 남아 있다면 살아갈 이유는 충분하다고 생각한다. 매일 매시간, 어떤 생각을 했는지 적어둔다. 만난 사람들, 그들과의 대화를 잊어버리고 싶지 않다. 내 삶의 순간을 꾸준히 모으고 싶다.

순간이라는 삶의 조각이 하나의 그림이 되어가는 장면을 지켜본다. 어떤 그림을 어떻게 그리는지 그 과정도 기록하고 싶다. 그래서 글을 적고 포스팅하고 키보드를 두드리면서 내 기억과 생각을 자극한다. 삶의 조각을 수집한다. 하루 한 조각의 삶을 재구성한다. 겪어낸 삶에 대해 의미를 부여하는 과정을 통해 내 삶은 의미 있게 된다. 쓰는 과정을 통해 누구도 부여해주지 않는 삶의 의미를 스스로 부여한다.

메모하는 이유도 비슷하다. 타인에게 공개하지 못하는 나만의 내밀한 생각을 기록하고 싶다. 미래의 내가 봐도 놀랄 지금의 생각과 감정을 기록하고 싶다. 감정 쓰레기통이라는 단어가 있다. 내 삶에서 일어나는 부정적이고 어두운 감정을 들이붓는 감정의 배출구다. 사람과의 대화에서 쏟아내면 듣는 상대방이 부정적 감정을 느끼게 된다. 이왕이면 타인에게 좋은 영향을 미치는 게 좋다. 부정적인 감정은 스스로 해결하는 시간이 필요하다. 이런 부정적 감정까지 포함해서 나만의 다양한 생각의 소용돌이를 특정한 형태로 저장해두고 싶다. 기록으로 내 삶의 블랙박스를 만든다. 어떤 감정을 느꼈는지 알 수 있다면, 다음에 이런 감정이 나에게 닥쳤을 때, 과거의 대응보다 나답게 대처할 수 있다. 감정의 데이터베이스를 쌓는다. 어떤 장면에서 어떤 감정을 느끼는지, 이 감정을 느끼면 어떻게 대처해야 하는지 생각해보고 적어둔다. 다음에 다시 이런 감정을 느끼면 확실하고 유연한 대처까진 기대하지 않더라도, 감정을 스스로 인지하고 물러서서 관조할 수 있다.

모임의 기록도 남기는 삶에서 같은 맥락이다. 독서 모임에 참여하고 있다. 누군가가 볼 것으로 생각하고 기록하진 않았다. 그저 남기는 게 좋아서 혼자 기록하고 혼자서 봤다. 3년 정도의 모임 기록이 쌓이자 모임에서 읽은 모든 책과 주고받은 토론을 내 기록에서 확인할 수 있게 됐다. 많은 사람이 현재는 나의 워크플로위에 적힌 모임 기록을 참고하면서 과거에 어떤 책을 읽었고 어떤 말을 했는지 참고한다. 특정한 형태의 데이터를 모으고 타인이 보기 편한 방식으로 제공하면 가치가 생긴다. 개인의 기록에서 모임의 기록으로 변해가는 과정을 목격했다. 모임 기록에 대한 자세한 내용은 뒤에 나올 '4-2장 독서 모임 사관'에서 다루도록 하겠다.

사진도 남기는 행위다. 사진 몇 장만 있으면 떠났던 여행을 다시 느낄 수 있다. 사진만 다시 봐도 당시의 감정과 여행에서 겪은 일이 생각난다. 그래서 여행 다닐 땐 사진을 많이 찍으려고 한다. 이전엔 한 번 여행 가면 수 천장씩 찍었는데 지금은 여행에서 느끼는 감정에 집중하고 싶어 사진 장수를 조절하고 있다. 그리고 같이 떠난 이들과 찍은 사진을 담으려고 한다. 장소보다는 어떤 이들과 함께였는지가 약속이나 여행의 즐거움에서 차지하는 비중이 더 크다.

디지털 자산도 마찬가지다. 엄청난 양의 에버노트 메모, 워크플로위 메모, 구글 포토 사진, 블로그 포스팅이 온라인 공간에 있다. 나에게 죽음이 다가올 때 디지털 자산을 누군가에게 남겨주고 떠나고 싶다. 어떤 식으로든 내가 살았다는 흔적을 남기고 가고 싶다. 결혼해서 자식이 있다면, 자식이 나의 기록을 보고 어떤 삶을 살았는지 알 수 있지 않을까? 유서에 온라인 메모 계정의 비밀번호를 적어두고 물려주는 모습을 상상한다. 어느 날, 갑자기 죽음이 다가온다면 어떻게 할지 고민하기도 한다.

이렇게 내가 존재했던 장소나 장면이라면 어떤 식으로든 기록을 남기고 있다. 내가 있었다는 흔적을 남기는 행위다. 누구도 기억하지 않을 순간에 내가 있었다는 사실을 확인할 수 있다. 그래서 오늘도 남긴다. 있었던 일, 생각, 음식, 어떤 말, 만났던 사람들과 나눈 대화를 남긴다.

기록하는 행위가 습관으로 자리 잡기까지는 많은 시간이 걸렸다. 시간을 내고, 에너지를 들여서 문장과 단어를 고민했다. 한때는 열심히 쓰다가 기록하는 일 자체에 질려서 남기지 않은 기간도 있다. 메모도, 포스팅도, 사진도 없는 시기가 있다. 내 기록의 역사에도 암흑기가 있다. 이런 암흑기는 한 번씩 찾아온다. 굳이 남기지 않아도 삶은 흘러가는데 손으로 적고, 태블릿 PC를 들고 다니면서 모임을 기록하고, 메모해야 하는지 의구심이 드는 시기가 있다. 다른 이들은 안 적고도 잘살고 있는 것처럼 보이는데 나는 왜 굳이 사서 고생을 하고 있을까 하는 생각도 들었다.

이제는 그런 의심이 없다. 내가 좋아하는 일이니 계속한다. 좋아하는 이유에 대해서도 더는 생각할 필요가 없다. 기록이 내가 살아가는 순간을 가장 충실하게 보내는 방법이라 믿기 때문이다. 중요한 부분을 골라내는 일은 다 남겨놓은 이후에 하면 된다. 다른 이가 인상 깊었거나 중요하다고 생각하는 장면이 나에겐 아닐 수도 있다. 나는 우선 대부분을 남겨 놓고 필터링한다. 강의 들을 때는 모든 내용을 받아 적는다. 필기하지 말라고 하는 수업도 있다. 이전엔 강의자가 그렇게 말하면 적지 않았다. 이젠 그런 말을 듣지 않는다. 슬라이드나 강의 노트에 있는 내용과 내가 적는 내용은 다르다. 쌓아두면 당장 보지 않더라도 나중에 참고할 수 있다. 다른 사람들에게 공유할 수도 있다. 이런 재미가 있다. 내가 숨 쉰 순간에 대한 기억과 흔적이 문자든 사진이든 음성이든 어떤 형태로 남게 된다.

어떤 형태로든 삶을 남겨 놓으면 어떤 식으로든 도움이 된다. 도움을 받는 대상이 나일 수도 있고 타인일 수도 있다. 돌아보면 수혜자가 나인 경우가 가장 많다. 이런 일을 했고, 이런 생각을 했느냐고 어이없어서 웃을 수도 있고, 기록 자체로 의미가 있어서 활용하기 좋은 재료가 될 때도 있다. 나의 할머니는 항상 어딜 가시든 도토리나무를 발견하면 떨어진 열매를 모아서 도토리묵을 만든다. 그리고 만든 도토리묵을 주위 사람들에게 나눠 준다. 기록은 도토리묵을 만드는 과정과 비슷하다. 열매를 하나씩 담다 보면 한 보따리가 되고, 도토리묵으로 만드는 가공 과정을 통해서 자신이나 타인이 즐길 수 있는 형태가 된다. 할머니의 도토리묵처럼 나도 기록하고 나와 다른 사람에게 의미 있는 형태로 가공해 나가는 과정을 계속하고 싶다.

우리는 항상 떠나야 한다. 머무르고 있는 공간도, 시간도, 인생도. 개인적으론 떠난 뒤 남은 게 많았으면 한다. 나라는 사람이 어떤 공간과 시간, 어떤 인생에 머물렀는지 기록하고 싶다. 자신의 삶을 남기는 게 찝찝하다는 사람도 있다. 그들의 의견도 존중한다. 나는 내 삶의 흔적이 많았으면 좋겠다. 삶이라는 도화지에 나만의 방식으로 남긴 그림을 보관하고 싶다. 나만의 고유한 기억이고, 그 기억 안에 내 삶이 담겨 있다.

30대 초반부터 죽음에 대해 관심이 많았다. 죽고 나서도 기억되는 방법에 대해서 TED 강연 〈죽음에 대한 4가지 이야기〉에서 들은 내용이 기억난다. 명성을 얻으면 불멸할 수 있다고 한다. 전사 아킬레스는 트로이 전쟁에서 전사함으로써 얻은 명성으로 불멸을 얻었다. 디지털 시대에서 우리는 이렇게 왕이 되거나 전사가 될 필요는 없다. 삶이 어떤 형태로든 기록되고 사람들이 이용할 수 있고 감동할 수 있다면 유용하다고 믿는다. 이런 기록이 하나의 완전한 출판물이나 저작권의 형태로 남는다면 도서관이나 온라인 어딘가엔 영원히 머물러 있으리라 믿는다. 이런 불멸의 꿈은 인류 보편의 욕망이 아닐까.

우리는 떠난다. 결국, 모든 대상으로부터 떠나게 된다. 떠날 수밖에 없는 우리의 인생은 남기지 않으면 기억에서 사라진다. 사라지지 않을 거라 계속해서 기억하리라 생각했던 대상도 언젠간 잊는다. 그래서 남겨야 한다. 기록해야 한다. 남들이 적지 않았을 생각과 일상을, 나의 감정을 적는다. 그러면 나중에 도움이 된다.

머릿속에 남기는 것만으로는 부족하다. 찾을 수 있도록, 기억할 수 있도록 도와주는 수단이 있어야 한다. 휘발성 기억을 비휘발성 기억으로 잡아두는 과정이다. 그리고 적당한 곳에 수납해 두고, 필요할 때 찾아 쓰면 된다. 이렇게 쌓은 기록은 든든한 나의 지원군이 된다.

조금씩 자신의 지원군을 늘여보는 것은 어떨까? 율곡 이이가 임진왜란에 대비해 십만의 군사를 양성을 주장한 십만양병설처럼, 우리도 미래에 대비해서 현재를 기억해야 한다. 무엇을 했는지, 어떤 대상에 관심을 가졌는지, 어떻게 할 것인지 판단할 수 있도록 데이터베이스를 모아야 한다. 우리는 과거를 살아서는 안 되지만 어떻게 살았고, 어떤 생각을 했는지는 중요하다. 삶을 돌아보면 삶에 대해 생각하게 된다. 이런 생각이 모여 행동이 되고 행동이 모여 습관이 되고, 습관이 모여서 인생이 된다. 그러니 손으로든 스마트폰으로든, 컴퓨터로든 적어놓자. 날짜와 함께라면 더 좋다. 미래에 자신의 지원군이 될 현재를 하나씩 남겨보자.

머리가 나빠서 기록한다

오늘도 회사에서 열심히 일한다. 일하고 있으면 누구든 나에게 뭔가를 물어본다. 같은 팀원이나 상사, 다른 팀, 거래 업체에서도 나에게 일에 관련된 내용을 묻는다. 나는 기억력이 그렇게 좋지 못하다. 어떤 사안에 대해서 질문을 받으면 나는 관련된 자료를 찾는다. 보통 가지고 있는 업무 노트 혹은 이메일 검색을 통해 답변하는 편이다. 필요한 메모는 대부분 해두기 때문에 찾기만 하면 된다. 시간이 얼마나 걸리느냐가 문제다. 메모 프로그램인 워크플로위에 일자별로 적어놓은 업무 관련 사안은 바로 검색하면 답이 나오는 편이다. 이렇게 나의 업무 기억은 황사가 심한 날의 시야만큼이나 흐릿한 편이다. 업무에 대해 기억하기 싫어서 그런지도 모른다.

회사에 처음 들어갔을 땐 업무 분야가 지금처럼 넓지 않았다. 메모를 돌아봐도 적은 메모가 별로 없다. 기억해야 할 사항이 별로 없었다. 그래서 나름대로 나의 업무 관련 사안을 잘 기억했다. 연차가 어느 정도 쌓인 지금은 맡은 업무의 폭이 방대하고 다루는 세부사항도 많아서 모두 기억하는 일이 불가능하다. 대충 그런 것 같다고 얼버무리며 답변할 수도 있다. 하지만 나중에 일이 잘못될 수도 있기에 제대로 된 정보를 상대방에게 제공하는 게 좋은 건 당연하다.

항상 메모를 찾고 검토한다. 메모하는 데 시간을 보내고 메일, 노트에서 필요한 부분을 찾는데 시간을 많이 쓴다. 메모 초보 시절엔 업무와 관련된 사안을 어디에 적어두긴 했는데 찾지 못하는 경우가 많았다. 디지털로도 많은 정보를 저장해놨는데 막상 필요할 때 검색하면 나오지 않는 경우가 많았다. 당황스러웠고 기분이 별로였다. 열심히 해놓은 메모를 활용하지 못하는 경우가 종종 있었다. 지금은 이렇게 써놓은 메모를 찾지 못하는 경우가 거의 없다. 수많은 시행착오를 거쳐 어떤 정보가 어느 구분 항목에 있다는 것만 기억해두면 잘 찾을 수 있다.

메모는 매일 아침, 전날의 메모를 검토하기 때문에 처리하지 않은 일은 형광펜이나 빨간색 볼펜으로 표시해둔다. 시간이 많이 지난 후에도 필요한 정보라고 판단되면 디지털 메모로 옮겨 놓는다. 그러면 프로그램에서 관련 단어를 검색하면 바로 정리해 놓은 내용 전체를 볼 수 있다. 컴퓨터에서 다루는 파일의 경우엔 검색하기 쉽게 파일명을 설정해둔다. 반복되는 실수와 경험을 통해서 제목의 중요성을 인식한 이후, 디지털 노트나 결재 문서에 나중에 어떤 단어로 검색할지 고려한다.

이렇게 당장 머릿속에서는 찾을 수 없더라도 내 머리에 있는 정보를 옮겨 놓은 메일, 몰스킨 노트, 각종 프로그램에서 업무와 관련된 정보를 찾을 수 있다. 이런 업무수행 방식은 아인슈타인이 전화번호를 기억하지 못했던 것과 유사하다. 찾아서 활용할 수 있는 자료를 군이 기억해야 할 필요는 없다. 어떤 사람들은 다 기억하고 바로바로 대답이 나와야 한다고 생각하는데 내 생각은 다르다. 그리고 회사 일을 너무 많이 기억하면 개인적인 일을 잘 기억하지 못한다. 기억력이 좋지 않기에 이를 보완할 수 있는 메모라는 도구를 선택했고, 필요할 때 바로 찾을 수 있도록 구축해놨다. 다양한 시행착오를 통해서 이제는 적어놓은 자료의 활용도가 높아지고 있다. 나의 취약한 기억력을 보완해주는 도구인 노트와 스마트폰을 잘 활용하고 있다.

기억만 하고 적지 않는 최악의 단계를 벗어나, 적고 활용하지 못하는 중간 단계, 적고 활용하는 단계로 접어들었다. 기억도 못 하고 적어두지도 않으면서 업무를 어떻게 했는지 신기할 때가 많다. 이젠 적어뒀다면 찾을 수 있다는 믿음이 있어 안심할 수 있다. 다만 필요한 정보를 찾는 데 시간이 걸릴 뿐이다. 검색하는 시간을 줄이는 방법을 새롭게 시도하고 고민한다. 나중에 헤맬 나를 위해서 조금만 정리할 때 공을 들이면 나중에 찾기 편하다. 그래서 어떤 정보가 어디에 있는지(Know-Where)만 알아도 업무 처리 속도가 훨씬 빨라진다. 틈날 때마다 책 보듯이 메모를 훑어보면 기억도 강화할 수 있다. 나중에 참고할 만한 자료는 에버노트에 디지털화시켜 놓는다. 그러면 업무 정보의 데이터베이스가 될 수 있다.

내 기억력을 불평하고 싶을 때도 있다. 다른 사람들처럼 기억을 잘해서 바로 답하면 좋겠다고 생각할 때도 많다. 하지만 내 기억력을 보완하는 방법을 찾았다. 메모로 적어놓고 다시 보면서 그것을 빠르게 찾는 과정이다. 기억해야 할 내용이다 싶은 건 모두 적어두는 편이다. 나중에 내가 어떤 식으로 검색할지 많이 고민한다. 나의 사고방식에 대해서 알아가는 과정을 거쳐야 검색을 위한 데이터베이스 구축 작업이 가능하다. 어떻게든 찾을 수 있을 거라고 대충 저장해둔 파일이나 노트는 다시 찾기 힘든 경우가 많다. 그래서 처음 작성할 때 고민해서 적어둔다. 그래야 나중에 검색하고 활용하려 할 때 편하다.

이런 기록과 정리 과정을 통해서 내 기억은 문자나 사진이나 전자문서의 형태로 온전하게 저장된다. 불완전한 나의 기억력을 보완하는 방법이다. 해야 할 일도 마찬가지다. 언젠가 잊어버릴 나를 위해서 업무를 처리해야 할 날짜에 캘린더로 적어두거나, 처리해야 할 시간에 알람을 띄우는 방식으로 일을 처리한다. 생각날 때 바로 적어두고 잊어버린다. 기록하는 것은 잊어버리기 위한 작업이다. 정말로 중요한 것들을 머릿속에 넣어두고 생각하기 위해서 나의 저장소를 정리하는 과정이다. 현재에 알고 있는 내용을 미래에도 잘 기억할 것이라고 믿지 않는다. 어떤 생각이 나서 기록하려고 노트를 폈거나 프로그램을 실행했을 때 적어야 할 내용을 잊을 때도 있다. 그래서 최대한 생각날 때 바로 기록해둬야 한다. 그렇게 바로 적어둬야 마음이 편하다.

18세기 지식인 중 김득신이라는 문인이 있다. 그는 머리가 좋지 않아 10살이 돼서야 겨우 글을 익혔고, 20세가 돼서야 글을 쓸 수 있었다고 한다. 학문적 진전이 더딘 그를 바라보던 아버지는 포기하지 않고 계속 공부하는 김득신을 보면서 격려의 말을 했다. 과거시험이 전부가 아니니 공부를 계속하라고 했다. 그는 결국 과거에 급제했다. 김득신의 공부 방식을 보면 같은 책을 반복해서 읽었다. 그리고 자신이 지은 시를 나중에 읽으면서 누가 지었는지 모르겠는데 잘 지었다고 말했다는 일화가 있다. 이 정도로 머리가 좋지 않았으나 엄청난 노력을 통해 고수의 반열에 올랐다.

나도 이와 비슷한 노력을 하고 있다. 같지만 다른 방식으로 같은 책을 여러 번 읽기보단 그 책을 읽을 때의 감정을 기록한다. 어떤 부분이 인상 깊었는지 기록한다. 당시의 상황과 감정을 잊어버리지 않기 위해서 적는다. 적은 내용을 다시 본다. 이 책을 읽었다는 사실만 기억하지 않고, 읽을 때 괜찮았던 문장이나 내 생각을 기록해둔다. 그리고 메모장이나 메모 프로그램에 남은 다양한 문장과 숫자, 사진이 나의 기억을 돕는다. 당시의 상황이 어땠는지 어떤 형식으로든 남겨 두면 된다. 이런 식으로 꾸준히 기록하다 보면 조금씩 진전을 보이면서 잘할 수 있다. 김득신에게서 배울 수 있었던 점은 포기하지 않았다는 것이다. 자신이 가진 핸디캡에도 불구하고 자신의 길을 묵묵히 간 사람이 마지막엔 웃는다. 그렇게 믿으며 나도 계속해서 기록해나가고 있다.

인생은 자신이 어떤 대상에 얼마만큼 노력해야 할지 알아가는 과정이다. 어디에 노력해야 할지 안다면 계속해서 노력해 나갈 수 있는 수단이 필요하다. 우리는 생각처럼 기억하지 못하고 생각보다 빨리 잊는다. 그리고 잊었다는 사실조차 잊을 때가 많다. 과거에 소중했던 것, 그리고 현재 소중히 생각하는 대상에 대한 단서는 기억에 의존하기보다는 기록해두면 훨씬 정확하다. 머리가 나쁘더라도 자신이 무엇에 노력해야 할지 알고 그것을 기억하고 있다면 삶은 원하는 방향으로 흘러갈 확률이 높다. 나도 김득신처럼 살고 싶다. 기억력은 별로 좋지 않더라도 자신이 좋아하는 일을 꾸준히 추구하고 원하는 삶을 살고 싶다.

인간이라면 누구나 약점을 갖고 있다. 내 경우에는 기억력이 약점이라고 할 수 있겠다. 그래서 기억력을 보완할 수 있는 메모를 활용하게 됐다. 좋아하는 일을 약점 극복에 쓸 수 있으니 더 열심히 할 수 있었다. 적으면 기억력의 한계를 극복할 수 있다. 한 인간이 가질 수 있는 정보의 양을 넘어서는 데이터를 보유하고 활용할 수 있다. 특히 디지털로 정리된 개인 데이터베이스는 외부 두뇌로 작용할 수 있을 정도로 강력하다. 이렇게 되면 우리는 뇌를 기억하기 위해 사용하지 않아도 된다. 뇌는 깊은 생각에 도달하기 위한 연산 장치로 사용하면 된다. 외장 하드처럼 별도의 정보 저장소를 만들어두면 우리의 뇌는 부담을 덜

받게 되고 깊은 생각에 활용할 수 있다.

사람마다 삶에 대한 가치관과 생각이 다르다. 내가 생각하는 인간다움은 약점이 있을 때 이걸 인정하는 것이다. 그리고 어떻게 하면 극복할 수 있을지 고민해보고 결정한 행동을 실행하는 것이다. 약점의 극복 여부는 중요하지 않다. 노력의 과정에서 겪는 시행착오와 고민이 우리를 성장할 수 있게 한다. 성장은 삶에 대한 치열함에 뿌리를 두고 있다. 살아가는 대로 살면 우리는 사유하지 않게 된다. 삶의 탁월성을 발휘하기 위해 얼마나 노력하는지에 따라서 우리의 삶은 완전히 달라진다. 그래서 오늘도 나만의 인간다우면서도 탁월한 삶을 위해서 기록하고 실행한다.

당신의 기억력은 온전한가? 나의 기억력은 반대에 가깝다. 위에서도 말했듯이 나는 내 불완전한 기억력을 위해 기록이라는 서비스를 스스로 제공하고 있다. 내가 좋아하는 일이라서 다행이다. 기억력이 좋은 사람이라면 더 완벽해질 수 있도록 기록하고, 나처럼 기억력이 불안전한 사람이라면 완전해질 수 있도록 기록하자. 기록해둔다면 기억해야 하는 부담과 스트레스에서 해방될 수 있다. 기록해놨다는 사실만 기억하면 된다. 오늘부터 기억력을 보완하기 위한 외부 저장소를 하나 만들어보는 건 어떨까.

관계를 이어주는 SNS

매일 블로그에 일상을 적는다. 어떻게 시작하게 됐는지 기억해본다. 처음 시작하게 된 계기는 지인들과 시간을 맞춰 나들이 갔던 기억이 즐겁고 재밌었다. 그날을 기억에 남기고 싶었다. 그 날 있었던 일을 기억나는 대로 블로그에 적었다. 사진과 음식, 나눈 대화를 적었다. 그게 시작이 됐는데 적으면서 나도 재밌었고 같이 간 사람들의 반응도 좋았다. 이후론 내 일상도 포스팅하기 시작했다. 주위 사람들과 함께 하는 순간은 더 정성 들여 기록했다. 사람들은 내 주위에 있으면 기록이 남는다고 말한다.

사람들은 자신이 등장하는 글을 보는 걸 재밌어한다. 소설이나 전문적인 글에는 자신이 등장하지 않는다. 하지만 내가 적는 글에는 자신이 등장한다. 가끔 자신은 잊힐 권리를 갖고 싶으니 자신에 대해선 안 적었으면 좋겠다고 하는 사람도 있다. 그런 사람의 의견도 기꺼이 받아들인다. 누구나 지키고 싶은 사

생활이 있게 마련이다. 나의 만족을 위해서 타인의 사생활을 침해할 순 없다.

매일 일상 포스팅을 하면서 느끼는 가장 큰 재미는 캐릭터 만드는 재미다. 블로그 포스팅을 한 이후로 모임에서 별명 지어주는 사람이 됐다. 대화할 때는 나오지 않는 재치를 글로는 발휘할 수 있다. 평소 현장에서 라이브로는 머리가 휙휙 돌아가지 않는 편이다.

인물과 관련된 정보를 하나씩 수집하면서 매력적인 캐릭터로 만드는 작업이 재밌다. 지인 한 명이 아주 이중적이면서 매력적인 캐릭터인데, 이 사람을 실제로 모르는 다른 지인들이 관심을 가질 정도로 유명인사가 됐다. 나보다 이 캐릭터에 관심을 표하는 주위 지인들이 있기도 했다. 별명 만드는 재미에 빠지기도 하고, 고민에 빠지기도 한다. 주로 직업이나 그 사람이 한 말 중에서 인상 깊은 말로 별명을 짓는 편이다.

내가 운영하는 블로그에 꾸준히 방문하고 포스팅을 읽는 사람과 가까이 지내게 된다. 내 블로그를 읽는 사람들은 평소 내 생각과 일상을 다 알고 있을 수밖에 없다. 실제로 만나지 않더라도 친밀감을 느낄 수 있다. 주위 사람들도 블로그에 일상을 적는 과정을 진행한다면 더 친하게 지낼 수 있지 않을까 생각한다. 가까운 주위 사람들이 내가 남긴 기록을 읽고 댓글이나 공감을 남긴다. 혹은 나중에 만나서 어떤 반응을 보여준다. 이런 피드백 덕분에 계속해서 적어나갈 수 있었다.

한 번은 이런 일이 있었다. 2017년 하반기부터 비트코인에 많은 시간과 돈을 투자했다. 한때 거의 중독에 이를 정도였다. 당시에 돈을 많이 벌 때 포스팅을 자주 올렸었다. 어느 날 메신저로 연락이 왔다. 이전에 모임을 같이 하던 사람이었는데 서울에 올라가 있었다. 자신도 비트코인 투자를 하고 있다며 힘든 시기인데 나의 포스팅이 많은 도움이 됐다고 했다. 그렇게 연락을 하다가 부산에 올 일이 있을 때, 얼굴을 봤던 기억이 있다. 몇 년간 연락이 끊겼다가 이렇게 블로그로 이어지고 만나다니 신기했다. 블로그를 통해 끊어졌던 인연이 이어지는 경험을 했다. 글쓰기가 관계도 이어줄 수 있겠다는 생각을 하게 됐다. 공통의 관심사를 가진 사람이라면 한 사람이 살아가는 삶에 공감하게 된다. 그러면 관심이 가게 되고, 소통하다가 만날 기회로 이어질 수 있다고 생각한다. 흘러지나갔을 인연을 다시 만나는 경험을 하면서 글쓰기의 힘에 대해서 다시 한번 깨닫게 됐다.

이런 일도 있었다. 친척들에게 내 블로그가 노출된 경험이다. 모든 일상을 기록하는 편이고, 시골에 친척들과 함께 묘사 지내러 갔었던 하루도 글로 남겨 놨다. 그날 올린 포스팅에 삼촌이 신문사에 쓴 글을 링크시켜 놨는데 그 포스팅이 링크와 함께 검색된 것이다. 삼촌이 자신의 글을 찾아보다가 내 블로그 게시글을 찾아냈다. 자신의 이름이나 작품을 검색해보는 건, 전 세계 사람이 기본적으로 가진 욕구이지 않나 싶다. 친척 단체 채팅방에 갑자기 링크가 올라왔다. 적어놓은 다른 글은 보셨을지 모르겠는데 평소 친척들 만나면 말 자체를 안 하는 나의, 가족 행사에 대한 생각을 잘 알릴 수 있었던 경험이다. 그 이후 다른 가족 행사가 있을 때, 사진을 찍고 있으면 큰아버지가 지나가며 한 말씀 하신다. 오늘도 글 잘 써서 올리라고 말이다.

조금 당황스럽기도 했다. 개인적인 내용이 많아서 굳이 친척들이나 가족에겐 오픈하지 않을 생각이었다. 평소 불만이 많다. 특히 회사에 대한 포스팅은 회사에서 겪은 다양한 힘든 일들과 불만으로 가득 차 있다. 직접적인 감정을 언급하는 건 자제하고 있지만, 묻어나는 불만은 어쩔 수 없다. 다행히 친척에 대한 불평불만은 적어놓지 않았다. 그 날은 평화로운 시골에서의 하루를 지냈나 보다. 블로그엔 내 복잡한 감정에 대해서 적기 때문에 객관적이면서 감정적이다.

글이 노출된 이후 친척 모임에서 글을 잘 적는다고 칭찬 들었다. 친척들에 대한 내 생각을 조금이나마 알릴 수 있었던 시간이었다. 내가 쓴 글이나 콘텐츠에 대한 의견은 좋든 나쁘든 반갑다. 지금 잘하려고 노력하는 과정에 있기 때문이다. 스스로 선택해서 열심히 한 일에 대해 칭찬받을 때의 감정은 유쾌하고 자주 접해도 좋을 경험이다. 담담하게 하루를 기록해나가니 이렇게 내 생각을 알릴 기회도 생긴다. 기분 좋고 신기한 일이었다.

한편, 블로그는 참 애매한 부분이 있다. 완전한 개방성을 갖고 있지만 애매하게 친한 사람에게는 오픈하고 싶지 않다. 불필요한 관심이 있을 수 있기 때문이다. 내 사생활에 대해서 이래라저래라 할 수 있을 정도로 친한 사람이거나 아예 모르는 사람이 보는 걸 선호한다. 중간 지대 사람들에 대한 필터링 기능이 있었으면 좋겠다는 생각을 한 번씩 한다. 그런데 관심이 있는 사람만이 계속 읽을 수 있을 정도로 장문의 글을 올리기 때문에 크게 상관은 없다.

공유된 기록은 친해지지 않았을 사람과 친해질 기회가 된다. 나에 대해서 알아갈 기회를 제공해주고 나에 대해 알릴 기회를 스스로 만드는 과정이다. 그 과정에서 다른 사람은 나의 일상에 접근해서 나란 사람에 대해서 알 수 있게 된다. 사람은 서로에 대한 생각을 알게 될 때 진정으로 가까워질 수 있다. 그래서 블로그에 자주 오는 사람들과 친하게 지내게 된다. 평소 하는 생각에 대해서 의견을 나누고 같은 콘텐츠를 접하면서 쌓인 친밀감(Rapport)이 상당한 편이다.

나의 기록에 관심이 있는 사람들에게 관심을 더 주게 된다. 내가 소중하게 생각하는 일을 관심 있게 지켜보기에 열심히 적는 원동력이 된다. 조금씩 눈치 볼 때도 있다. 민감한 사안이거나 기록으로 남기고 싶지 않을만한 사안에 대해선 메모에 적어두고 블로그 포스팅엔 적지 않는다. 이런 식으로 다양한 이해관계자들을 만족시키는 블로그로 거듭나고 있다.

　공유된 기록은 관계를 이어줄 수 있다. 혼자 쓰는 글이 타인과 관계를 맺는 데 도움이 될 수 있다는 게 신기하다. 솔직한 기록은 관계 형성에 실패할 가능성도 크지만, 더 큰 유대를 만들어낼 수 있다. 일상에서 맺는 관계에 대해서 적어보자. 그리고 사람들에게 오픈해보자. 그러면 거기에 등장하는 사람들이 글을 기다린다. 그러면 잘 쓰려고 노력하게 된다. 그리고 기다리는 사람이 있기에 자주 쓰게 된다. 주위 사람들을 넛지로 작용하게 만들 수 있는 기록의 방식이다.

　관심 분야를 다루는 강의를 좋아한다. 메모나 스마트워크, 문화에 관련된 강의가 있으면 찾아가서 듣는 편이다. 특히 스마트워크에 관심이 많다. 한 번씩 유명한 분이 부산에 강의를 개설하면 꼭 찾아가서 듣는다. 부산에 자주 오지 않는 강사이기에 올 때마다 적지 않은 수강료를 내고 수업을 듣는다. 좋은 강의를 들으면 후기를 남기는 편이다. 요즘은 일상 포스팅에 녹여서 적고 후기 부분만 따로 SNS에 올린다. 그러면 내 후기를 보고 그 강사가 공유하거나 직접 댓글을 단다. 그러면서 온라인에서 관계를 이어나가게 된다. 이렇게 글쓰기는 먼 거리에 있는 관계도 이어주는 수단이 될 수 있다.

　한 번씩 유명인사에 대해서 포스팅을 할 때도 있다. 그 유명인이 내 블로그에 방문했던 기억도 있다. 워낙 유명한 분이라 생각지도 못했는데 자신의 이름으로 검색을 했나 보다. 사람들은 자신이 등장하는 글에 대한 욕구가 있다. 일상에 대해서 적기만 해도 우리는 그런 욕구를 이뤄주는 사람이 될 수 있다. 그러면 그 사람과 나의 관계는 좋게 흘러갈 가능성이 커진다. 물론 그 사람에 대한 욕을 적으면 그 반대가 될 것이다.

만약 우리가 골방에 박혀서 혼자 글을 적으면 금방 그만두게 될 것이다. 그러니 조금 부끄럽더라도 다른 이들에게 보여주고 계속해서 써나가자. 주위 사람들 덕분에 계속해서 글을 적을 수 있을 것이다. 본인의 의지도 중요하지만, 주위에서 기대할 때 우리는 기대에 부응하는 삶을 살고자 노력하게 된다. 그리고 자신이 글로 적어놓은 목표는 이룰 확률이 높다. 온라인에 자신의 일상, 관계, 목표에 대해서 적어두면 공언 효과가 있기에 적지 않았을 때 보다 이뤄질 확률이 높다. 나는 이렇게 일상과 목표를 공개하고 이뤄가는 삶을 살아가고 있다. 계속해서 적어나가자.

나만의 지식을 공유하다

대학생 시절이었다. 지금의 일상 블로그 이전엔 IT 블로그를 운영했다. 각종 프로그램에 대한 사용 방법을 궁금해하는 사람들이 많았다. 먼저 다양한 프로그램을 써보고 해당 프로그램의 활용 방안에 대해서 포스팅했다. 포스팅에 많은 공을 들였다. 이렇게 프로그램에 대한 블로그를 운영했고 하루 수천 명의 방문자가 찾아왔다.

주로 에버노트, 드롭박스, 메모 프로그램과 같은 다양한 스마트워킹 프로그램의 소개를 남겼다. 당시엔 블로그 하는 사람이 지금처럼 많지 않았다. 블루오션인 시장에 키워드를 확보해서 하루에 수천 명의 방문자가 들어왔다. 그렇게 하는 일이 쉬운 시절이었다. 취업을 준비하기 전까지 블로그를 열심히 했다.

특정 프로그램 관련 포스팅을 올리면 사람들이 많은 문의를 한다. 시시콜콜한 질문에 답하려면 나도 모르는 기능까지 실행해보고 검토해야 하는 경우가 많았다. 그러면서 프로그램에 대한 경험치를 쌓아나간다. 경험치를 쌓으면서 프로그램에 대한 이해도가 더 높아진다. 그렇게 쌓인 경험을 바탕으로 다시 포스팅한다. 이런 선순환이 반복됐다. 생각하지도 못한 기능과 문제를 물어보는 이들 덕분에 프로그램에 대한 이해와 숙련도는 많이 올라갔다.

다양한 앱이나 스마트워킹 단체 채팅방을 보면 잘하는 사람이 답변하는 과정에서 더 많이 배우는 걸 봤다. 다른 사람이 궁금해하는데 내가 모르는 정보라면 찾아보게 된다. 이런 식으로 주위 사람들의 어려움을 알게 되고 어려움에 대한 해결책을 가질 수 있다. 이래서 블로그나 커뮤니티를 운영하는 사람은 계속해서 배우고 잘할 수밖에 없다. 다른 사람들이 가진 눈높이를 파악하고 콘텐츠도 준비할 수 있게 된다. 최대한 쉽게 설명해서 초보자도 쉽게 따라 할 수 있는 콘텐츠는 강력한 무기다.

이렇게 지식을 정리하고 답변하는 과정에서 내가 더 배우는 경우가 많았다. 가르쳐 본 사람이라면 안다. 내가 제대로 이해하고 있어야 설명할 수 있다. 회사에서 일할 때도 마찬가지다. 보고하거나 설득할 때도 내가 아는 것 이상을 설명하거나 설득하지 못한다.

나는 점점 더 많은 프로그램을 공부했다. 그러다 보니 다양한 제의가 들어왔다. 자신의 프로그램이나 앱을 광고해달라고 하는 경우도 많았다. 광고를 해주면 소정의 대가를 제공할 때도 있었다. 이렇게 배우면서 지식을 생산하고 타인에게 도움이 되는 경험이 즐거웠다.

모든 분야가 마찬가지다. 자신이 겪은 경험을 통해서 하나의 정리된 콘텐츠로 만들고 이를 타인과 공유해서 타인에게 도움을 줄 수 있다. 이런 과정의 반복을 통해서 콘텐츠 생산자는 더욱 높은 경지로 갈 수 있다. 다양한 사례가 쌓이면서 주위 사람들에게 유형별로 도움을 줄 수 있게 된다. 이렇게 수요가 모여서 강의가 되고, 컨설팅이 되는 비즈니스 모델이다. 꿈꾸는 삶이다. 내가 좋아하는 일을 계속하면서 주위 사람들에게 선한 영향력을 끼치는 삶이다.

요즘은 시간이 많이 드는 프로그램 포스팅은 하지 않는 편이다. 요즘 나의 관심은 주로 문화와 생산성에 대한 부분이다. 주로 일상 포스팅 안에 관심사에 관련된 지식을 녹여서 전달하고 있다. 생산성 업무 툴을 적용한 기록은 꾸준히 하고 있기에 나중에 시간적 여유가 생기면 강의를 진행하려고 한다. 다양한 프로그램과 기록의 조합을 통해서 사람들이 생산적이고 기록하는 삶을 사는 데 도움을 주고 싶다.

나만이 겪은 일상을 공유하는 행위는 타인에게 위안을 줄 수 있다. 우리는 다른 사람들이 어떻게 사는지 솔직히 잘 모른다. 그들에 대해서 알 수 있는 건 피상적으로 치장된 그들의 SNS나 메신저 프로필뿐이다. 이런 단편적인 정보로 우리는 타인의 삶을 부러워하고 자신의 현재에 만족하지 못한다. 나의 블로그는 일상적인 내용이지만, 일상을 기록으로 남겼다는 점에서 특별하다. 내 목표는 이렇게 모은 블로그의 주제들을 모아서 책으로 펴내는 것이다. 어떤 일을 끝내기까지 많은 시간이 걸린다. 일상의 대부분을 기록으로 남기는 편이니 이렇게 모아두면 나중에 주제별로 글을 뽑아서 콘텐츠로 만들 수 있을 테다. 아직 아이디어가 구체화 되지는 않았다. 지금 쌓이는 글의 양을 보면 충분히 가능한 기획이다.

최근 자신의 삶을 콘텐츠로 만들려는 노력이 많은 분야에서 시도되고 있다. 블로그나 유튜브의 Vlog(Video Log) 등을 통해 사소한 일상을 공유한다. 그러면 우리는 타인의 삶도 나와 다르지 않구나 하면서 위안을 얻을 수 있다. 무표

정하게 진행하는 업무, 그사이 사소한 대화나 친구와의 메신저 대화에서 터지는 웃음, 그리고 퇴근하면 살아나는 우리의 모습을 통해서 다들 다르게 살면서 또 똑같이 산다고 생각할 수 있다. 타인의 삶을 보면서 자신의 삶을 돌아보며 인생에 대해 생각할 수 있는 단서도 제공해준다. 저렇게 살고 싶다든지, 저렇게 살진 말아야겠다고 생각할 수 있다. 어떤 방식으로든 우리는 타인의 삶을 보면 도움을 받을 수 있다.

내 일상은 대개 지리멸렬하다. 회사에서는 일이 하기 싫어 최대한 쉽게 할수 있는 방식을 거듭 고민한다. 그래서 다양한 툴을 도입해서 일에 대한 저항을 줄이려고 노력한다. 삶에서 미니멀리즘을 추구하고 회사 일에서도 마찬가지다. 회사를 마치고 나면 집에 가서 밥을 먹고 심심해하다가 블로그 포스팅을한다. 그 순간에 살아있다고 느낀다. 그리고 다시 무탈한 일상으로 돌아가 내일 갈 회사를 걱정하며 잠든다. 이런 삶이 반복된다. 직장 다니는 사람 대부분이 비슷할 거다. 이런 비슷비슷한 일상을 거의 매일 기록해오고 있으니 같은고통을 겪는 동지가 있다는 사실 자체만으로 위안이 된다. 사람들과 고통에 대해서 말할 때마다 공통된 의견으로 나오는 말이 있다. 나에게 가장 위안이 되는 존재는 나와 같은 고통을 겪고 있거나, 겪은 사람이라는 사실이다. 그런 대상에서 우리는 위안을 얻는다. 같은 처지에 있는 사람의 삶이나 감정을 보고나와 같은 사람이 있구나 하고 위안을 얻는다.

지식 생산자의 삶을 사는 건 지적으로 충만한 삶을 누리는 것이다. 사람마다가치관이 다르다. 나는 지식에 대한 욕망이 큰 사람이다. 지적으로 충만한 삶을 앞으로도 추구할 것이다. 지식을 추구하는 과정에서 겪은 시행착오나 다양한 고민, 그리고 내가 찾은 방식을 타인들과 공유하고 싶다. 나의 경험을 나눌때 더 커질 수 있다는 걸 블로그를 통해 알게 됐다. 온라인에서의 공유는 현실로도 이어진다. 겪어보고 좋은 모든 것을 공유하려는 삶을 살려고 한다.

메모와 생산자의 삶을 다룬 책을 보면 우리의 삶이 왜 공허한지에 대한 설명이 나온다. 우리는 만들어진 콘텐츠를 소비하는 느낌표만 있는 삶을 살고 있다. 타인의 삶에 대한 감탄만 있을 뿐, 진지한 삶에 대한 물음이 없는 삶이라는 것이다. 그래서 우리는 물음표가 있는 삶을 살아야 한다는 내용이 나온다. 전적으로 동의한다. 소비만 하는 삶은 공허하다. 우리는 생산물을 만들 때 충만해질 수 있다. 우리의 삶이 하나의 경험이고, 이 경험이 타인에게 도움이 될 수 있다면 얼마나 좋은 삶일까?

타인에게 느낌표를 줄 수 있는 사람들은 스스로에겐 물음표가 있는 삶을 살고 있다. 누군가가 했다면 당연히 나도 할 수 있다고 믿는다. 우리 삶을 하나의 콘텐츠로 만들어서 이런 경험이 담긴 이야기를 필요로 하는 이들과 공유할 때 생산자의 삶을 살 수 있다. 생산자의 삶은 삶에 대한 물음표로 가득한 삶이다. 그리고 물음표는 삶을 향한 관심이다. 우리가 어떤 대상에 대해서 관심이 많다는 건 사랑한다는 뜻이다. 자신의 삶에 대한 물음표는 곧 자신의 삶에 대한 긍정이고 사랑이다. 우리가 스스로 사랑하는 삶을 살 수 있을 때 비로소 다른 사람도 사랑할 수 있다. 생산자의 삶은 자신의 삶을 사랑할 때 가능해진다.

생산자의 삶은 생산적이고 능동적일 수밖에 없다. 자신이 생산하는데 수동적일 수 있을까? 생산자의 삶을 위해서 우리는 삶을 돌아보고 거기서 교훈을 얻을 수 있어야 한다. 어떤 일을 하고 어떤 생각을 하고, 경험에서 배운 점이 무엇인지 계속해서 탐구하다 보면, 하고 싶은 일이 보인다. 계속해서 관심이 가는 일이 생긴다면 그 일을 적어보자. 그 일이 왜 좋은지, 더 잘할 수 있는 법은 무엇인지 찾아보자. 그 과정에서 우리는 삶에 대한 큰 질문을 던지게 된다.

삶의 큰 질문에 대한 답을 찾는 과정을 통해서 우리는 성장하게 된다. 과정을 기억하고 돌아볼 수 있는 최고의 방법이 기록이다. 살아온 삶을 통해서 살아갈 삶을 생각한다. 그리고 자신의 삶을 콘텐츠로 만드는 과정을 기록하는 동시에 살아갈 삶을 고민하게 된다. 나중에 이런 기록물들을 모아서 하나의 콘텐츠로 묶어낼 수 있다. 그리고 내가 배운 삶의 지식과 경험을 공유한다. 타인에게 느낌표로 살아갈 수 있는 삶의 시작은 자신에 대한 성찰인 물음표다. 성찰의 가장 효과적인 수단은 자신의 삶을 기록하는 일이다. 적지 않으면 잊어버릴 수밖에 없다.

추억을 선물하다

벌초의 추억

매년 여름 고향으로 벌초를 떠난다. 모든 친척이 함께 모여서 합천으로 간다. 어릴 때부터 매년 반복하고 있는 가족 행사다. 이제는 장성한 사촌들이 주된 역할을 하면서 두 팀으로 나눠서 반나절 만에 벌초를 끝낸다. 벌초하러 가면 언제나 사진을 찍는다. 벌초가 끝나고 깨끗해진 산소 주변 사진이라든지, 막걸리 한잔하고 졸고 있는 사촌 형의 모습이라든지 인상 깊고 기억에 남기고 싶은 장면을 사진에 담는다.

벌초 가서 사진을 찍기 시작한 지 8년 정도가 됐다. 스마트폰으로 사진을 찍으면 위치 정보도 저장되기에 합천으로 검색하면 사진을 위치별로 검색할 수 있다. 매년 벌초에 다녀오면 새로운 사진이 쌓인다. 그러면 이전에 찍었던 사진들도 함께 본다. 구글 포토에 만들어놓은 벌초 앨범을 보고 올해도 하나의 앨범을 추가한다. 공유 앨범을 만들어 친척 채팅방에 공유한다. 세월의 흔적을 담은 사진들이 시간순으로 쌓여 있다. 제법 많은 사진이 쌓여 있고 나이 들어가는 모습을 볼 수 있다. 정말 어렸던 조카 사진을 보여주면 사촌 형이 참 재밌어한다. 그리고 자신의 어린 시절을 보면서 신기해하는 조카의 모습도 재밌다.

나중에 하고 싶은 일은 가족들이 가진 사진들을 모아서 하나의 큰 앨범으로 만드는 것이다. 그리고 가족별로 앨범을 묶을 수도 있을 것이다. 폴더처럼 하나의 친족 부류 안에 가족 단위로 사진을 넣는다. 그러면 가문의 사진 데이터를 하나의 공유 앨범에서 접근할 수 있다. 지금부터 내가 찍은 사진, 다른 친척들이 올려주는 사진을 잘 모아두면 충분히 가능하다고 생각한다. 우리 가족의 사진만이라도 제대로 모아 놓으면 소중한 가족의 보물이 될 수 있겠다. 언젠간 지금은 인화해서 보관하고 있는 가족 앨범의 사진을 모두 스캔해서 구글 포토에 올릴 것이다. 이렇게 기록을 통해 역사를 남기는 과정이 나에겐 즐거운 일이다.

주위와 쌓은 추억

2014년 가을에 가입한 독서 모임이 벌써 3년이 넘었다. 특히 최근에는 모임 원들과 다양한 회식 자리를 가지거나 여행가는 경험을 쌓고 있다. 모임 원들과 함께할 때마다 사진을 찍어서 공유한다. 사진의 양이 많을 때는 구글 포토에 올려서 공유하고, 많지 않을 때는 바로 메신저를 이용해서 공유한다. 내가 찍은 사진은 자동으로 구글 포토에 올라가게 돼 있다. 다른 멤버들이 찍고 공유해준 사진도 다운로드 후 구글 포토에 올려둔다. 그러면 같은 날에 찍은 사진을 순서대로 볼 수 있다. 이렇게 쌓인 사진이 꽤 많다.

이렇게 모은 사진을 공유한다. 시간이 날 땐 과거에 찍은 사진 중 웃긴 사진을 카톡방에 올리기도 한다. 인터넷 용어로는 짤방이라고 한다. 이렇게 쌓이는 사진과 함께 그들과의 추억도 쌓여간다. 음식 사진, 함께 찍은 사진, 웃긴 사진들을 보면서 모임에 대한 애정이 깊어진다. 모임이 영원하진 않겠지만 함께 한 추억은 영원할 수 있다.

대학교 4학년, 취업 준비 시절에 알게 된 친구들이 있다. 대학을 마무리하는 시즌 즈음 만났던 친구들과 함께 사회로 나왔다. 졸업한 이후 자주 보지는 못하지만, 연락은 꾸준히 하고 있다. 특히 나에게 관심과 애정이 많은 친구들이다. 내가 살아가는 삶의 방향에 대해서 칭찬과 응원을 아끼지 않는다. 이들을 만나면 기분이 좋다. 이들과 함께 한 대학 시절에 사진을 많이 찍었다. 스마트폰에 한창 파묻혀 살던 시기라 그런지 많은 사진을 찍어 놨다. 한 번씩 사진을 보다가 재밌는 사진이 나오면 하나씩 친구들과의 채팅방에 올리는 편이다.

사진 하나로 함께 했던 시간을 바로 떠올릴 수 있다. 당시에 입었던 옷, 장소 등을 보면 어디서 어떤 일을 하다가 찍었는지 알 수 있다. 직장인이 되고 나서 달라진 우리의 복장과 얼굴만큼이나 그때의 사진은 지금과 다르다. 친구들과 찍은 사진을 보고 있으면 즐겁다. 친구 한 명이 다른 친구의 자소서 쓰느라 뭉친 어깨를 풀어준다고 마사지해주는 사진도 있다. 그렇게 우리는 서로를 위하며 취업 준비를 했고 현재는 직장에 다니고 있다. 이런 시절이 있었다며 추억할 수 있다. 그리고 우리가 함께한 소중한 시간을 다시 한번 생각해볼 수 있다.

이렇게 친구들과의 추억이 담긴 사진을 공유할 때 기분이 좋다. 살아온 삶을 돌아보는 건 재밌는 일이다. 살아온 삶의 발자취를 훑는 과정이기 때문이다. 지금의 내가 만들어지기까지의 과정과 그 과정에서 누구와 함께였는지 알 수 있다. 그리고 과거와 현재의 관심사, 함께 하는 사람이 어떻게 달라졌는지 알 수 있다. 늘어가는 주름과 고갈되는 체력이 주는 슬픔 못지않게, 삶의 즐거웠던 흔적은 자신의 삶에 대한 긍정적인 감정을 느낄 수 있는 한 편의 영화와 같다.

추억 회상

내가 자료를 가진 느낌 자체가 좋다. 기록 광의 면모가 또다시 드러나는 순간이다. 앞으로 주위 사람들과 함께 쌓아갈 추억에 대한 확신이 생긴다. 한동안 소홀했던 사람에게 관심을 표현할 기회로 삼기도 한다. 우리는 쌓인 추억을 무시할 수 없다. 함께 했던 즐거운 시간만큼 앞으로 쌓아갈 즐거운 시간을 기대하게 된다. 관계는 그런 기대에서 더 깊어지고 넓어진다. 다양한 그룹의 사진을 보며 내가 맺고 있는 관계를 돌아보는 시간도 갖는다.

지금은 멀어진 사람들은 왜 그런지 생각해본다. 가까워진 사람들은 왜 그런지 생각해본다. 사진을 보면서 관계에 대해서 나만의 답을 내리는 시간을 갖는다. 지난 시간을 향한 아쉬움은 뒤로한 채 앞으로 다가올 미래의 시간을 생각한다. 사진 한 장으로 기억할 수 있는 내용이 많기에 찍어 놓기만 했다면 내 과거가 한순간에 나에게 거대한 파도처럼 밀려온다. 사진을 많이 찍지 않았던 시기는 아쉽다. 그런 생각을 하면서 더 열심히 사진을 찍는다.

할머니 칠순

구글 포토엔 인물별 검색 기능이 있다. 사진에 나온 인물의 특징을 골라내서 인물별로 검색이 가능하다. 그 인물을 클릭하면 인물이 나온 사진 전체가 나온다. 몇 년 전 할머니 생신이었다. 이전에 찍어 놓은 할머니 사진을 구글 포토의 인물 검색 기능으로 찾았다. 그리고 사진을 골라서 단체 채팅방에 공유해드렸다. 할머니는 스마트폰을 사용하시지 않지만, 같이 사는 큰아버지나 사촌 형님이 보여드렸을 것이다.

이렇게 한 사람이 살아온 과거의 흔적을 갖고 있고 한 번씩 보여줄 수 있다는 건 나에겐 큰 재미다. 올해부턴 주위 사람들에게 1년 동안 내가 찍은 사진을 앨범으로 보내주고 싶다. 나와 함께한 순간에 담긴 사람들을 보면 내가 어떤 환경 속에서 살고 있는지 알 수 있다. 그리고 내가 사진을 찍을 정도로 기억하고 싶은 순간을 함께 한 사람들이 나에게 소중한 사람일 것이다.

사진을 정리하는 과정은 번거롭다. 수많은 사진을 정리하는 건 엄청난 일이다. 그런데 잘 나온 사진을 모아서 다른 사람들에게 보내줄 생각을 하면 재밌다. 한번 공유한 앨범은 계속해서 남아 있기에 특별한 날은 꼭 앨범을 만든다. 사진이 많은 날은 내가 기억하고 싶은 순간이 많은 날이다. 그런 날은 공유 앨범으로 남겨 두고 별도로 볼 수 있게 해둔다.

한 번은 구글 포토에 쌓인 사진을 처음부터 보다가 포기한 적이 있다. 사진이 너무 많아서다. 엄청난 양의 사진이 쌓여 있다. 내 삶의 순간과 그 순간을 함께 한 사람들에 대한 기억을 위해서 사진을 쌓아간다. 음식 사진만 나오는 날도 있고, 풍경 사진만 있는 날도 있다. 그렇게 찍어 놔도 누구와 갔는지 대략적인 분위기가 어떠했는지는 어렴풋이 기억난다. 이런 기억의 복원 과정을 통해 내 과거와 다시 대면한다.

우리 삶은 다양한 조각의 모음이다. 온전하다고 생각한 우리의 기억도 들추어보면 온전히 기억하고 있는 경우는 드물다. 앨범에 넣을 사진을 정하고 그것을 하나하나 돌아보는 과정은 언제 해도 재미있는 일이다. 가족과 함께 앨범 보는 시간처럼 온라인 공간에 쌓인 디지털 사진도 같은 맥락으로 다시 즐겁게 체험할 수 있다.

선물을 주는 행위는 언제나 즐겁다. 받을 사람을 생각하고 시간을 들여서 준비한다. 결과는 크게 중요하지 않다. 준비하는 과정 자체가 즐겁기 때문이다.

디지털 사진은 클릭만으로도 선물 준비가 가능하다. 아주 경제적이면서도 의미 있는 선물임이 틀림없다. 잊어버렸을 수도 있는 지인들과의 공유된 시간을 소환하는 마법과 같다. 이땐 그랬지 하면서 얘기할 수 있는 이야깃거리가 된다.

사진은 글로 담을 수 없는 시각 정보와 풍경의 전체적인 느낌을 함축적으로 보여준다. 그리고 찍는 사람의 주관이 철저하게 반영된 시각 정보다. 의미 있는 정보의 모음인 사진을 하나씩 보면서 고르는 과정은 과거를 깊이 있게 돌아보는 과정이다.

사진을 모으고 공유하는 일은 계속해서 하고 싶다. 블로그 포스팅에도 활용할 수 있고, 주위 사람들에게 삶의 기록을 공유할 수 있다. 사진은 생각하고 표현해야 하는 글쓰기보단 덜 부담스러운 추억의 수단이다. 비교적 적은 시간과 에너지를 들이며 재미와 의미를 동시에 잡을 수 있는 활동이다. 어릴 때부터 사진 찍는 아버지를 보면서 컸다. 어린 시절의 많은 순간이 사진으로 남아 있다. 이런 환경에서 자라게 해준 부모님에게 고맙다. 사진 찍다가 만나신 두 분의 인연처럼 나도 사진을 찍으며 주위 사람들과의 인연을 돈독하게 지속하고 싶다. 사진을 찍어보자. 디지털카메라도 필요 없고, 항상 쥐고 있는 스마트폰 카메라면 충분하다. 그리고 걸음을 잠시 멈추고 자신의 눈에 박힌 대상이나 풍경의 인상을 사진으로 남기기만 하면 된다.

기록은 감정 정수기다

　　지인들과 만난다. 그러면 집에 돌아가서 찍은 사진과 함께 그들과 나눈 대화를 복기한다. 블로그에 적기 위해서다. 어떤 말을 했는지 어떤 분위기였는지, 내 기분은 어땠고 어떤 감정을 느꼈는지 말이다. 메모를 조금씩 해놓을 때도 있다. 지인들이 만나고 있을 때 자신이 한 말을 메모해 놓으라고 할 때도 있다. 자신의 말이 어떤 형태로든 남아 있으면 좋겠다는 소망이 아닐까 싶다.

　　이렇게 있었던 일을 적으면서 주관적인 생각이 함께 들어간다. 일어난 일과 대화에 대해 다시 한번 생각해보면서 주위 사람들에 대한 의견을 적는다. 주로 무겁지 않게 장난치면서 놀리는 경우가 많다. 아니면 감정 없이 사실만 적을 때도 있다. 기본적으로 남기고 싶은 게 많은 사람이다. 만난 상대나 상황이 남기고 싶은 게 많으면 그만큼 애정이 있다고 보면 된다. 겪은 대상을 기억하고 싶다고 해서 기억할 수 있는 게 아니다. 저절로 기억되는 사람이나 상황이 있을 것이다. 그 사람은 당신이 관심 있는 대상일 확률이 높다. 나는 이런 소중한 상황을 계속 기억하고 기록하려고 한다.

반대로 기억하고 싶지 않은 상대나 상황도 적어두는 편이다. 다시 읽으면 당시에 느꼈던 감정의 흔적을 유추할 수 있다. 유화에 담긴 붓질이 어떤 방식을 통해 진행됐는지 알면 화가의 상황이나 감정을 유추할 수 있는 것처럼 글을 보면 내 감정의 흔적을 파악할 수 있다. 이렇게 주관의 흔적이 들어간 글을 다른 이들이 읽으면 내가 그들을 어떻게 생각하는지 알 수 있다. 하지 못했던 말도 포스팅에 담아서 전달하는 편이다. 되도록 감정적으로 되진 않으려고 한다. 대부분은 적을 때 상황과 감정을 돌아볼 수 있고 아픔이 있다면 글을 쓰는 과정에서 치유 작용을 하게 된다.

글은 얼굴을 보고 하기는 힘든 말을 할 수 있게 해준다. 감정의 표현이나 하고 싶은 말이 힘들 경우엔 포스팅의 형식을 빌려 표현을 한다. 주위 사람들에게 던지는 메시지라고 할 수 있다. 물론 그 사람이 내 블로그에 오지 않으면 아무 소용이 없겠다. 오롯이 나의 공간이라서 문자나 전화로 전하기 낯간지러운 말들을 마음대로 전할 수 있다.

한 사람에 대한 생각이나 의견은 직접 대화로 할 땐 감정적으로 될 수도 있다. ㄴ글로 적으면 보다 가다듬어진 의견이나 부드러운 표현이 될 수 있다. 생방송엔 적합하지 않을지 모르나 녹화 방송도 많은 시대에 우리는 연습해서 마음을 전하는 것도 필요하다. 조금 더 생각해볼 시간을 갖고 자신이 가진 생각이나 마음을 표현하면 받아들이는 이도 감정이 덜 들어간 상황에서 담담하게 받아들일 수 있다. 쓰는 사람이 담담하게 적었으니 그 담담한 감정이 그대로 전해지지 않을까?

나만의 공간을 가지기 위해서 우리에게 필요한 건 두 가지다. 키보드 혹은 스마트폰과 쓰려는 의지다. 생각한 내용을 글로 적어보는 노력과 시간을 추가하면 금상첨화다. 두 가지 노력을 통해 자신의 감정을 풀어낼 공간을 가질 수 있다.

독서 모임을 하며 독서 외에도 많은 정보와 문화 관련 자료를 사람들과 공유하고 받는다. 다양한 형태의 정보가 올라온다. 그런 정보들을 보고 나면 블로그 포스팅에 링크로 넣어둔다. 공유해준 사람에 대한 개인적인 믿음을 기반으로 좋은 자료일 거라는 믿음을 갖고 있다. 그리고 내가 기억하고 싶어서 포스팅의 한 부분에 오늘의 콘텐츠라는 방식으로 남겨 둔다. 내가 직접 본 자료도 하나씩 남겨 둔다. 나중에 이전에 올린 포스팅을 훑어볼 때가 있는데 즐긴 콘텐츠의 역사를 파악할 수 있다. 내가 경험했을 때 좋으니 다른 사람도 이런 콘텐츠를 즐겼으면 하는 공유정신의 발현이다. 이렇게 공유받은 링크와 감상은 잘 봤다는 한마디 말보다는 정성스러운 표현일 수밖에 없다.

'임금님 귀는 당나귀 귀'라는 유명한 동화가 있다. 임금님 귀가 당나귀 귀라는 사실을 자신만 알고 있다가 숲에 가서 소리친다. 자신만의 감정이나 비밀을 어딘가에 털어놓고 싶은 인간의 욕망을 다룬 이야기다. 사람은 풀고 싶은 이야기가 있으면 어떤 형식으로든 말하거나 풀고 싶을 수밖에 없다. 글이든 말이든, 예술의 형식을 빌리든 말이다. 인간은 기본적으로 발산하고 표출하고자 하는 욕구가 있다. 나에겐 블로그와 메모가 하나의 숲이다. 회사에서 보낸 힘들고 반복되는 시간으로 쌓인 스트레스, 그리고 누구에게도 못한 이야기를 적는다. 사실이나 감정의 폐기처리 라기보단 정화에 가깝다. 글로 적은 감정은 객관적이면서도 그 강도는 기존에 느꼈던 감정보다 약하다. 감정 정화 시스템이라고 부를 수 있다. 오염된 내 감정이 글이라는 객관적 형태를 빌려서 발현되고 써내는 과정 자체에서 정화 작용이 일어난다. 힘든 감정을 스스로 돌아보고 치유할 수 있다.

적고 나면 속이 시원한 경우가 많다. 어떤 식으로든 표현했으니 마음이 편해진다. 글로 보면 내가 생각했던 것보다 감정의 강도가 덜한 경우가 많다. 생각보다 덜 심각해 보인다. 마음을 물로 보자면 하나의 정수기다. 필터를 통과하면 오염된 감정이 정화된다. 우리 모두 마음의 정수기를 마련해보자. 렌트 비용도 없고 종이와 펜, 혹은 스마트폰이나 키보드만 있으면 감정 정수기를 마련할 수 있다.

한때 모임에서 헛소리를 많이 했던 적이 있다. 글을 본격적으로 열심히 쓰기 시작하면서부터 헛소리의 빈도가 줄어들었다. 회사에서 겪는 강력한 업무 강도와 틀에 갇힌 사고에서 오는, 합리적인 사유라는 틀에서 벗어나고 싶은 무의식의 발현이 아니었을까 싶다. 스트레스가 근본 원인이었다고 생각한다. 스스로 감정을 정화 시키면서 사는 지금은 그런 농담이나 헛소리를 덜 하게 됐다. 주위 사람들의 재미는 조금 줄어들었겠지만, 감정을 꾸준히 써나가는 활동 덕분에 감정적으로 고요하고 평화로운 삶을 살아가고 있다.

살다 보면 이유 없이 답답할 때가 있다. 이유를 모르는 답답함을 어떻게 해결해야 할까? 답답하다고 적어본다. 그러면 왜 답답한지 생각해보게 된다. 회사에 일이 많아서 그럴 수도 있고, 주위와의 관계가 잘 맺어지지 않아서 스트레스받을 수도 있고, 개인적인 발전에서 원하는 성과를 내지 못해서 답답할 수 있다. 다양한 방식으로 일어난 감정의 근거를 추측해본다. 어떤 부분이 나에게 답답함을 주고 있는지 알 수 있다. 정확히 알 수는 없어도 답답함의 여러 원인 추적이 가능하기에 근원 모를 답답함을 감소시킬 수 있다.

사람은 현상에 대한 이유를 아는 것만으로 스트레스를 확 줄일 수 있다. '왜'라는 질문이 인생에서 가장 중요한 것처럼 우리가 겪고 있는 감정적 억압이나 슬픔, 답답함, 절망, 무기력, 짜증과 같은 부정적 감정들은 적고 추적하는 과정을 통해 이유를 알 수 있다. 그래서 기록은 감정의 근원을 추적할 수 있는 GPS다. 그리고 감정의 강도를 희석해 준다는 측면에서 정수기다. GPS 달린 정수기, 매력적이고 끌리는 아이템이다.

고민을 털어놓을 수 있는 하나의 공간을 가져보자. 나는 감정에 대한 기록을 추천한다. 혼자서도 할 수 있다. 시간만 내면 언제든지 할 수 있다. 적는 것 자체로 정화 효과가 있다. 지금 자신이 느끼는 감정을 한번 적어보자. 자신의 상황이나 고민도 적어보자. 정신적인 생각이 글자라는 물성을 지니는 순간 우리는 객관적으로 바라볼 수 있다. 이런 물질화 과정을 거쳐서 우리는 감정을 측정할 수 있고, 감정에 대해 깊이 있게 고민할 수 있다.

생각과 감정을 글이라는 실체를 가진 대상으로 바꾸는 기록을 통해서 타인에게 보여주기도 하고, 스스로 돌아보면 감정적으로 충만하고 솔직한 삶을 살 수 있다. 한번 사는 인생인데 솔직하게 표현하고 행동하는 삶이 본인답고 즐거운 삶이다.

제4장
기록하는 문화 생활

독서를 기록하다

2014년 회사 생활에 조금 익숙해지고 의미 있는 일을 하고 싶어서 독서 모임에 들어갔다. 크게 기대하지 않고 들어간 모임은 재밌었다. 독서 모임은 무겁고 진지할 거란 고정 관념을 깨준 모임이었다. 처음 들어간 독서 모임에 지금까지 참여하고 있다. 혼자서 더디게 독서 생활을 했는데 매주 한 권 읽어가는 페이스가 고되면서도 재밌다. 내 생각을 타인과 나눌 수 있는, 진지하고 조금은 무거울 수 있는 주제에 대해서 거침없이 말할 수 있는 지적 교류의 장이다.

모임에 참석하기 위해 매주 한 권의 책을 읽었다. 한 주마다 돌아가면서 책을 선정한 사회자가 질문을 준비하고, 토론을 진행했다. 이런 방식이 마음에 들었다. 그러나 모임에 오랜 기간 참석하면서 뭔가 부족함을 느꼈다. 독서를 하고 나서 모임에서 답변하고 나면 남는 게 없었다. 그리고 모임에 대한 기록이 충분하지 않았다. 모임 카페에 올려지는 건 해당 주의 질문이 전부였다. 그리고 그 무엇보다 내가 읽은 흔적이 남지 않았다. 책에 대한 대략적인 인상만을 남긴 채, 누군가 제목을 말하면 그 책 읽어봤는데 무슨 내용인진 기억나지 않는 경우가 많았다. 변화가 필요한 순간이었다.

이 공허함을 벗어날 방법을 찾기 시작했다. 아날로그적인 방법과 디지털적인 방법 두 가지를 시도했다. 처음으로 시도한 건 책에 표시하며 읽는 방법이다. 읽다가 인상 깊은 구절이 나오면 페이지의 귀퉁이를 접어둔다. 주로 출퇴근 시간 지하철에서 독서를 하는 편이라 펜으로 필기하며 읽긴 힘들었다. 가장 좋은 건 집이나 도서관에서 책을 고정하고 펜으로 줄을 치거나 메모를 하면서 읽는 방식인데 나에겐 적합하지 않았다. 그래서 책의 귀퉁이를 접는 방식을 선택했다. 접어둔 페이지를 다시 보면 내가 읽은 책의 인상 깊었던 구절을 다시 한번 훑어볼 수 있었다.

하지만 이 방법도 부족했다. 어떤 부분이 인상 깊었고, 그 부분을 읽을 때 어떤 생각을 했는지 파악할 수가 없었다. 그래서 온라인 독서 채팅방에서 본 방법인 형광펜을 갖고 다니면서 표시하는 방법을 선택했다. 이 방법은 지하철 안에 서 있는 상황에서 책을 보는 순간에는 그렇게 유용하지 못했다. 형광펜을 갖고 다녀야 하는 부담과 불편함이 있었다. 그리고 책을 읽는 것도 힘든데 인상적인 부분에 형광펜을 치는 건 책이 고정되지 않은 상태에서 하기엔 힘든 방법이었다.

종이책의 마지막 종착점은 포스트잇이다. 색깔별로 얇게 나온 포스트잇이 있다. 그 포스트잇을 쓰면 쉽게 인상 깊었던 구절에 표시할 수 있다. 그리고 포스트잇 전체를 책 앞쪽에 붙여 놓고 한 장씩 뜯어 쓰면 된다. 두께가 얇아서 책을 펴고 접을 때 영향을 주지도 않는다. 책을 읽다가 괜찮은 구절이 나오면 한 장씩 뜯어서 해당 부분에 붙이면 된다. 그렇게 책을 다 읽고 나면 포스트잇이 책의 여러 부분에 붙어 있다. 포스트잇이 붙은 부분만 훑어보면 어떤 부분이 인상 깊었는지 알 수 있다. 종이책은 필기의 어려움이 있어서 현재로선 이 단계가 나의 종이책 독서의 완성형이다. 앉아서 독서 할 수 있는 분은 펜으로 메모하거나 형광펜을 칠하면서 보면 된다. 출퇴근할 때만 책을 읽는 사람이라 포스트잇으로 만족하기로 했다.

디지털 기기를 활용하는 방법도 있다. 매주 한 권씩 읽어나가는 책을 모두 사기엔 부담을 느꼈다. 집에 책이 수백 권 쌓이면서 부피에 대한 부담도 늘어났다. 그래서 이북 서비스 업체인 '리디북스'를 적극적으로 이용하기 시작했다. 기존엔 태블릿이나 스마트폰에서 이북을 읽었는데 눈이 부담스러웠다. 그러던 도중 '리디북스 페이퍼'라는 e-ink를 탑재한 이북 리더가 나왔다. 기존 액정과 비교해볼 때 터치나 메모할 때 반응속도는 느리지만, e-ink 자체는 종이책과 가장 비슷한 액정이다. 책과 비슷한 질감을 제공하며 눈의 피로도를 확실히 줄여주고, 밝기 조절 기능도 있어 어두운 밤이나 조명이 없는 장소에서도 읽을 수 있다.

이북 리더기를 산 이후로 개인적으로나 모임에서 읽는 책 중 이북을 지원하는 책은 항상 리디북스에서 산다. 한때는 종이책으로 돌아간 적도 있었다. 그러다 독립한 이후론 부피에 대한 부담이 커져서 이북 서점에 없는 책만 도서관에서 빌리거나 샀다. 리디북스로 책을 읽는다. 좌우에 있는 버튼을 누르면 페이지가 앞뒤로 넘어간다. 뒷부분에는 손가락에 끼워서 편하게 들 수 있는 링을 달았다. 이북 리더기 크기가 재킷이나 코트 안주머니에 쉽게 들어가고, 무게도 가벼워서 들고 다니기 좋다.

이북 리더기는 페이지에 책갈피 할 수 있고, 표시하고 싶은 부분에 하이라이트 할 수 있는 기능을 제공한다. 무엇보다 맘에 드는 기능은 메모 기능이다. 하이라이트 한 이후, 해당 부분에 메모할 수 있다. 이렇게 메모를 해두면 나중에 스마트폰이나 PC에서도 같은 내용을 확인할 수 있다. 그리고 리디북스 웹사이트에서 하이라이트 부분과 메모를 모아서 보여주는 '독서 노트' 기능도 제공한다. 인상적인 부분과 메모를 남길 수 있어서 좋다. 어느 장소에 가든 리디북스 페이퍼를 들고 다닌다.

전자기기라서 책을 아무리 사더라도 저장 공간만 있으면 많은 책을 저장할 수 있다. 기본적으로 수백 권의 책을 넣을 수 있고 SD 카드로 저장 공간을 확장하면 수천 권까지 저장할 수 있다. 현재 들어있는 책이 수백 권인데 이것만 해도 평생 읽을 수 있는 분량이다. 책의 부피에 대한 부담이 완전히 사라졌다. 사람들은 종이책의 넘기는 재미를 포기할 수 없다고 한다. 하지만 나는 종이를 넘기고 책이 닫히지 않도록 고정해야 하는 그 부담과 부피에 대한 부담을 버리고, 대신 버튼으로 움직이고 많은 책을 넣을 수 있는 이북 리더기의 간편함을 선택했다.

대기 시간이 있는 은행, 공항, 기차 어디든 나는 책과 함께한다. 리디북스 페이퍼가 없어도 스마트폰에서 리디북스 앱을 실행하면 새로운 책, 혹은 구매한 책을 다운로드 해서 볼 수 있다. 지인의 말처럼, 독서는 시간을 보내기 가장 쉽고 가성비 좋은 취미 활동이다. 그리고 가성비 좋은 취미 생활에서 내가 느낀 바를 표시하고 메모하면서 쌓아갈 수 있는 기기가 있어 독서에 더 매진할 수 있게 됐다.

이렇게 나의 독서에 대한 고민은 기록이 가능한 디지털 기기로 해결했다. 만족하면서 읽고 있다. 한 번씩 전자책이 없는 도서가 선정되면 그때는 종이의 질감과 종이 넘기는 맛을 체험하기도 한다. 다양한 독서의 재미를 느끼면서 책 읽는 삶을 유지하고 있다.

경험하고 느낀 것에 대한 기록이 특히 중요하다고 생각한다. 그래서 어떤 식으로든 겪은 경험과 그에 대한 감상을 남기려고 한다. 경험하는 모든 것을 남기고 싶다. 에너지와 시간이 허용하는 한 다양한 삶의 맛을 보고 그 맛을 기록해두고 싶다. 꼭 다시 본다고 생각하지 않아도 남겨 놓으면 언젠가 꺼내 보는 재미가 있다.

살아온 삶에 대해서 자신이 의미를 부여하지 않는다면 누구도 삶의 의미를 부여해주지 않는다. 그리고 자신이 부여한 가치를 통해 자존감이 형성된다. 자존감은 별다른 게 아니다. 자신의 삶을 겸허하게 수용할 수 있는 용기와 담대함이다. 이런 담대함은 우리가 삶에 대해서 생각하고 스스로 그 삶을 살아내기로 했을 때 얻을 수 있다. 나는 삶을 적어내는 행위에서 그 담대함을 얻을 수 있다고 믿는다.

남는 게 없었던 독서 생활에 조금씩 남는 게 생겼다. 모임에서 나눴던 대화도 기록하고, 시간이 남으면 블로그에 후기도 올렸다. 최근에 영화 평점 큐레이션 서비스인 '왓챠'에서 도서 평점 서비스도 시작했다. 독서 하면서 글을 적거나 표시하기 힘들다면 책에 대한 평점과 간단한 감상평만 남겨놔도 좋다. 각자 자신이 만족할 수 있는 수준에서 경험해 온 것을 편하게 쌓아간다면 시간이 지나고 돌아볼 수 있다. 그리고 자신이 겪은 콘텐츠에서 자신의 인생을 볼 수 있다. 이렇게 책이라는 문화적 자산에 대한 경험을 쌓아가면서도 다시 돌아볼 수 있는 접속 경로를 만들고 있다. 이런 독서 기록은 프로그램에서 쓰는 단축키 같다. 오로지 내가 읽어온 나만의 책을 다시 읽을 수 있는 단서를 만들어둔다. 다시 읽을 때는 표시해놓은 단서만 보면 된다. 나머지 남은 부분의 아쉬움은 다시 책을 읽으면 되지만 우리는 시간이 그렇게 많지 않다. 자신이 중요하다고 생각한 부분을 다시 보며 책을 복습할 수 있다. 그리고 나중에 인용하거나 다른 자료를 만들 때도 쉽게 참고할 수 있다.

평서라는 독서 방법이 있다. 책을 읽고 나서 책의 인상적인 부분이나 책 전체에 대한 감상과 평을 남기는 일이다. 책은 읽을 때마다 느낌이 달라진다. 사람의 기억은 잠깐 만에 사라져 버린다. 그러니까 책을 읽고 난 소감을 적어둘 필요가 있다는 것이다.

책은 읽는 상황과 장소에 따라서도 감상이 달라질 수 있다. 그 시점에 내가 느낀 점을 기록해둔다면 훗날에 다시 볼 때 참고하면서 과거의 생각과 비교해볼 수도 있다. 독서 기록을 다시 읽으면 과거의 나와 만나는 재미가 있다. 생각의 역사와 발전을 알 수 있다. 그리고 내 생각 중 변하지 않는 부분을 만날 수 있다. 이렇게 변하지 않는 부분은 인생에서 중요시하는 가치일 확률이 높다.

지금까지 기록을 남기는 독서에 대해서 살펴봤다. 각자의 방식이 있을 것이다. 다양한 방법을 통해서 자신만의 방법으로 자신이 읽은 텍스트에 대해 추적이 가능하도록 기록해두자. 그러면 나중에 읽은 내용을 다시 보기 편해진다. 쉽게 돌아갈 수 있는 웨이포인트(게임에서 특정 지역에 갔다가, 바로 해당 지점으로 돌아갈 수 있는 지점)를 찍어두는 과정과 같다.

책뿐 만이 아니라 다른 보고서나 논문도 같은 과정을 통해서 읽을 수 있다. 중요한 건 나중에 다시 볼 때 편할 수 있게 지금 조금 더 에너지나 시간을 투자하자는 것이다. 우리는 지금을 살지만, 미래의 나를 위한 배려를 남겨 놓으면 좋다. 이렇게 종이책이나 전자책 모두 표시하며 읽으면 나중에 보기 편하다. 두꺼워서 다시 꺼내지 않을 책도 가볍게 훑어볼 수 있도록 지름길을 만들어두는 과정이다.

독서 모임 사관

독서 모임에 들어간 지 4년이 됐다. 2년 정도가 지난 2016년부터 개인적으로 모임에서 읽은 책을 기록했다. 처음에는 구글 독스 스프레드시트에 독서 기록을 정리했다. 읽은 책의 날짜, 저자, 구분을 하나씩 기록해두고 별점을 매겼다. 그리고 페이지까지 기록해둬서 1년 동안 읽은 책의 권수와 페이지를 쉽게 합산해볼 수 있었다. 개인적으로 읽은 책과 모임에서 읽은 책도 구별하기 위해서 '모임', '개인'과 같은 구분자를 두기도 했다. 그리고 모임에서 읽은 책 리스트를 뽑아서 모임 채팅방에 공유했다. 이런 식으로 모임 기록을 시작했다. 내가 통계를 내기 위해 만든 자료가 다른 사람에게 도움이 될 수 있었다.

시간이 지나면서 이 방식에 대해서도 갈증이 생겼다. 구글 독스는 스마트폰에서 보기 불편하다. 그래서 컴퓨터에서 봐야 제대로 볼 수 있다. 그래서 보편적으로 보급된 스마트폰에서 편하게 볼 수 있는 방식이 필요했다. 그러다가 텍스트 기반의 아웃라이너 프로그램인 워크플로위를 알게 됐다. 그리고 2016년 8월을 시작으로 워크플로위에 모임 기록을 쌓아나가기 시작했다.

기본적으로 독서 모임 기록에 들어가는 내용은 제목, 저자, 읽은 날짜, 사회자, 책 선정 이유, 그리고 질문, 질문에 대한 실제 모임에서의 토론 내용이다. 이 내용이 하나의 책 제목 아래 구조적으로 들어가게 된다. 질문 항목 아래엔 질문 리스트가 순서대로 들어간다. 그리고 각 질문에 각 답변자의 답변 내용이 들어간다. 이런 식으로 구조적으로 정리할 수 있는 워크플로위에 모임 기록을 적어나갔다. 처음엔 아이패드를 들고 다녀서 모든 내용이 텍스트 형식으로 들어갔다. 그러다가 아이패드를 갖고 다니기 부담스러워서 종이에 펜으로 기록하고 기록한 종이를 스캔해서 모임 내용을 올렸다.

누구도 시키지 않았으나 개인적인 필요로 모임 기록을 작성하기 시작했다. 그리고 점점 책의 정보가 쌓이며 모임의 정식 기록이 됐다. 기존에 있던 카페는 나의 워크플로위 모임 기록으로 대체됐다. 2016년 8월부터 현재까지의 모든 모임 기록이 들어있다. 모임에 빠질 땐 대신 기록할 사람을 지정해서 모임 기록을 유지하려고 하고 있다.

읽은 책 리스트가 쌓이면서 어떤 책을 읽어왔는지 돌아보기가 편해졌다. 영역을 선택하면 선택한 아이템 개수를 보여줘서 몇 권의 책을 읽었는지 세기도 쉬웠다. 그리고 이 책의 질문에 어떤 내용을 말했는지 돌아보기 쉬웠다. 중간에 아이패드를 쓰지 않으면서 손으로 적고 스캔해서 올렸던 부분은 다시 보기가 힘들었다. 몇몇 사람의 피드백을 받고 나서 아이패드를 이용해 디지털 메모로 작성했다. 아날로그 메모의 스캔본은 다시 읽어보려고 해도 무슨 내용인지 알기가 어려웠다. 텍스트로 입력하는 게 나중에 검색하기도 편하고 계층을 파악하면서 보기에 좋은 기록 방식이다.

처음엔 모임 기록으로 인정받지 못했다. 모임 장도 개인 기록이라고 했다. 그리고 내 마음대로 적는 부분이 있었기 때문에 많은 사람의 질타도 받았다. 왜곡해서 적는 부분이나 아예 사실과 다르게 적는 부분도 있었다. 그렇게 적는 것도 나름의 재미가 있었다. 역사를 기록한 사관이 어떤 시선으로 역사를 기록하는지에 따라서 사실과 전혀 다른 역사가 적힐 수 있다는 사실도 깨달았다. 이후는 조율을 거치면서 큰 반감 없이 공정한 기록을 유지하고 있다.

이렇게 쌓아온 책과 모임에 대한 기록은 모임원을 충원할 때 큰 역할을 했다. 실제로 인원 모집 글에 워크플로위 공유 링크를 함께 올린다. 지원자들은 독서 모임에서 어떤 책을 읽었고 어떤 말을 했는지 알 수 있다. 들어오려는 모임이 자신과 맞는 모임인지 아닌지 알 수 있는 단서를 제공한다. 리스트 자체를 보지 않고 들어오는 사람도 있었지만 들어온 인원 중에 모임 기록이 잘 돼 있어서 들어왔다는 사람도 있었다. 뿌듯했다.

어떤 식으로든 기록을 특정한 형태로 모아두면 쓰일 용도가 생긴다. 지금은 해당 모임 기록을 통해서 카드 뉴스를 만들거나 모임에 관련된 책을 만들어보려고 한다. 아이디어가 구체화 되고 함께 실행할 수 있는 사람이 있다면 실행해서 모임에 관련된 기록을 하나의 완성된 콘텐츠로 만들려고 한다. 이렇게 발전하면서 만들어가는 재미가 있다. 사람들도 자신의 언어가 텍스트로 정제되어 완전한 콘텐츠의 형태로 나온다면 기분 좋을 것이다.

모임 기록을 스스로 담당하고 나니 모임을 더 열심히 하게 됐다. 큰 책임을 느끼고 모임에 참여한다. 빠지고 싶거나 읽기 싫은 책이 있어도 참여하게 된다. 내가 좋아하는 독서와 기록이 합쳐지니 열심히 할 수밖에 없다. 언젠가 내가 나간 후의 모임 기록이 어떻게 될지 조금 걱정이 되기도 한다. 그래서 종종 기록 2군을 구해야 한다면서 기록 후진 양성을 도모하고 있다.

쌓아 온 기록을 보면 뿌듯하다. 어떤 식으로 기록을 발전시킬지 고민한다. 각 사회자 이름에 태그를 달아놨다. 태그는 클릭할 수 있는 형식이다. 태그를 클릭하면 해당 사회자가 선정한 책 리스트를 한 번에 볼 수 있다. 이런 식으로 다양하게 활용하는 방안을 고민하고 있다. 소설, 에세이, 과학, 음악, 영화 등의 카테고리도 구분해서 태그로 관리할 수 있다. 그리고 책의 제목 밑에 노트 기능으로 해당 책의 링크를 넣어두면 바로 해당 책의 정보 페이지로 이동하도록 해놨다. 책의 목차나 페이지, 소개, 작가 정보가 필요하면 링크를 클릭하면 된다.

앞으로도 모임 기록을 쌓아갈 예정이다. 모임 원들은 함께 읽어온 책과 자신의 발언이 쌓이는 걸 굉장히 재밌어했다. 그리고 자신이 읽은 책을 정리하는 시간을 가질 때 유용하게 활용하고 있다고 말했다. 텍스트만으로 남은 기록도 이렇게 강력한 효과를 가질 수 있다는 사실에 놀라곤 한다. 어떤 식으로든 일정한 형태를 갖추고 꾸준히 쌓아온 기록은 의미가 있다는 믿음을 갖게 됐다.

이렇게 데이터베이스를 쌓을 수 있는 소스를 제공해준 독서 모임에 감사하며 재밌게 참석하고 있다. 자신이 참석하고 있는 모임이 있다면 소소하게 기록을 시작해보면 어떨까? 처음엔 사람들이 의아해하겠지만 기록이 쌓이면 사람들은 관심을 가질 것이다. 그리고 기록을 좋아하게 될 것이다. 이런 과정을 거치면 모임이 지나온 흔적을 남길 수 있다. 그저 사람들이 모여서 생각을 나누고 헤어지고 나면 증발하는 모임이 아닌, 하나의 역사를 가진 모임으로 남을 수 있다. 그리고 모임이 사라지더라도 기록은 남는다.

사실 기록을 하면 모임 할 때 하고 싶은 말을 다 못한다. 다른 사람이 말할 때 적느라 토론에 제대로 참여하지 못하기 때문이다. 적는 데 에너지를 들이니 다른 사람의 말을 듣고 생각할 여유가 없다. 그리고 다른 사람이 의미 없어 보이는 말을 하면 적기 싫을 때도 있다. 특히 의미 없는 말을 길게 할 때는 키보드에서 손을 놓을 때도 있다. 그렇게 잠시 쉬다 보면 다시 적고 있는 나를 발견한다. 사관은 약간의 희생정신을 발휘해야 한다.

반면에 모임에 몰입할 수 있는 장점이 있다. 지겨우면 아예 듣지 않아도 되지만 나는 계속해서 들어야 한다. 적으려면 집중해서 들어야 한다. 말하는 이가 표현하고자 하는 게 뭔지 파악할 수 있어야 정리할 수 있다. 한 번씩 문장 구조를 이상하게 말하는 사람도 있는데 그러면 문장 구조를 수정해야 한다. 그러면서 국어 실력도 올라간다. 상대방이 개떡같이 말해도 찰떡같이 알아듣는 능력이 생긴다.

오래 쌓아온 모임 기록은 주위 사람들에게 하나의 데이터베이스로 남아 있다. 기억에서 지워지더라도 지워진 게 아니게 된다. 언제든 찾아볼 수 있기 때문이다. 그리고 자신이 어떤 말을 했는지 알 수 있다. 그리고 모임을 떠난 사람들도 기억할 수 있다. 회사원, 시끄러운 사람, 선생님, 말이 많은 사람 등의 형용사 하나로 표현될 사람들이 구체적으로 어떤 말을 했는지 보면서 그 사람을 하나의 단어가 아닌 실체로 기억할 수 있다.

일기를 쓰는 사람은 나의 모임 기록을 참고해 일기를 쓰기도 한다고 했다. 그저 말로만 하고 흘러간 것이 될 수 있는데 기억에 남고 기록하니 의미 있게 된다. 그리고 자신이 보낸 시간을 돌아보면 공감과 위로가 된다는 멤버도 있었다.

독서 모임 외에 다른 모임도 하고 있는데 거기서도 기록을 담당한다. 어디가든 적고 있기에 내가 적은 내용이 누군가에게 도움이 된다면 주저 없이 공유한다. 이렇게 공유를 하려면 잘 적어야 한다. 되도록 모든 내용을 기록하려 하고 다른 사람들이 봤을 때도 부끄럽지 않을 정도로 정리가 돼 있어야 한다. 그래서 잘 적으려고 노력하게 된다. 적은 내용을 한 번 더 보게 된다. 모임에 그냥 참여했으면 이렇게 집중해서 발언을 듣진 못했을 것이다. 그래서 어디서든 서기를 담당하면 모임에 집중할 수밖에 없다는 사실을 안다.

참여하고 있는 모임이 있는가? 그렇다면 모임 기록을 자청해서 맡아보는 건 어떨까. 누군가의 동의를 받을 필요는 없다. 본인이 스스로 기록 하면 된다. 기록하는 순간 당신은 운전석에 앉은 운전사처럼 집중해서 모임에 참여할 수 있다. 수업을 듣는 것처럼 필기해보면 다음에 나눈 대화가 궁금할 때 찾아볼 수 있다. 다시 볼 수 있으면 기억할 수 있고 추억할 수 있다. 모임의 미래를 위해 현재의 모임을 기록해보자. 꾸준히 기록하면 하나의 역사가 된다. 세계사나 국사만 역사가 아니다. 작은 모임이 흘러온 길도 역사가 될 수 있다. 당신이 적기만 한다면 말이다.

강의를 기록하다

인터넷의 보급과 문화 소비의 확산과 함께 새로운 정보를 습득할 수 있는 수단이 많아졌다. 우리는 세미나나 강의를 들으러 갈 수 있다. 집에서 유튜브나 테드, 세바시를 통해서 관심 분야의 강의를 들을 수도 있다. 정보가 넘쳐나는 시대에서 살아가고 있다. 이런 시대 분위기가 즐겁다. 어디서 정보가 튀어나올지 모르는 시대에 대비해서 언제나 메모할 수 있는 수단을 갖고 다닌다. 집에선 컴퓨터로, 외부에선 태블릿이나 스마트폰으로 기록한다. 이렇게 기록할 수 있는 장비를 휴대하다가 콘텐츠를 접할 때, 나중에 다시 참고할 만한 내용이 있을 법한 자료를 볼 때 정리하면서 보는 편이다.

부산에서 새로 여는 현대 미술관에서 특강이 있었다. 지인들과 함께 강의를 들으러 갔다. 언제나 그렇듯이 아이패드와 함께 블루투스 키보드를 갖고 갔다. 책상이 없는 강의장이라서 무릎 위에 가방을 올리고 그 위에서 타이핑 했다. 워크플로위를 실행하고 강의를 구조적으로 정리해 나갔다. 강의 듣기 전엔 강의 제목과 함께 연사에 대한 대략적인 정보를 입력해놨다. 그러면 주위 사람들과 대화를 나눌 때도 정보를 나눌 수 있고, 나중에 이 연사가 어떤 경력과 배경을 지녔는지 알 수 있다.

강의가 시작되고 나면 말하는 내용 대부분을 기록한다. 강의를 들으며 떠오르는 생각도 추가한다. 생각이라는 태그를 추가해놓으면 나중에 생각만 추려서 볼 수 있다. 이런 식으로 기록하는 강의는 나중에 필요할 때 들춰보면 된다. 시험공부 하듯이 집에 가서 바로 복습하진 않는다. 내가 경험한 기록이 어떤 형식으로든 남아 있으니 다시 볼 필요가 있을 때 꺼내 보면 된다. 나중에 보기 쉽도록, 구조 자체가 잘 짜인 강의를 좋아한다. 장황하게 늘어놓는 강의는 별로 좋아하지 않는다. 강의의 구조를 통해서 연사가 어떤 사고 구조를 갖고 강의하는지 대략 파악할 수 있다. 경험해보니 과학적인 영역에 종사하는 사람은 확실히 구조적이고, 예술 쪽에 종사하는 사람은 구조적으로 말하지 않는 경향이 있었다. 사람마다 다르겠지만 나의 데이터베이스 안에선 이런 경향성이 드러나고 있다.

강의가 마치고 나서 지인들과 함께 술자리를 가졌다. 처음 보는 분이 있었는데 어쩌다 내가 기록한 내용을 보게 됐다. 이렇게까지 열심히 적는 이유가 뭐냐고 물었다. 나중에 필요할 때, 강의 내용이 궁금할 때 다시 보기 위해서라고 했다. 그리고 함께 오지 못한 지인에게 공유해주려는 목적도 있었다. 이런 사람 처음 본다는, 신기한 눈으로 나를 쳐다봤다. 이런 시선이 이젠 익숙하다. 부끄러움을 많이 타는 성격이라 주위의 관심이나 이런 시선이 부담스러울 때도 있었다. 지금은 그런 시선이 부담스럽지 않다. 오히려 나의 정체성을 보여주는 큰 부분이라 당당하게 보여준다.

이런 식으로 기록해두면 강의를 한 눈에 파악할 수 있다. 나는 필기할 필요가 없다고 하는 강의도 다 필기하는 편이다. 교안이 있다고 하더라도 내가 받아들이는 강의 콘텐츠는 다를 수밖에 없다. 강사가 교안대로 모든 강의를 진행하는 것도 아니다. 교안은 텍스트 몇 자와 그림 몇 개뿐인 경우가 많다. 하나의 슬라이드에서만 하더라도 강사가 하는 말이 많은데 적지 않으면 놓치게 된다. 모든 강의를 들을 때 아이패드에 정리하면서 듣는다. 강의 내용을 적는 것이 습관이 됐고 이렇게 강의를 듣지 않으면 불안하다. 태블릿이 없으면 스마트폰에라도 적는데 화면의 크기가 작아서 적을 때 구조적으로 정리가 힘들다.

강의를 기록하는 이유도 책을 읽을 때 표시하고 메모를 하는 이유와 같다. 강의 내용을 남기는 것이 첫 번 째고, 그에 대한 나의 감상을 남기는 게 두 번째 이유다. 생각해볼 만한 주제에 대한 강의를 들은 이후에 강의가 생각 날 때가 있다. 그때마다 강의를 다시 볼 순 없다. 그래서 정리된 강의 노트를 찾아서 짧은 시간에 복기하고 다시 그 주제를 생각해본다. 그러면서 생각을 발전시킨다. 우리의 뇌는 한번 들어간 정보를 쉽게 놓지 않는다. 인출 할 수 있는 단서가 있으면 언제든 다시 꺼낼 수 있다. 그래서 뇌의 어렴풋한 기억이 접속할 수 있는 통로를 기록으로 만들어둔다. 그러면 우리는 뇌가 기억할 수 있는 저장 공간 이상의 정보를 갖고 사고할 수 있다.

이렇게 열심히 정리하고 나면 같이 들으러 간 사람들에게 공유한다. 그리고 이런 강의 내용이 필요할 것 같은 사람에게도 공유해준다. 정리한 강의 노트를 빌려주는 것과 비슷하다. 공유를 통해 주위 사람들에게 피드백을 받을 수도 있다. 잘못된 내용에 대한 부분일 수도 있고, 공유해줘서 고맙다는 내용일 수도 있다. 어떤 식으로든 자신이 남긴 기록에 대해서 자신이 다시 보거나 다른 이들에게 공유되는 등의 방식으로 활용될 수 있다는 믿음이 계속해서 기록하게 하는 힘을 준다.

돈이 되지 않는 일은 열심히 하지 않아도 된다는 말을 누군가에게서 들었고 동의한다. 이런 기록은 당장 돈이 되지 않지만, 무형의 가치는 엄청나다. 내가 경험한 삶의 한순간을 기록하는 데 시간과 에너지가 들지만, 이후에 얻을 수 있는 효과가 훨씬 크다. 무엇보다 다시 사용하는데 드는 비용이 공짜다. 잘 찾을 수 있도록 설정해두면 평생 쓸 수 있는 무기가 된다. 이렇게 기록을 통해 평생 활용할 수 있는 지식 데이터베이스를 쌓아간다.

대학생 시절엔 관심 있는 강의를 들으면 교수님의 농담까지도 놓치지 않고 필기했다. 빽빽하게 적어 나간, 구분되지 않은 텍스트를 읽어나가면 다시 한번 강의를 듣는 느낌이었다. 그렇게 열심히 필기한 강의는 성적이 좋았다. 이렇게 필기하는 강의는 혼치 않았다. 지금도 보관하고 있는 노트를 보면 당시에 열심히 강의를 듣던 내 모습이 보인다. 미련하게도 적었다 싶은 마음이 드는데 그런 메모를 보면 기분이 좋다. 순간을 놓치지 않으려고 노력한 마음이 보인다.

한 번은 시험 치기 직전에 같이 수업 듣는 사람이 나에게 와서 혹시 노트를 복사해줄 수 있냐고 물었다. 필기를 열심히 하는 모습을 보고 부탁을 했나 싶었다. 군이 모르는 사람에게 호의를 베풀고 싶진 않아서 거절했다. 그리고 수업은 자신이 듣고 필기하고 흡수한 만큼 성적을 받는 게 정당하다고 생각했다. 그 사람은 기분이 나빴겠지만 나는 기분이 좋았다. 열심히 적는 모습에서 강의 내용이 잘 들어있으리라 생각하고 물어보지 않았을까.

나는 미래에도 언제나 적고 있을 것이다. 어떤 식으로든 자신이 살아가고 싶은 방향을 고민하면 이룰 수 있다고 믿는다. 삶의 기록을 만드는 나 자신에 만족스럽다. 행복의 조건은 내적 만족과 외적 만족의 조합이다. 내적으로 만족하면서 진행하는 기록이 다른 이들에게도 도움이 된다면 행복의 조건이 충족된다. 이렇게 우리는 자신이 좋아하는 일을 찾고, 외부로부터 긍정적 강화를 경험하며 자신이 행복한 상황을 적극적으로 찾아간다.

강의를 기록하고 하나씩 데이터베이스가 쌓이면 나중에 써먹을 분야가 많다. 글을 적거나 강의를 준비할 때, 자신이 들었던 강의나 작품에 나왔던 말을 인용할 수 있다. 근거 없는 확고한 주장보다 근거 있는 담담한 주장을 할 때, 주위 사람들이 부드럽게 받아들일 가능성이 크다. 이런 식으로 기록하고 데이터베이스를 갖고 있으면 인용할 수 있는 사람이 된다. 자신이 했던 기특한 생각도 스스로 인용할 수 있다. 강의를 들으면서 필기할 때 나중에 써먹을 만한 부분은 '인용'이란 태그를 걸어둔다. 혹은 좋은 말은 '명언'이라는 태그를 걸어둔다. 그러면 인용이나 명언 태그에 해당하는 내용을 한 번에 검색할 수 있다.

강의를 기록하다가 실패한 사례도 있다. 영화를 좋아한다. 영화계의 유재석이라고 불리는 이동진 영화평론가를 좋아한다. 그의 블로그, 팟캐스트, 유튜브 방송 등을 챙겨 보며 영화에 대한 해석을 하나씩 배운다. 그가 부산에서 강의한 적이 있다. 독서 모임을 빠지고 갈 정도로 듣고 싶었던 강의다. 1시간 반 정도의 강의 시간 내내 그가 말하는 내용을 받아 적었다. 그런데 열심히 적고 마지막에 저장 버튼을 누르지 않았다. 다시 앱을 실행해서 저장만 눌러도 됐는데 저장하는 걸 까먹었다. 열심히 받아 적은 내용이 모두 날아갔다. 그 이후론 자동 저장되는 프로그램만 사용한다. 이렇게 개인의 실수로 기록이 실패하는 날도 있다. 그래도 필기하면서 들었기에 중요한 부분은 대부분 머릿속에 남아 있었다. 날아간 기억은 아쉽지만, 기억을 더듬고 스마트폰에 적힌 텍스트의 이미지를 기억하면서 블로그 포스팅을 했던 기억이 난다.

지적 고양의 수단인 강의에 기록이라는 긍정적 강화를 적용하며 기록을 지속해서 개발하고 있다. 꼭 강의가 아니라도 괜찮다. 일상에서, 주위 사람들에게 배우는 점도 기록해두면 나중에 다시 챙길 수 있다. 다양한 깨달음에 대한 기록을 되돌아보면 도움이 될 가능성이 크다. 현재의 내가 배운 내용을 미래의 나를 위해 적어보자. 그러면 우리는 학습하는 삶을 꾸준히 살 수 있다.

읽고 쓰는 삶

독서와 인문학에 관심을 가지면서 입력하는 내용이 많아졌다. 그러다 보니 쌓인 지식을 배출하고 싶은 욕구가 생긴다. 우리가 음식을 먹고 소화를 시켜서 배출하듯 지식에도 같은 과정이 적용된다. 다양한 지식의 섭취와 소화 이후에 찾아오는 발산의 욕구는 당연하다. 힘들고 불가능해 보였던 독서 모임은 어느덧 나에겐 기본값이 되고 있었다. 나에겐 그 이상이 필요했다.

다양한 책을 읽다 보면 담고 있는 내용의 깊이가 엄청난데, 쉽게 읽을 수 있도록 쓴 게 신기했다. 나도 그렇게 적고 싶다는 욕망이 생긴다. 이렇게 적고 싶은 마음이 생기다가도 글재주도 없는 내가 무슨 글을 쓰겠냐는 생각을 많이 했다. 블로그는 꾸준히 하고 있었지만, 문장이라기보다는 사진에 대한 간단한 설명을 쓰고 있다는 느낌이 강했다. 사진의 이해를 돕기 위한 간단한 단문 위주로 블로그에 글을 써나가고 있었다. 문단을 갖춘 글에 막연한 두려움과 말 못할 귀찮음을 갖고 있었다. 그러나 사람은 욕망이 있으면 방법을 찾아 나서게 된다. 하나씩 쓰는 방법을 찾기 시작했다.

우선 주위에 쓰는 사람이 있는지 찾아봤다. 주위에는 없었다. 주위에 없으면 온라인에서라도 찾으면 된다. 우리에겐 SNS라는 수단이 있다. SNS는 자신이 원하는 롤모델이 어떤 삶을 살아가는지 보고 따라 할 수 있는 아주 좋은 수단이다. 그리고 온라인으로 접하기 때문에 한 명만 참고하는 게 아니라 여러 사람을 참고할 수 있다. 평소 내가 꿈꾸는 삶을 사는 이들의 블로그와 페이스북을 찾아다녔다. 1인 기업과 스마트워크의 대한민국 선두 주자인 홍순성 소장, 직장 생활과 하고 싶은 일인 생산자의 삶을 균형 있게 추구하고 있는 신정철 작가, 먼저 잘 배워서 다른 이들에게 자신의 노하우를 전수하는 행복화실의 정진호 대표 등이 있다. 그들이 진행하는 강의나 운영 중인 온라인 채팅방이 있으면 적극적으로 참여했다. 그리고 팟캐스트로 접할 기회가 있으면 꾸준히 접했다.

이렇게 SNS를 활용하면 내가 살아가고 싶은 삶을 사는 이들이 어떻게 생각하고 일상을 보내는지 알 수 있다. 그리고 어떻게 일을 만들어내고 작업하는지 지켜볼 수 있다. 롤모델로 정한 이들이 쓴 책을 참고하고, 그 이후엔 책에 나온 내용을 실천한다. 모방하다 보면 자신에게 맞는 방식이 생긴다. 어떤 식으로 살고 생각하는지 지켜보면 어떻게 해야 할지 알 수 있다.

메모에 대한 책을 쓴 신정철 작가의 경우 직장인의 삶을 유지하면서 블로그를 운영하고, 책을 출판하고, 다양한 독서와 관련된 모임을 진행하고 있다. 아주 균형 잡히고 안정적인 생활을 하고 있다. 신정철 작가가 운영하는 독서 모임 채팅방에 들어가 있으면 자신이 배운 걸 공유하고 나누려는 의지가 강해 보인다. 회사라는 안정적인 테두리 안에서 자신이 하고 싶은 일을 확장 시키고 있으니 안정을 좋아하는 내가 추구할 수 있는 롤모델이다.

1인 기업가에 대한 책을 내고 팟캐스트를 진행하고 있는 홍순성 소장은 나의 스마트워크 스승이다. 직접 나에게 가르침을 준 적은 없지만, 그가 생산해내는 콘텐츠를 보면서 스마트워크의 많은 내용을 배웠다. 홍순성 소장이 부산에 올 기회가 그리 많지 않아서 기회가 있으면 오프라인 강의에 찾아간다. 강의 후에 나에게 현실적이고 배려 있는 조언을 해줬다. 이후에 워크플로위로 목록형 책 쓰기 코칭을 받았다. 당시 회사와 관련된 내용을 적다가 지금은 목차를 잡은 상태로 묵혀둔 상황이다. 언젠가 집필해서 책으로 펴낼 것이다. 이렇게 원하는 삶을 이미 경험하고 있는 그들을 보고 배우면서 생산자로 살아가는 그림을 선명하게 그리게 됐다.

그들을 따라 하겠다는 마음을 먹는 것만으로는 실행이 어렵다. 우선 생각과 실행의 차이를 줄이는 연습이 필요하다. 마음을 낸 이후, 시간을 내는 일이 힘들다. 그리고 우리가 쓸 수 있는 시간은 생각보다 많지 않다. 퇴근 시간을 빠르게 잡아도 집에 도착해서 밥 먹고 남는 시간은 2~3시간 정도다. 보통은 이것저것 다른 집안일을 하고 나면 1~2시간 남짓에 불과하다. 그리고 주말에도 온전히 나를 위해 쓸 수 있는 시간이 생각보다 많지 않다. 친구를 만나거나, 가족 행사, 경조사 등을 챙기다 보면 쓸 수 있는 시간이 확 줄어든다. 그리고 막연히 쉬고 싶을 때도 있다. 이렇게 원하는 일을 하려는 욕구는 생각보다 실행하기 힘들었다.

필요한 시간을 확보하기 위해서 시간 관리를 시작했다. 나에게 주어진 시간이 얼마나 있고 내가 그 시간을 활용하면 어느 정도의 일을 할 수 있는지 대략적인 감이 필요했다. 앞에 나왔던 시간 관리 툴인 '뽀모도로'를 기반으로 시간 관리를 시작했고, 확보한 시간을 포스팅과 책 쓰기에 투자하기 시작했다. 회사에서 뽀모도로 관리를 진행하면서 개인적인 시간 관리도 습관으로 만들 수 있었다. 이렇게 나의 사용 가능한 시간을 파악하고 실제 쓰는 시간을 파악했다. 실제 주어진 시간과 현재 쓰고 있는 시간의 실태를 파악하고 나니 시간을 어떻게 배분할지 감각이 생겼다.

글쓰기 스터디

의지와 시간이 생긴 것만으로는 꾸준히 해나가기 힘들다. 혼자서 하는 운동이나 공부는 힘들다. 우리가 헬스장에 친구와 함께 가는 이유다. 같은 활동을 좋아하는 사람들과 모임을 한다. 나는 글쓰기 모임을 찾아다녔다. 한 번은 독서 모임에서 글쓰기에 뜻이 있는 지인과 둘이서 스터디를 진행했다. 매주 A4 용지 한 장 분량의 글을 적어나가기로 했다. 완성된 형태의 글을 매주 일요일 자정까지 올려야 했다. 그래서 일요일은 항상 글을 썼다. 에세이도 쓰고, 소설도 쓰고, 자기계발 관련 칼럼도 적었다. 당시에 적은 글 중 출퇴근에 관련된 글이 있었는데 카카오톡 채널 메인에 소개된 적이 있다. 이런 생산자 활동에 대한 긍정적 강화를 통해 내 글도 다른 사람들이 공감할 수 있다는 확신이 생겼다.

둘이서 진행하던 스터디는 은근슬쩍 끝이 났다. 둘 다 영감을 주는 뮤즈가 없어서 글이 안 적힌다는 핑계를 대며 스터디는 종료됐고, 다른 글쓰기 스터디에 가입했다. 브런치에서 글쓰기 스터디를 모집하길래 지원했고, 100일 동안 글쓰기를 매일 하는 모임이었다. 주제가 올라오면 매일 하나의 글을 올린다. 자율적으로 진행되는 모임이라 규칙이 별로 없었다. 쓰지 않으면 벌금을 내는 제도가 있으면 좋을 것 같은데 그런 제약이 없었다. 약 50일 정도 진행하다가 펜을 놓게 됐다. 개인적으로 스터디를 운영할 수도 있지만 그러기엔 에너지와 시간이 많이 들어서 참여하는 데 만족하기로 했다.

그러다 '쏨 : 일상적 글쓰기'라는 앱을 모임원이 소개해줬다. 시를 쓰는 앱인데 산문을 적어도 무방했다. 모임 사람 세 명과 서로의 계정을 팔로우하고 올라오는 글을 보면서 자극을 받아 글을 적어나가고 있다. 이런 식으로 어떻게든 공통의 관심사를 가진 사람들과 함께할 때 생산을 지속할 수 있다.

책 쓰기 강의

그러다가 이 책을 쓰게 된 계기인 자이언트 스쿨 글쓰기 강의를 알게 됐다. 이은대 작가는 블로그 이웃이었는데 강의를 꾸준히 하고 있었고, 2018년 1월에 열린 글쓰기 특강에 참여했다. 자신이 경험한 삶을 써내는 글쓰기 정신이 마음에 들었다. 기존 나의 블로그 운영 방향과도 일치했다. 특강 다음날 바로 글쓰기 강의에 등록했다. 그리고 3주간의 글쓰기 강의를 듣고 온라인 피드백을 통해 항상 쓰고 싶었던 기록 경험을 녹여내는 책을 썼다.

오랫동안 원하는 대상에 대해서 생각하고 고민하는 사람은 언젠가는 그리던 꿈 같은 삶을 살 수 있다. 생생하게 꿈꾸고 그 꿈을 이루기 위해서 하나씩 실행하다 보면 꿈을 닮아간다. 나의 메신저 프로필로 설정해놨다. 이전부터 그리던 작가라는 꿈을 향해 천천히 천천히 계단을 밟아왔다. 조금 오래 걸리더라도 방향이 맞으면 계속해서 전진하는 힘을 얻을 수 있다.

책에서 얻은 다양한 경험과 생각을 글로 적는 연습을 한다. 다양한 분야에서 얻은 지식과 지식에 뿌리를 둔 생각이 모여서 하나의 글이 된다. 이 글이 다른 이들의 공감을 얻을 수 있다. 쌓인 글을 모아서 하나의 책으로 만들 수 있다. 내가 좋아하는 일을 하면서 다른 사람들에게 도움을 줄 수 있는 삶이다. 이전부터 꿈꾸던 삶이다. 사회적 명성은 중요하지 않다. 좋아하는 일이 타인에게 도움을 줄 수 있으면 의미와 재미를 동시에 찾을 수 있다.

　어떤 지식을 접했다면 뱉어내는 연습을 해보자. 어떤 식으로든 설명할 수 있어야 이해했다고 할 수 있다. 쓰려면 생각하게 되고 머릿속에서 정리해야 한다. 타인에게 설명할 수 있도록 읽고 정리해보자. 그러면 내가 습득한 지식은 온전히 내 것이 된다. 이런 연습을 꾸준히 하면 대상에 대한 생각을 명료하게 정리할 수 있다. 말하기, 쓰기를 위한 읽기를 해보자. 목적 없는 읽기보다는 출력을 염두에 두고 읽으면 남기고 싶은 게 생긴다.

기록으로 남기는 영화

중학생 시절부터 영화를 좋아했다. 틈만 나면 비디오테이프를 빌렸고 대학생 시절엔 집에서 남는 시간에 하루 한 편의 영화를 봤던 기억이 난다. 치킨과 맥주를 즐기면서 영화를 많이 봤다. 식스 센스나 파이트 클럽, 아이덴티티 같은 반전이 있는 영화를 즐겨 보던 시절이 있었다. 이렇게 영화를 그저 소비하는 대상으로 즐기던 시절을 넘어서 본격적으로 기록하기 시작하며 영화도 기록의 대상이 됐다. 어떤 식으로든 내가 본 영화에 대한 기록을 남기고 싶었다. 내 생각의 흔적을 남기고 싶었다.

그러다 2012년 영화 추천 서비스인 왓챠가 나왔다. 처음 나왔을 때 혁신적이라고 생각하면서 지금까지 봤던 영화 평점을 모두 매긴 기억이 난다. 자신이 본 영화를 골라서 평점을 매긴다. 그러면 좋게 평가한 영화와 유사한 감독이나 내용, 배우가 나온 영화를 추천해준다. 처음 나왔을 때 지금까지 봤던 500개 정도의 영화 평점을 매기면서 시간을 보냈던 기억이 난다. 시간이 걸렸지만 내가 본 영화를 기록하는 순간이 즐거웠다. 그 이후론 영화 볼 때마다 하나씩 평점과 코멘트를 쌓고 있다. 영화 보고 나서 바로 평점과 한 줄 평가를 남길 때도 있고, 시간이 지나고 평가할 때도 있다.

영화 평점 및 큐레이션 서비스는 아주 좋지만, 평점과 영화 리스트만으론 부족해서 영화별로 하나의 간단한 감상을 남기기 시작했다. 초반엔 에버노트에 영화 하나씩 노트를 만들어서 포스터와 감상을 적어놨다. 그러다 시간이 지나면서 텍스트 기반의 워크플로위를 주력으로 쓰기 시작했다. 큼직한 이야기의 덩어리나 장면별로 구분해서 나오는 대사, 그에 대한 나의 감상을 적어둔다. 이렇게 하면 영화도 한눈에 구조적으로 볼 수 있다.

영화관에서 볼 땐 메모할 수 없다는 게 안타깝다. 이동진 영화평론가의 이야기를 들어보면 A4 용지와 함께 펜을 갖고 어둠 속에서 메모한다고 한다. 엄청난 경지다. 한 번 따라서 시도해본 적이 있는데 영화도 제대로 보지 못하고 필기하는 데 소리를 내지 않느라 신경이 많이 쓰였다. 그 이후론 영화관에서 필기하려고 하지 않는다.

그래서 영화관도 좋지만, 집에서 영화 보는 걸 좋아한다. 영화관의 음향이나 큰 화면은 포기해야 하지만, 메모할 수 있다. 모니터에 영화를 틀고 책상에 아이패드를 두고 기록하면서 본다. 이렇게 하면 영화에서 인상 깊었던 말과 떠오른 생각을 놓치지 않고 메모할 수 있다. 기록은 블로그에 리뷰를 남기거나, 필요할 때 본다. 이렇게 정리해두면 활용할 수 있다. 포스팅을 통해 하나의 글로 남겨 두는 게 이상적이다. 영화 한 편 볼 때마다 모두 포스팅하기는 부담스럽다. 그래서 일상 포스팅에 같이 묶어서 감상을 정리하고 있다.

한때 카드 뉴스 만들기에 꽂혀 있었다. 인스타그램에 올린 카드 뉴스를 보고 연락했다면서, 인터넷 스트리밍 업체의 영화 소개 카드 뉴스를 만들어 달라는 의뢰를 받았다. 간단한 스토리와 안에서 유명한 대사를 적어서 영화를 소개하는 카드 뉴스를 만들었다. 영화를 하나의 콘텐츠로 재창조할 때는 많은 고민과 함께 어떤 결을 가진 영화로 소개할지 고민해야 한다. 이미지는 인터넷을 참고하거나 캡처해서 이용하고 카드 뉴스 레이아웃은 카드 뉴스 플랫폼을 제공하는 사이트 서비스를 이용했다.

케이트 블란쳇이 주인공으로 나오는 블루 재스민이라는 영화를 카드 뉴스로 만들었다. 화려하고 성공한 삶을 살던 여인이 한순간에 파산자가 되는 내용을 다룬다. 화려한 시절과 현재의 낙차를 잘 보여주는 영화라서 인상 깊었다. 카드 뉴스를 만들면서 이야기에 대한 고민도 많이 했지만 하나의 콘텐츠로 만드는 과정이 재밌었다.

스프레드시트로 독서 일지를 만들 때 영화일지도 함께 만들었다. 엑셀에 한 해 동안 본 영화를 기록해나간다. 그리고 간단한 감상평을 입력한다. 왓챠에서 엑셀 파일로 내보내기 기능이 있다면 좋을 텐데, 현재는 지원하지 않는다. 그래서 엑셀에 별도로 기록해나가고 있다. 통계로 가공하기 편해서 엑셀을 활용한다. 평점, 국가, 장르, 영화를 본 장소 등에 대해서 통계 낼 때 엑셀의 피벗 테이블이란 기능을 활용하면 변수를 조절해가면서 금방 통계 낼 수 있다. 이 엑셀 파일을 활용해서 연말에 영화와 책 '베스트 10'을 고른다.

영화를 볼 때도 기록하는 나를 보면 신기하다. 영화에 나온 좋은 말과 순간을 놓치고 싶지 않다. 영화 속의 대사나 인물의 표정은 그 순간이지만, 그것을 잡아 놓고 싶은 마음이 강하다. 굳이 이렇게까지 해야 하는지 피곤할 때도 있다. 영화관에서 보면 음향도 좋고 큰 화면으로 좋은 환경에서 감상할 수 있는

데 기록을 포기하진 못한다. 음향과 규모가 엄청난 영화는 영화관에서 보고 이외의 영화는 대부분 집에서 감상한다.

메모 프로그램에서 영화라는 태그로 검색해보면 영화, 영화에 관련된 유튜브 방송, 누군가로부터 받은 영화 추천, 보고 싶은 영화 목록이 한 번에 뜬다. 블로그에 영화 감상을 적기 위해 적은 초안도 보인다. 본 날짜 안에 영화라는 단어를 품고 있어서 언제 영화를 봤는지도 알 수 있다. 이렇게 영화에 대한 역사가 쌓여간다. 특히 영화에 관련된 팟캐스트, 유튜브 영상, 혹은 영화관에서 진행하는 큐레이션 프로그램엔 고수들이 펼쳐낸 영화 이야기가 들어있다.

큐레이션 프로그램은 영화가 끝난 후 영화평론가가 영화에 대한 해설, 작품 외의 각종 비하인드 스토리에 대해 설명해 주는 행사다. 영화 끝나고 20분 정도 해설을 해주는데, 참 유익하고 마음에 든다. 평소 인터넷에서만 봤을 법한 해설을 직접 들을 수 있다. 그때는 더 열심히 적는다.

영화를 본 당시에 적어놨던 한 줄, 영화 요약, 감상 등을 모아서 보면 개인의 영화사가 담겨 있다. 이렇게 다양한 분야의 기록을 쌓아가면 개인의 문화사도 만들 수 있다. 내가 겪은 문화가 어떤 변화를 겪었는지 알 수 있다. 관심 있는 분야가 역사에 많이 남을 가능성이 크다. 인생을 좋아하는 것들로 가득 채울 수 있는 수단이 기록이다. 우리는 너무 바빠서 어떤 걸 좋아한다는 사실조차 잊어버릴 때가 있다. 좋아하는 대상을 기억하고 쌓으면 역사가 된다. 나라의 역사에도 문화사, 경제사가 있듯이 우리의 역사의 한 부분도 기록으로 채울 수 있다.

영화를 보면 자신이 원하는 걸 알 수 있다. 한 여인이 떠난 수천 킬로미터의 도보 여행을 보여주는 〈와일드〉라는 영화가 있다. 이 영화에 남긴 감상을 보면 '내가 왜 이렇게 자신을 찾아 나서는 여행과 문학이라는 장르에 꽂히는지 모르겠다. 나도 아마 그런 길을 걷고 싶으니 그런 게 아닐까?라는 메모가 적혀 있다.

여행을 그렇게 좋아하지 않지만 새로운 곳으로 떠나고 그곳에서 일상과 비일상의 차이를 온몸으로 체감해내고 그걸 사진과 글로 남기는 경험을 좋아한다. 영화를 보면서 내가 원하는 것을 찾는다. 다가오는 경험 중에서도 가슴이 찌릿하고 전율이 생기는 체험이 있을 것이다. 이런 순간은 어떤 식으로든 우리에게 의미가 있다. 원하는 삶일 수도 있고, 인지하지 못했던 나의 꿈일 수도 있다.

내가 이런 메모를 했다는 사실을 잊고 있었다. 적은 내용을 다시 보면서 깨달았다. 삶은 자체로 살아낼 만한 것이라고, 나도 누군가의 희망이 되고 싶다는 당시의 생각을 다시 본다. 그녀는 영화의 초반에 엄청난 짐을 메고 여정을 떠난다. 그리고 가벼운 짐으로 집에 돌아온다. 삶의 무게와 같은 배낭이 점점 가벼워지는 변화를 통해 그녀가 온전한 삶으로 돌아갈 수 있으리라 생각했다. 내 인생이 지닌 무게도 이같이 점점 가벼워지길 바라며 영화를 봤다. 이렇게 내 삶을 돌아볼 수 있는 단서를 준다. 이 단서를 다시 볼 수 있도록 적어놓을 때, 마음에 새기고 실천할 수 있다.

쌓아놓은 영화 기록을 보면 영화가 생생하게 보인다. 내가 느낀 감정이 그대로 드러나 있어서 영화를 한 번 더 보는 기분이다. 장면별로 나눠서 기록해놨기 때문에 장면의 감상이 차례대로 보인다. 기록해두면 나중에 도움이 된다. 앞으로도 계속해서 영화를 보며 기록할 것이다. 쓸 땐 막상 귀찮아하면서도 나중에 보면 좋아할 나를 위해서 적어나간다.

영화는 장면을 보여준다. 장면은 특정한 인상으로 남는다. 그 특정한 인상을 사로잡고 싶다. 인상파 화가들이 현실의 대상이 주는 인상을 그리려고 노력했다. 나의 기록도 비슷한 인상파적 기록이다. 영상은 감상하는 사람에게 같은 장면에 대해서 같은 감상을 하게 하는 측면이 있다. 하지만 텍스트보다 더 넓고 다양한 해석 가능성을 주기도 한다. 영화에서 느낀 나만의 인상을 기록으로 남긴다. 영상이 남긴 인상을 텍스트로 표현한다. 나만의 인상이 다른 사람에게도 인상적일 수 있다면 더할 나위 없겠다.

제5장
기록이 불러오는 변화

삶의 의미를 찾는 마법

스마트폰 알람 소리에 일어난다. 피곤함을 느끼며 일어난다. 조금 더 자기 위해 5분 후 알람을 누르고 다시 잔다. 자도 자는 것 같지 않은 아침의 시작이다. 매일 아침은 힘들고 어제와 같은 날로 느껴진다. 같은 시간에 지하철을 타고, 같은 사람들과 내려서 같은 시간에 회사 정문을 통과한다. 바뀌는 건 정문을 지키는 경비원이다. 아침마다 마시는 녹즙 음료가 오늘의 요일을 알려준다. 같은 계단 수를 올라서 같은 사무실 문을 지나 같은 의자에 앉고, 같은 사람들과 일한다. 같음의 반복이다. 평범한 직장인이 맞이하는 하루의 시작이다.

많은 이들이 자신의 삶은 평범하다고 한다. 나의 아침처럼 무미건조하다고 생각할 것이다. 모든 사람의 삶은 평범한 게 맞다. 하지만 평범함이라는 단어가 얼마나 많은 것을 함축하고 있는지는 평범이라는 단어의 조건을 뜯어볼 때 알 수 있다. 평범한 외모, 평범한 직장, 평범한 관계 이 모든 것이 어찌 보면 수면 아래에서 발버둥 치는 오리의 발놀림처럼 엄청난 노력을 한 이후에 얻어졌을 수 있다. 우리가 평범이라는 포장지로 대충 포장해버린 일상은 하나같이 다르다. 우리가 매일 반복한다고 하는 일상을 돌아보면 하나같이 다른 하루를 보내고 있다. 같은 일을 한다지만 어제 한 일과 오늘 한 일이 어떻게 같을 수 있을까?

한때, 삶이 참 재미없다고 생각했다. 회사에 출근해서 일한다. 원하는 일이 아니라 시키는 일을 하는 경우가 대부분이다. 하기 싫고 재미가 없었다. 내가 원하던 일이 아니라는 생각이 많이 들었던 시절이 있었다. 어떻게 하면 회사를 그만둘 수 있을지 고민했다. 직업에 관련된 책, 퇴사와 관련된 책을 찾아보고 다른 부업을 찾기도 했다. 그럼에도 현재의 직장이 주는 안락함을 떠나지 못한다. 이런 두려움과 불평, 불만이 글쓰기를 하면서 순식간에 사라졌다.

블로그 포스팅으로 하루를 돌아보는 습관을 오랜 기간에 걸쳐 만들었다. 하루 1시간 정도의 시간을 내서 하루를 온전히 돌아보는 시간을 갖는다. 재밌었던 일, 짜증 났던 일, 잘못한 일, 잘한 일 등 하루 동안 있었던 일을 생각해본다. 모든 일에 대해서 적을 순 없고 다 기억나지도 않는다. 하루를 돌아보면 큼직한 사건이 한두 가지 정도 있다. 하루라는 영화를 돌려 볼 때 인상 깊었던 장면이 있게 마련이다. 그런 장면을 글로 적는다.

회사에서 짜증 났던 일도 적는다. 쓰면서 나의 감정을 돌아볼 수 있다. 내 감정만이 아니라 관련된 사람들의 감정과 상황도 돌아볼 수 있다. 그렇게 쓰다 보면 재미있는 일이 일어난다. 나만 짜증 난다고 생각했던 사건에 대한 관점이 바뀐다. 다른 사람의 시선으로도 사건을 바라볼 수 있다. 이렇게 바라보면 나만의 관점에서 벗어나 새로운 의미를 찾을 수 있다. 글을 적으면서 객관화가 일어난다. 나만 잘한 게 아닐 수도 있다는 사실, 나만 잘못한 게 아닐 수 있다는 사실을 깨닫는다.

짜증 나는 일을 적고 있으면 그 감정을 그대로 겪게 된다. 하지만 감정을 글로 분출하는 작업의 과정에서 감정이 희석된다. 책의 앞부분에서 나온 감정 정수기와 비슷하다. 글은 정화 기능을 가진 필터다. 회사에서 감정적으로 힘든 경우가 많다. 과다한 업무 지시, 상사와의 의사소통 문제, 문제에 처했을 때 나의 적절하지 못한 대처 등이 생각나면 견디기 힘들다. 그 과정을 고스란히 적는다. 힘든 일을 적다 보면 힘들다. 감정이 묻은 글이 나오고 내면에 있던 감정이 글이라는 형태로 나왔기 때문에 세포 분열하듯이 감정의 세기가 약해진다. 글쓰기를 통해 감정에 글자라는 물성을 부여한다.

매일 포스팅에 하루 동안 있었던 일을 올리다 보니, 일상이 글쓰기 소재가 됐다. 짜증 나는 일이 일어나고 있으면 이 일은 이렇게 적을지 생각한다. 상황을 겪는 순간에 이미 객관화가 일어난다. 이전에는 화나 부정적인 감정에 휩싸이는 경우가 많았다. 지금은 한 걸음 물러서서 글로 적는다면 어떤 상황으로 묘사할지 생각하게 된다. 이전보다 상황이 객관적으로 보인다. 내 감정의 진폭도 줄어들었다.

누군가와 대립하는 상황에서도 굳이 이기려고 하지 않는다. 져주는 방법도 배우고 있다. 하고 싶은 말을 하지 않을 수 있는 인격적 성숙함도 연습할 수 있게 됐다. 글쓰기의 효과가 크다. 글을 쓰면 일상이 하나같이 다르다는 사실을 알 수 있다. 오늘 한 일, 어제 한 일이 절대 같지 않음을 알 수 있다. 일은 반복되지만, 그 안에서 새로운 사건이 일어나고, 어제와는 다른 의미와 양상을 띠고 있다. 본인에 대한 자각 능력도 올라가게 된다. 글로 표현하려면 자신이 겪고 있는 상황에 대해서 인지하고 있어야 한다. 그래서 자신의 일상과 감정을 글로 쓰면 상황을 보다 기민하게 볼 수 있다.

우리는 언어로 설명할 수 있는 때만 이해했다고 할 수 있다. 설명하고자 대상이 있다면 이해한 후에라야 적을 수 있다. 제대로 이해하려면 상황에 대해 이해하고 파악하려는 촉을 세우게 된다. 내가 처해있는 환경과 상황이 어떻고, 앞으로 어떻게 될지 예상해볼 수 있게 된다. 꾸준히 자신의 일상에 대해서 적어보면 하루하루 다르게 살아가는 나를 발견한다. 이렇게 일상 포스팅을 통해서 일상에 스스로 의미를 부여하기 시작했다.

일상을 적어나가면 자신을 객관적으로 돌아볼 수 있다. 쓰는 사람이 스스로 하나의 객관적인 대상이 된다. 영화를 보듯이 떨어져서 나를 묘사한다. 3인칭 시점과 전지적 작가 시점이 어우러진 상태에서 인물과 인물이 가진 감정을 묘사한다. 묘사하다 보면 나도 몰랐던 감정이 튀어나오는 경우가 있다. 모든 일을 적는 게 나의 목표다. 읽는 사람이 불편해하지 않을 정도의 감정선에서 글을 적는다. 나 스스로 나중엔 포스팅의 독자가 되기 때문에 감정의 자정 작용과 자가 피드백을 거친다.

적다 보면 나의 단점도 보인다. 다양한 단점을 갖고 있다. 쉽게 질려 하고, 참을성이 없고, 내 뜻대로 되지 않으면 기분이 안 좋아지고, 기분이 안 좋으면 티가 난다는 단점이 있다. 이런 상황을 돌아보면서 내가 이럴 땐 이렇게 행동한다는 데이터베이스가 쌓인다. 인간의 반응이 한 번에 달라지진 않지만, 자각할 수 있게 된다. 이런 감정을 느끼고 있다는 알아차림이 가능해진다. 내 감정과 상황에 대해서 빠르게 인지할 수 있으면 그렇지 않을 때 보다 원하는 방향으로 행동할 수 있는 확률이 높아진다.

이렇게 글쓰기를 통해 나 스스로가 하나의 객관화된 대상이 된다. 작품 속에 나오는 하나의 캐릭터가 된다. 나에겐 어떠한 특성이 있다. 이렇게 행동할 가능성이 크다. 그런데 이렇게 행동해보면 전개가 달라질까 생각을 해보게 된다. 습관적으로 해오던 행동에 변화의 여지가 생긴다. 캐릭터화된 나는 지금까지의 선택과 다르게 행동할 수 있다. 자신의 일상과 감정을 써나가는 글쓰기를 통한 객관화를 통해 이런 새로운 선택이 가능해진다.

일상을 적으면서 의미 없어 보였던 삶에서 의미를 찾고 있다. 회사 생활뿐만 아니라, 사소한 일들의 의미를 돌아볼 수 있었다. 그리고 다른 사람을 조금이나마 이해할 수 있었다. 다른 사람이 도대체 왜 그렇게 행동하는지 모를 일이 많다. 나에게 왜 그런 대우를 하는지, 왜 내 마음대로 되지 않는지 끊임없이 생각할 수밖에 없는 게 인생이다. 인생은 원하는 대로 흘러가지 않는다. 쓰기 시작하면 좋지 않을 상황에 대해서도 생각해보게 된다. 지금까지 일이 어떻게 흘러갔는지 정확히 알게 되기 때문이다. 인생이 항상 원하는 대로 되진 않는다는 것, 어쩌면 그게 인생이라는 걸 적기 시작하면서 이전보다 확실하게 느꼈다.

이제는 일을 생각할 때, 잘되지 않을 가능성에 대해서도 충분히 생각한다. 잘되도록 최선을 다하겠지만 원하는 대로 되지 않을 가능성도 마음에 담아둔다. 할 수 있는 일은 다 해놓고 다른 변수는 통제하려고 하지 않게 된다. 내 마음도 마음대로 되지 않는데 다른 사람의 마음이나 행동은 바꿀 수 있는 영역 밖이다. 그들의 생각과 결정까지 통제하려고 하는 건 인간의 능력을 넘어선다. 그래서 겸허해질 수 있다. 모든 상황이 내 마음대로 흘러갈 순 없다는 인식만으로 삶은 조금 여유로워질 수 있다. 글을 쓰면서 이런 식으로 삶의 다양함이 가지는 의미를 알아간다.

할머니가 예전부터 자주 하시던 말이 있다. '호랑이 굴에 잡혀가도 정신만 차리면 살아나올 수 있다'라고 하셨다. 정신의 중요성에 대해서 강조하는 말이다. 우리는 일상을 어떤 정신으로 살아가고 있을까? 그냥 굴에 들어갈 때와 호랑이 굴에 들어갈 때의 정신은 다르다. 호랑이 굴에 들어갈 때의 정신은 집중

되고 명료한 정신일 가능성이 크다. 자신의 일상이나 생각을 텍스트라는 정제되고 깔끔한 형태로 표현할 수 있으려면 또렷한 정신으로 일상을 바라봐야 한다. 일상이 호랑이 굴이 된다. 항상 주의를 기울여서 온전한 정신으로 보내야 하는 상황으로 다가온다. 글쓰기는 이런 또렷한 정신을 안겨준다. 탁한 시선으로 일상을 바라보면 삶을 기록할 수 없다.

　재미없다고, 의미도 없다고 외치던 일상을 한번 적어보자. 이전과는 다른 시선으로 일상을 바라볼 수 있는 시선이 생긴다. 일상을 다르게 볼 수 있는 근육을 조금씩 키워나가자. 글쓰기를 제안한다. 간단한 메모에서 시작해도 좋다. 자신의 일상을 사로잡을 수 있는 수단을 가지는 순간 우리는 예술가가 된다. 예술가는 다름 아닌, 일상이나 상상의 세계를 보다 오래 잡아두고 싶어 그것을 특정한 형태로 표현하는 사람이기 때문이다. 일상을 예술가로 보낼 수 있는 마법을 위한 첫 행동은 자신의 일상을 하나씩 모아가는 행위다. 가장 쉬운 행위가 일상을 언어로 적어보는 기록이다.

기록하는 순간 달라진다

대리 3년 차, 회사의 중요한 프로젝트 간사를 맡게 됐다. 어느 날 담당 임원이 나를 부른다. 무슨 일인지 싶었다. 금요일 업무 마치기 직전이었던 걸로 기억한다. 대리 3년 차이고 이젠 이렇게 주도적으로 진행하는 업무도 한 번 해봐야 하지 않겠냐고 말한다. 정확히 간사가 뭘 하는지 잘 몰랐다. 당시에 회사 다니는 게 힘든 시기였다. 업무도 많고 다양한 일들로 부담스러운 시기였다. 사실 프로젝트에 들어가면 일을 더 해야 한다. 내 시간과 에너지를 회사에 더 써야 한다는 말이다. 안 한다고 할 수도 없는 상황이었다. 생각해봐도 나 아니면 할 사람이 없었다. 그렇게 프로젝트 간사가 됐다.

간사는 프로젝트의 모든 일을 챙기는 위치라고 한다. 회의 소집, 정리, 할 일 챙기기, 각종 행사 의전 등에 관련된 일을 맡는다. 특히 회의에서 어떤 얘기가 오갔는지 기록하고 회의록을 작성한다. 그리고 정리된 회의록을 프로젝트팀과 공유한다. 원래 기록을 좋아하는 편이라 잘 할 수 있으리라 생각했다. 회의록 작성을 전담하기 시작하면서 메모를 이전보다 열심히 하게 됐다. 어떤 말이 오가고, 누가 어떤 일을 해야 하는지 정리가 필요했다. 회의 특성상 같은 얘기도 여러 번 오가고, 다른 의견들이 맞부딪친다. 그래서 해결되지 않는 이슈의 기록과 앞으로 어떤 일을 해나가야 하는지 기록하는 일이 중요했다. 그리고 회의 중간에 서로의 이해를 정리하는 시간이 있다. 이렇게 서로의 입장을 맞춰나가는 부분이 프로젝트 회의에서 특히 중요하다.

처음 프로젝트 회의록을 작성할 때 많은 수정을 했다. 프로젝트 매니저에게 확인을 받아야 회의록을 팀원들에게 전송할 수 있었다. 프로젝트 매니저의 많은 수정을 거치던 회의록도 이제는 거의 수정 없이 완성되고 있다. 회의록 작성을 맡은 이후, 회의 당시의 흐름을 파악할 수 있게 됐다. 다른 회의와는 다르게 내가 정리하지 않으면 회의 자체의 기억이 없어지게 된다. 이전엔 졸리기도 하던 회의가 이제는 팽팽한 긴장 상태를 유지하고 있다.

신입 사원 시절엔 나와는 상관없는 회의가 많았다. 그런 회의는 들어가면 졸게 되는 경우가 많았다. 내가 의사결정 할 수 있는 부분도 없고, 그저 말하는 내용을 받아적는 수준이었다. 프로젝트에 들어간 이후 달라졌다. 어떤 회의를 가든 기록한다. 나와 별 상관없는 회의에도 들어가면 사람들이 어떻게 하는지 지켜본다. 그리고 생각나는 아이디어도 적는다. 나의 업무와 관련이 없으면 나의 업무 노트를 보면서 이전 업무를 챙기기도 한다. 그런 시간을 알차게 잘 활용하는 게 참 재밌었다.

한 번씩 마산에 있는 큰집에 갈 때 운전을 한다. 1시간 남짓의 운전 시간이다. 대학교 때 유행하던 게임 '카트라이더'를 하는 느낌으로 운전을 한다고 말한다. 운전할 땐 신경이 예민해진다. 평소 운전을 하지 않다 보니 운전이 힘들다. 운전하는 동시에 다른 일을 할 수 있는 사람이 신기하다. 운전하면 집중해야 한다. 1년에 몇 번 이런 중거리 운전을 한다.

기록하는 행위는 운전석에 앉는 것과 같다. 운전석에 앉았을 때는 신경 써야 할 부분이 많다. 차선, 앞차와의 간격, 신호, 속도, 네비게이션의 음성 안내, 삑삑 울리는 단속 구간 경보, 과속방지턱, 주위 사람과의 대화 등 신경 써야 할 부분이 수없이 많다. 운전석에 앉아 있을 땐 신경 쓰던 부분이 조수석이나 뒷좌석으로만 옮겨도 사라지게 된다. 운전대를 잡는 건 집중한다는 의미다. 집중하지 않으면 사고가 일어나기 때문이다.

삶을 기록하는 건 삶에 대한 집중력을 올리는 행위다. 삶에서 무심히 스쳐지났을 상대의 말, 행동, 그리고 주위 환경의 변화, 생각 등에 관심을 기울이게 된다. 관심이 많은 대상은 자신이 사랑하는 대상이다. 나의 삶, 생활, 생각을 관심 있게 대하면 삶을 사랑할 수 있게 된다. 그리고 주위 사람들에게도 같은 관심을 기울일 수 있게 된다. 흘려보냈을 순간을 흘려보내지 않는다는 건 그 대상과 상황에 대한 애정이 있다는 말이다. 적다 보면 자신이 자주 다루는 주제가 있게 마련이다. 그 주제나 대상이 본인이 관심 있는 분야일 확률이 높다. 자신이 자주 말하는 사람이 자신이 관심 있는, 사랑하는 대상일 확률이 높다.

이런 식으로 기록은 주위 사물과 사람에게 관심을 기울이게 한다. 관심을 가지면 더 자세히 보게 되고, 사랑하게 된다. 사랑하는 대상은 그 자체로 아름답고 의미가 충만하다. 내 삶을 행복하게 만든다. 삶을 기록하는 일은 삶을 행복하게 한다. 기록하면 더 관심 있게 바라보게 된다. 적으려면 더 자세히, 더 깊게 볼 수 있는 시야로 일상을 맞이해야 한다. 일상 블로그 포스팅과 메모를 시작하면서 주위 사람들의 정보를 모으고 있다. 자주 적고 싶은 사람이 있다. 그 사람은 내가 애정이 있는 사람이다. 어떤 활동에 대해서도 계속 적으면 내가 재

있게 하고 있거나 하고 싶은 대상일 가능성이 크다. 삶에 대한 담대한 애정은 그 자체로 삶의 의미가 될 수 있다. 삶을 기록하면 우리는 자신의 삶, 그리고 다른 이들의 삶을 바라보는 시선 자체를 긍정적으로 바꿀 수 있다.

기록은 정리하는 능력을 기를 수 있게 해준다. 독서 모임에서 본격적으로 기록하면서 각자의 다양한 화법을 나만의 방식으로 정리하기 시작했다. 어떤 사람은 말이 길다. 어떤 사람은 말이 지나치게 짧다. 어떤 사람은 주술 호응이 안 되는 문장을 쓴다. 이런 식으로 다양한 사람들의 다양한 생각을 받아 적기 시작하면서 정리하는 능력이 강화됐다. 발언자가 하고 싶은 말이 무엇인지 알려고 노력한다. 의미 파악이 되지 않을 때는 내가 이해한 게 맞는지 물어본다. 이런 식으로 평소라면 그냥 흘려보냈을 상대의 말을 다시 한번 생각해보고 묻기도 한다. 정리를 위해선 집중하는 과정이 필요하다. 이런 일을 계속해서 하다 보니 결과적으로 나에게 많은 도움이 됐다. 우리는 돈이 되지 않는 일을 열심히 할 때 열정을 느끼게 되는 경우가 종종 있다. 그런 일이 자신이 정말 좋아하는 일이지 않을까? 나에게는 그런 일이 기록이다. 그리고 이 기록이 정리하는 기술도 길러줬다.

기록하면 삶에 대해서 객관적으로 생각해 볼 기회를 얻는다. 이전에 무리하게 계획을 세우는 습관이 있었다. 쓸 수 있는 시간과 남은 에너지는 고려하지 않고 할 수 있다는 생각만으로 계획을 세웠다. 하루에 블로그 포스팅, 낭송, 운동, 산책, 독서 모든 일을 집중적으로 하고 싶어 했다. 회사에서 퇴근 하는 길에 독서를 하고, 집에 와서 밥을 먹고 뉴스를 보면서 운동을 한다. 그리고 강연도 하나씩 찾아본다. 목소리를 좋게 하기 위한 낭송을 진행하고, 하루를 마무리하는 포스팅도 적는다. 이런 삶을 살려고 노력했던 시절이 있다.

결과가 어땠을까? 뻔하다. 우리의 시간은 무한대가 아니다. 메모와 포스팅에 드는 시간과 나의 가용 에너지에 대해 객관적으로 고민했다. 그리고 현실적인 계획을 세우기 시작했다. 하루를 정리하면 내가 하루에 어느 정도의 일을 할 수 있는지, 어느 정도의 일을 했을 때 에너지가 적당할지 알 수 있다. 어떤 일을 하는 데 드는 시간, 활동할 때의 상태를 파악하려고 하면 삶을 객관적으로 볼 수 있게 된다. 무리한 계획을 세우지 않는다. 무리한 계획을 세우더라도 실현 가능한 작은 목표로 쪼개서 진행할 수 있다. 앞으로 살고 싶은 삶을 설계할 때도 현실적으로 가능한 목표를 세우게 된다. 투입하는 시간과 에너지보다 큰 효과를 기대하는 건 요행이다. 우리는 생각한 만큼만 인생을 살 수 있다. 기록하면 삶에서 요행을 바라지 않는 객관적 시선을 안겨준다.

이렇게 기록하면 삶의 많은 부분이 달라진다. 기록할 땐 집중할 수밖에 없다. 집중하지 않고 기록할 순 없다. 자신만의 방식으로 들어오는 정보와 떠오르는 생각을 정리하고, 자신의 언어로 바꾸는 과정을 거쳐야 적을 수 있다. 이렇게 집중해서 이해할 수 있는 분야를 넓혀 나가면 다양한 분야를 거리낌 없이 배울 수 있다. 인생에서 다양한 지식과 배움의 대상을 만날 수 있다. 집중력을 갖고 이해의 대상을 하나씩 늘려가는 것은 삶의 큰 재미 중 하나다.

기록하면 관심이 생긴다. 인생의 목적은 행복이다. 우리가 행복을 느낄 때는 사랑하거나 사랑받을 때이다. 어떤 대상을 향한 관심을 지속하다 보면 사랑이 넘치는 삶을 살아가게 된다. 자신에게도 같은 방식이 적용된다. 자신을 향한 내적 관심으로 자신을 알아가는 과정은 자신을 사랑하게 되는 과정이다. 우리는 자신을 이해한 이후에야 타인을 이해할 수 있다. 모든 것은 내 안에 있고 주위와의 관계는 나와 맺은 관계의 연장일 뿐이다. 그러니 자신에게 관심을 기울이자. 어떤 일을 했고 어떤 걸 좋아하고, 어떤 생각을 하는지 기록하자. 이 기록하는 행위 자체가 관심의 발현이고, 발현된 행위는 다시 관심을 증대하는 선순

환을 부른다.

　본격적으로 삶을 기록하고 있다. 삶을 기록하는 행위가 즐겁고 재밌다. 시간과 에너지를 충분히 투자할 만한 일이다. 일상에서 느끼는 감정과 생각을 적어둔다. 다양한 삶의 가능성에 대해서 생각해본다. 삶을 돌아봤을 때 원하는 일들을 쌓은 상자가 있고 자주 꺼내 볼 수 있다면 어떨까? 원하는 삶을 자주 생각하고 그런 삶을 살 가능성이 훨씬 크다. 좋아하는 문구 중에 '당신의 꿈을 살라'는 말이 있다. 내가 꿈꾸는 삶을 살아가는 것, 생각하는 것만으로도 벅차다. 꿈이 내 삶이 된다면, 내 삶이 꿈이 실현된 모습으로 가득하다면 얼마나 만족스러운 삶일까? 그런 꿈을 하나씩 수집하는 곳이 나의 노트이고 스마트폰 메모장이고 블로그다. 꿈을 저장해두고 하나씩 꺼내 보는 것만으로도 우리는 미래를 구체적으로 그릴 수 있다. 모든 변화의 시작은 구체적인 미래에 대한 하나의 이미지다. 삶을 기록하며 원하는 모습으로 변하고 있다.

적으면 행복하다

적기 전

행복은 지상 최대의 목표다. 우리 삶에서 하나의 목표를 정한다면 행복일 것이다. 모든 사람은 행복을 추구할 권리가 있고, 개인이 행복을 느끼는 걸 누구도 제지하지 않는다. 당신은 행복한가? 원하는 삶을 살면 행복할 수 있을까? 대체로 그렇다고 볼 수 있겠다. 자신이 원하는 상태에 자주 도달할 수 있으면 그건 행복한 상태라고 볼 수 있겠다.

오늘도 눈앞에 놓인 삶을 살아간다. 회사에 가고, 일하고, 식사하고, 산책하고, 오후 근무를 하고, 보고하고, 회의하고, 퇴근한다. 퇴근 후의 삶은 독서와 블로그 포스팅, 운동 등 내가 좋아하는 활동들로 채운다. 이런 순간들을 겪을 때 나의 감정은 어떠할까? 일상의 사전적 의미를 찾아보면 '날마다 반복되는 생활'이다. 반복되면 지루해질 수밖에 없다. 같은 자극이 계속 주어지면 우리에게 자극을 일으키기 위한 반응의 최저치인 역치가 높아진다. 그러면 우리는 점점 더 자극적인 것을 찾게 된다. 발을 붙이고 있는 일상이 지루할 수밖에 없다. 지루한 일상의 탈출구는 어디에서 찾을 수 있을까?

일상을 보내다가 감정을 건드리는 순간이 종종 있다. 재밌는 순간, 화나는 순간, 답답한 순간, 짜증 나는 순간들이 우리를 둘러싸고 있다. 이런 감정의 자극은 일상이라는 조용한 호수에 하나의 파문을 일으킨다. 이런 자극이 다가올 때 어떻게 반응할지 우리는 선택할 수 있다. 지루한 일상에 길들면 이런 순간들도 그저 일상의 한 조각일 뿐이라고 흘려보낼 수 있다.

나는 이런 순간을 겪으면 '재밌네, 적어놔야겠다'라고 생각한다. 그러면 나중에 다시 돌아볼 때 단지 일상에서 감정이 이랬던 날이 있었다는 식으로 기억하지 않을 것이다. 이런 일이 있었고 이런 감정을 느꼈고, 거기에 대한 내 생각을 볼 수 있다. 감정에 대해 생각해보고 기록했기에 감정에 대한 분석이 가능해진다. 이렇게 수집한 감정은 일상의 선물이다. 지루한 일상에 변화를 주는 감정은 내가 살아있음을 느끼게 한다. 그리고 기록은 그 살아있음의 순간을 낚아챌 수 있는 도구다.

힘든 상황을 겪는 순간의 감정을 돌이켜보면, 당연히 힘든 게 정상이다. 그렇지만 글로 적은 상황은 감정과 거리를 둘 수 있게 해준다 '이 또한 지나가리라'라는 솔로몬 왕의 잠언처럼 기쁜 순간도, 슬픈 순간도, 힘든 순간도, 즐거운 순간도 지나갈 것이라 여긴다. 그리고 지나간 순간은 기록에 남을 것이고, 이 순간을 다시 볼 것이다. 그러면 예술 작품을 보듯이 삶을 관조할 수 있다. 나중에 감정을 적은 기록을 보면 이런 일이 있었다는 간단한 감상 정도일 것을 알기에, 현재의 감정에 크게 휘둘리지 않게 된다.

부정적인 감정을 외면하지 않고 온전히 품으면 행복할 수 있다. 슬픔, 분노,

짜증, 두려움, 우울 등의 감정을 온전히 인정하고 품을 수 있다면 말이다. 이렇게 부정적이라고 느껴지는 감정에 대해 적는 행위를 통해서 감정의 크기를 줄일 수 있다. 감정을 적는 행위는 생각보다 강력한 정화 효과가 있다. 지금 우울하고 불안하다면 그 감정을 적어보자. 글로 적힌 감정을 가만히 들여다본다. 그러면 우리의 생각보다 감정의 공포가 크지 않다는 걸 알 수 있다. 우리는 막연한 대상에 큰 공포를 느낀다. 이런 식으로 감정을 적어보는 행위가 우리의 부정적 감정의 크기를 줄이고, 온전히 품을 수 있게 한다. 모든 감정의 온전한 수용은 삶의 긍정을 통해 행복해지는 방법이다.

적는 순간

적는 순간으로 넘어온다. 적는 순간엔 모든 일을 잊을 수 있다. 적을 때 다른 생각을 할 수 없다. 내가 가장 좋아하는 일이 딴짓이다. 그런데 글을 적을 땐 딴짓을 할 수 없다. 오직 그 기록에 관련된 생각만 하게 된다. 그리고 적는 대상에 이어서 생각이 일어나기 때문에 계속해서 적게 된다. 멀티태스킹이 불가능한 행위 중 하나가 적는 행위다. 온전히 나에게 집중하는 시간이다. 현대의 삶은 온전히 스스로 집중하는 시간을 빼앗는 콘텐츠로 가득하다. 가볍게 소비할 수 있는 텔레비전 프로그램이나 동영상이 유행한다.

우리는 받아들인 정보를 배출할 시간이 필요하다. 먹은 음식을 영양소로 소화하는 과정이다. 적는 일은 생각을 하나의 완전한 형태로 세상에 내놓는 것이다. 초기 결과물은 원하는 만큼 온전하지 않을 수 있다. 하지만 꾸준히 시도하면 결과물이 가다듬어진다. 스스로 집중하고 생각을 적는 과정을 통해 자신만의 생각을 하게 된다.

적는 활동이 우리의 뇌를 자극한다. 하나의 주제에 대해서 마음 가는 대로 적다 보면 새로운 생각이 튀어나온다. 생각하지도 못했던 생각이 튀어나올 때가 많다. 그런 순간을 경험하면 놀랍다. 내 안에 생각보다 다양한 생각이 있다는 사실을 알 수 있다. 기록은 나의 숨겨진 생각에 대한 접속 권한을 준다. 적으면서 생각에 접속할 수 있게 된다. 이런 접속 경로를 만들어두면 우리는 다양한 생각에 접속할 수 있고 삶을 넓은 시선으로 바라보며 살아갈 수 있다.

적은 후

적은 후엔 내가 적은 내용을 본다. 나의 기록은 워크플로위의 일자별 메모나 블로그 포스팅에 남아 있다. 이런 나의 과거를 들여다보면 흔적이 잘 남아 있다고 생각한다. 우리의 행복은 기억과 연결될 때가 많다. 행복이라는 감정을 떠올려볼 때, 우리는 과거를 돌아보게 된다. 행복이라는 감정을 느꼈던 상황, 당시의 행동이나 감정, 그리고 함께했던 사람에 대해서 기억하려고 한다. 지리멸렬한 일상이 행복일 수는 없으나 우리는 행복했던 순간을 하나의 형태로 잡아둘 수 있다. 사진이나 비디오와 같은 매체를 이용해도 되고, 글자라는 형태로 남겨 놓을 수도 있다. 행복했던 과거의 재료는 우리에게 행복이라는 순간이 있었음을 기억하게 한다. 과거의 기록은 앞으로 다가올 행복의 데이터베이스가 된다.

2016년 오랜 친구와 홍콩과 마카오로 떠났다. 많이 걸어 다니면서 온전히 그 도시의 풍경과 정취를 호흡할 수 있었다. 특히 마카오의 석양을 마주한 시점은 우연히 맞이한 행복한 순간이었다. '내가 이런 순간에 놓였을 때 다시 행복할 가능성이 크지 않을까?'라고 생각했다. 살다 보면 이전에 느낀 행복의 순간과 비슷한 결을 가진 경험이 행복으로 다가올 가능성이 크다.

쓰고 나면 기억의 부담을 지울 수 있다. 해야 할 일 리스트를 머릿속에만 넣어두는 사람은 머리에 부담이 생길 수밖에 없다. 해야 할 일의 숫자가 손가락으로 꼽을 수 있는 사람이면 모르겠다. 회사에서 일하거나 일상의 개인적인 일을 처리할 때 우리는 생각보다 많은 가짓수의 일을 처리하고 있다. 이런 부담은 적어두면 덜 수 있다. 적었다는 사실조차 잊을 나를 위해 자주 볼 수 있는 환경을 설정해둔다. 알람이나, 자주 보는 노트에 적어두면 된다. 적어두면 기억해야 하는 부담을 줄일 수 있다. 우리의 뇌는 한정적인 정보를 기억할 수밖에 없다. 비워내야 다른 정보가 쉽게 들어올 수 있다. 머리는 깊게 생각하는 데 쓰고, 기억하는 부분은 기록에 위임하는 것이다.

마지막으로 쓰고 난 후의 행복은 내가 삶을 살아냈다는 뿌듯함이다. 삶이란 힘들 수도 있고, 무탈할 수도 있다. 기록은 자신이 살아낸 삶에 대한 긍정을 가능하게 한다. 과거에 적은 내용을 볼 때, 힘들었던 내용도 많이 적혀 있다. 지금은 기억하지도 못할 힘든 일들이 내 삶에 나타났다. 다양한 삶의 양태를 거쳐서 지금이 내가 됐다. 이렇게 삶의 순간순간을 저장하고 돌아볼 때 앞으로 다가올 삶도 잘 살아낼 수 있다고 생각한다.

예술의 거장들이 대거 등장하는 판타지 영화인 우디 앨런 감독의 〈미드 나잇 인 파리〉를 보면 사람들은 언제나 과거를 그리워한다. 예술의 황금시대라고 불렸던 1920년대의 사람들도 이전의 시기를 그리워한다. 우리는 대체로 과거가 좋았다고 생각하는 경향이 있다. 하지만 좋았다고 생각하는 과거는 미화된 과거일 확률이 높다. 예를 들면, 좋았다고 기억되는 여행에서 힘들게 걸어 다녔던, 혹은 현실의 일상과 다르지 않았던 순간이 분명히 있을 것이다. 기록된 과거는 미화되지 않는다. 좋았던 상황뿐만 아니라, 나빴던 상황의 기록도 그대로 남는다. 사진을 보면 좋은 기억을 주로 떠올리게 마련인데 순간순간 뜯어보면 좋았던 순간만 있었던 게 아니다. 적어놓으면 과거를 가감 없이 볼 수 있다. 그래서 미래에 헛된 기대를 하지 않게 해준다. 좋은 상황만 기대하지 않기 때문에 미래에 다가올 힘든 순간에 대비할 수 있다. 담담하게 살아온 삶을 적고, 다가올 미래에 담담할 수 있다.

우리는 자신의 삶과 생각의 조각들을 적는 과정에서 행복할 수 있다. 적기 전에도, 적는 중에도, 적은 후에도 삶의 다양한 순간들을 수집하며 다양한 행복의 근원을 마련해두는 것이다. 그리고 적는 행위 자체에서 행복할 수 있다. 적으면서 살아가고 있는 삶, 살아낸 삶에 대한 자존을 가질 수 있다. 이렇게 자신의 삶을 적어가다 보면 삶의 가치를 볼 수 있다. 행복은 감정이지만 지성의 문제이기도 하다. 자신이 언제 행복한지 알아가고, 자신의 감정에 충실한 삶이 행복으로 이르는 길이다. 그리고 적는 일은 행복을 수집하고 그 자체로 행복할 수 있다.

오늘도 쓰는 하루

오늘도 나는 적는다. 종일 적는다. 아침에 일어나서 잘 때까지 적는다. 하루 동안 기록하는 일상을 총정리해보고자 한다.

지하철을 타고 출근하면서 떠오르는 생각은 워크플로위의 일자별 메모에 기록한다. 되도록 일자별 라인을 지하철 타기 전에 생성해 두려고 한다. 그러면 한 글자라도 적고 시작하는 하루가 된다. 아침마다 진행하는 루틴으로 만들었다. 전날 적지 않은 내용이 있으면 추가해놓는다. 가지런히 정렬된 일자별 메모를 보면 뿌듯하다. 오늘도 잘 살아내겠다는 의지를 담아 날짜를 추가한다.

출근 중에는 독서를 한다. 주로 독서 모임 책을 읽는다. 종이책은 괜찮은 표현이나 인상적인 부분에 포스트잇을 붙인다. 포스트잇 제품을 책의 맨 앞장에 붙일 수 있다. 괜찮은 구절이나 새로운 정보가 나올 때마다 하나씩 떼서 붙인다. 색깔은 별도로 구분하지 않는다. 나중에 다시 볼 수 있는 단서를 남긴다. 인용하거나 책에 대해서 정리할 때 유용하다. 전자책(리디북스 페이퍼)으로 읽을 땐 하이라이트 기능과 메모, 책갈피 기능을 활용한다. 메모할 수 있다는 측면에서 종이책보다 매력적인 독서 방식이다. 나중에 표시했거나 메모한 부분을 모아서 볼 수 있으니 좋다. 읽은 책의 중요 부분만을 다시 훑어볼 수 있다.

책을 읽을 땐 블루투스 이어폰으로 음악을 듣는다. 요즘은 원하는 리스트만 듣는 게 아니라 다양한 사람들이 올린 플레이 리스트를 재생한다. 새로운 음악을 많이 들어본다. 좋은 음악이 나오면 '좋아요'를 눌러둔다. 나중에 다른 플레이 리스트로 넘어가도 '좋아요'했던 음악을 모아서 들을 수 있다. 이런 식으로 다양한 분야에서 마음에 들었던 부분을 다시 즐길 수 있도록 해둔다.

회사에 도착하면 컴퓨터를 켜고 서류 더미와 함께 있는 내 비장의 무기 몰스킨 노트를 편다. 간단한 컴퓨터 업무를 하고 나면 어제 날짜의 메모를 검토하면서 전날에 완료하지 못한 업무를 챙긴다. 어제 완전히 처리한 일은 앞부분에 체크 표시를 한다. 그리고 진행 중이거나 미 완료된 업무는 동그라미 표시한다. 혹은 형광펜으로 표시한다. 며칠이 지나도 풀리지 않을 때 놓치지 않기 위해서다. 그리고 오늘 날짜를 적고 날씨를 적고, 내 상태를 적어둔다. 좋음, 보통, 나쁨 정도로 적어둔다. 그 날 할 일을 빨간색 펜으로 기록하고 하나씩 처리해 나간다.

전화가 온다. 전화 내용을 적어둔다. 관련된 수치나 관련된 사람 이름이 나올 때 잘 적어둬야 한다. 그리고 누구와 통화했는지 꼭 적어둬야 한다. 전화 내용은 있는데 누구와 통화했는지 알 수 없으면 답답하다. 업무 대부분을 몰스킨 노트에 적는다. 회사에서 한 일 모두가 담겨 있다. 업무 진행, 보고할 때도 항상 들고 다닌다. 한 번씩 회의 도중에 리필심이 다 떨어질 때가 있기에 검은색 리필을 상시 휴대한다. 그리고 비상용 볼펜도 회사 유니폼 왼쪽에 있는 볼펜 꽂이에 하나 챙겨둔다.

그리고 어제 일어난 일을 구글 캘린더에 기록한다. 어제 퇴근 후 어떤 일을 했는지 간단한 단어로 적어둔다. 집에 갔으면 '집으로'라는 제목으로 적어둔다. 상세 메모에는 집에서 뭘 했는지 적어둔다. 친구를 만났으면 이름과 만난 장소를 적어둔다. 나중에 기억할 때 많은 도움이 되는 정보가 사람 이름, 방문한 장소다. 블로그 포스팅엔 더 상세한 정보가 들어가지만 한눈에 요약해서 볼 수 있는 수단으로 캘린더를 활용한다.

일하는 도중 개인적인 아이디어가 생각나면 메모해둔다. 내 생각이나 상태도 적어둔다. 회사에서 워크플로위를 쓸 수 있기에 개인 메모도 틈틈이 해둔다. 이런 식으로 어느 곳에서나 적을 수 있는 메모 프로그램이 좋다. 개인 노트를 회사에서 펼치고 적을 순 없으니 PC나 모바일을 활용한다. 기존 메모에 내용을 추가할 수도 있고, 관련된 할 일을 추가할 수도 진행할 일을 쪼개서 볼 수도 있다. 아이디어는 자주 들여다볼수록 더 좋게, 더 크게 확장될 가능성이 크다.

어느 시간이든지 문득 해야 할 일이 생각나면 〈미리 알림〉 앱에 적어두고 필요한 시간에 알림을 설정해둔다. 회사에서 아침으로 견과류를 먹는다. 오늘 아침에 회사에 보관한 견과류를 다 먹었다. 집에서 갖고 와야 한다. 그러면 오늘 집에 도착했을 시간에 알림이 오도록 오후 9시 알림으로 '견과류'를 세팅해둔다. 그러면 퇴근하고 집에 있을 때 알림이 오면 바로 챙겨 놓을 수 있다. 이런 식으로 기억에 대한 부담을 기록으로 대체하고, 나중에 알려주는 서비스를 활용하고 있다.

오전이 금방 지나고 점심시간이다. 점심 먹고 20분 정도 산책을 한다. 2년 넘게 해오고 있는 나의 일상이다. 비 오는 날도, 영하 10도의 날씨에도, 바람이 세게 불어도 걸었다. 이렇게 걷고 나면 소화가 잘된다. 이전에 위장이 별로 좋지 않았는데 꾸준한 산책 이후로 괜찮아졌다. 어머니가 밥 먹고 나면 바로 앉지 말고 많이 움직이라고 하셨던 기억이 난다. 계속해서 하시던 말씀이 이제야 와 닿는다. 걷다가 아름다운 꽃을 발견한다. 발걸음을 멈춘다. 스마트폰을 꺼내서 사진을 찍는다. 보여주고 싶은 사람에게 공유한다. 이런 산책 도중 보는 식물들의 움직임은 계절 감각이 없던 나에게 계절의 변화를 감지하게 해줬다.

점심 후 거래 다른 팀과 논의할 내용이 있어 회의에 들어간다. 누가 시키지 않아도 기록한다. 할 일을 잘 기억하고 실행하게 된다. 회의가 재미없을 때도 있다. 내가 크게 관련된 업무도 아니고 나중에 후속 업무도 없을 듯하다. 재미없는 회의도 배울 게 있다. 회의를 주도하는 사람이 어떤 방식으로 회의를 주도하는지 본다. 도무지 배울 내용이 없고 너무 재미도 없으면 개인 업무 노트를 다시 살펴보는 편이다.

오늘도 하루가 끝났다. 몰스킨 노트의 고정 고무줄을 채우면서 나의 하루는 마무리된다. 퇴근하면서 팟캐스트를 듣는다. 앞으로 내가 살아가고 싶은 삶을 미리 겪고 있는 이들이 어떤 생각을 하고, 어떤 콘텐츠를 흡수하고 있는지 엿볼 수 있다. 유익한 내용이 많다. 그들이 읽은 책 소개를 듣는다. 직접 읽지 않고도 책의 핵심 내용을 알 수 있다. 기억할 만한 내용은 워크플로위에 적어둔다. 나중에 한 번에 검색할 수 있도록 '팟캐스트' 태그를 걸어둔다.

모임에 가는 날이다. 모임이 진행되는 세미나실로 향한다. 모임 원들이 하는 말을 기록한다. 집중해서 모임 원이 하는 말을 듣는다. 한 사람이 하는 발언에 대한 다른 사람의 반대 혹은 추가 의견도 기록한다. 모임원의 발언을 듣고 떠오른 생각도 적어둔다. 보통 개인 기록에 저장한 후에 다음날 모임 기록으로 옮긴다. 이 업데이트를 기다리는 사람이 몇 명 있다.

모임 뒤풀이를 간다. 뒤풀이에서 먹는 음식 사진을 찍는다. 매일 같은 음식점에 가서 같은 메뉴를 시킨다. 그래도 사진을 찍는다. 이미 있는 사진인데 왜

찍냐고 구박을 받으면서도 계속 사진을 찍어둔다. 찍은 음식 사진은 일상 포스팅할 때 쓴다. 사람들이 한 말을 기억한다. 기억하고 싶은 내용을 적어둔다. 재밌었던 말, 기억하고 싶은 말을 적어둔다. 함께 보낸 시간에 대해, 사람에 대한 생각도 역시 적어둔다.

집에 돌아가 블로그 포스팅을 한다. 하루 동안의 일을 오전부터 훑는다. 출근, 회사, 점심, 업무 중 있었던 일, 마치고 한 일을 적어나간다. 일상이기 때문에 반복적이다. 하지만 하루마다 일어나는 일은 모두 다르다. 매일 적다 보니 알 수 있었다. 그래서 이제는 일상이 덜 지루하다. 이렇게 기록으로 하루를 마무리하고 잔다. 포스팅은 하루도 빠뜨린 적이 없다. 2017년 10월의 어느 날부터 시작한 일상 메모는 책을 쓰고 있는 2018년 6월 현재까지 진행 중이다. 나는 블로그에 올리는 일상 포스팅으로 삶을 돌아볼 수 있게 됐다. 매일 일상에 대해서 적어나가는 행위가 고될 때도 있지만 적고 나면 뿌듯했다. 적기 싫은 날도 하루를 적다 보면 그렇게 나쁜 날이 아닌 경우가 많다. 그리고 블로그 포스팅에 적어놓은 주제들을 기반으로 다양한 책을 엮어낼 생각이다. 매일 일상을 적는 행위를 통해 글쓰기 연습을 하고 나의 일상이 쌓여서 나를 지탱하고 유지하는 여러 부분의 역사가 될 것이다.

이렇게 하루가 마무리된다. 매일 마감이 있는 삶을 살고 있다. 일상을 적으며 하루를 정리하는 것이 하루의 마감 의식이 됐다. 종일 메모하고 나서 메모를 바탕으로 하나의 콘텐츠를 생산해낸다. 이전부터 내 삶이 하나의 콘텐츠가 된다면 어떨지 생각했다. 생각하던 내용을 실천하는 삶을 살아내고 있다. 내 삶이 조금씩 변하고 있다. 쓰자고 생각만 하던 책을 썼다. 회사 외부에서 나의 능력을 활용해서 수익을 만들어내고 있다. 본격적으로 적기 시작하면서 내부에서 끓고 있던 욕망에 충실하게 됐고 꿈에 가까워지고 있다.

쓰지 않은 하루는
기억되지 않는다

매일 회사에서 점심을 먹고 나서 오후 업무를 시작한다. 그러다 점심에 어떤 메뉴를 먹었는지 생각해본다. 1시간 전에 먹었던 점심 메뉴가 기억나지 않는다. 그저 그런, 맛없고 매일 나오는 메뉴였나 생각하는 경우가 많다. 회사에서 보낸 기간이 길어질수록 이런 날이 점점 늘어난다. 무엇을 먹는지도 신경 쓰지 않고 기계적으로 음식을 입에 넣고, 다시 오후에 쌓인 업무를 쳐내기 위해서 책상에 앉는 순간이 늘어나고 있다. 그래서 언젠가부터 점심시간에 뭘 했는지 적어두기로 했다. 어떤 일을 하다가 점심을 먹었고, 메뉴는 뭐였고, 점심 이후에는 무슨 일을 했는지 적는다. 초록색으로 적어나가는 한 줄의 점심시간에 대한 기록이 오전과 오후를 가르는 경계선이 되고, 점심시간에 뭘 했는지 알 수 있는 단서가 된다.

직장인 대부분은 오늘 오전에, 혹은 어제 무슨 일을 했는지조차 기억하지 못하는 경우가 많다. 오후에 회사에서 일하다가 오전의 일을 생각하면 무슨 일을 했는지 아득한 경우가 실제로도 많다. 가즈오 이시구로의 소설에는 용의 입김으로 인해서 사람들의 기억이 흐릿해진다는 설정이 나온다. 내 하루도 이런 식으로 용의 입김이 뿌려진 듯 흐릿한 경우가 많다. 회사라는 공간의 분위기 자체가 용의 입김 같은 게 아닐까 의심해보기도 한다. 사장님이 용인지도 모르겠다. 이런 상황을 겪으면 과거를 잃어버린 기분이다. 개인적으로 이런 기분이 좋지 않았다. 망각함으로써 채워 넣을 수 있다는 말이 있다. 하지만 '살아낸 하루를 기억하지 못한다면 과연 내가 살아가고 있다고 할 수 있을까'라는 의문이 든다.

인간의 삶은 많은 부분이 기억으로 구성된다. 지금 느끼는 감정이나 앞으로 느낄 감정도 과거의 데이터베이스가 기반이 돼 재현된다. 기록이 쌓이고 나면 시간이 지났을 때 과거를 돌아보게 된다. 그러면 당시 상황에 대한 기억과 그에 연관된 감정이 살아난다. 메모나 블로그 포스팅에 적힌 일상을 보면 당시의 상황이 온전히 재구성된다. 기록은 하나의 영화이고 나는 관객이 된다. 기록된 다양한 매체가 감각을 자극한다. 나는 하루 한 편의 영화를 남기면서 살아가고 있다. 나만이 살아낸 하루의 삶을 하나의 영화로 만든다. 미래의 과거의 일상과 생각이 궁금할 나를 위해, 같이 과거를 살아간 사람들의 말, 분위기를 기억하기 위해 기록한다.

쓰지 않아도 살 순 있다. 기록은 우리 삶에 꼭 필요한 의식주가 아니다. 하지만 쓰고 나면 과거의 자신과의 대화를 경험한다. 현재와 과거의 연결을 경험한다. 이런 연결을 자주 경험하면 삶에 어떤 식으로든 도움이 된다는 믿음이 생기고 계속해서 쓰게 된다. 기록하는 행위는 현재에 대한 집중이다. 집중한 순간이 쌓여서 과거가 되고 우리는 집중했던 과거의 순간을 바탕으로 현재를 살아간다. 언제나 현재의 시간을 살아갈 수밖에 없다. 현재에 대한 감정과 사건을 기록하면서 현재에 충실할 수 있다. 이런 현재가 쌓여서 미래를 구성한다. 기록은 현재에 집중할 수 있는 수단이고, 집중된 현재가 모여 미래를 만든다. 기록은 원하는 미래를 만들어가는 수단이다.

집에 있었던 주말 오후의 어떤 날이었다. 갑자기 너무 힘들었다. 진행 중인 일이나 관계 모두가 만족스럽지 않았다. 베개에 머리를 파묻고 외면하고 잠을 자려고 했으나 잠도 잘 오지 않았다. 그래서 키보드를 잡았다. 내 상황과 감정을 적어나갔다. 힘든 순간에 대해서 적었다. 다양하고 시시각각 변하는 감정을 적었다. 이렇게 감정을 토해내는 과정 자체를 피하고 싶은 경우가 많다. 거부하고픈, 맞서기 어려운 감정을 다시 돌아봐야 하기 때문이다. 인정하고 싶지도 않은 불편한 마음이 들 때도 있고, 생각하기도 싫은 상황과 일을 떠올려야 한다. 속이 답답해지고 머릿속이 핑핑 돌고 가슴이 답답하다.

어떠한 신나는 노래도 기분을 좋게 해주지 못한다. 잠을 자고 일어나도 이 답답함이 머리를 짓누르고 답답한 공기가 폐를 출입한다. 그럴 때 가장 좋은 일은 어떤 방식으로든 내 심정을 밖으로 꺼내는 일이다. 힘들더라도 자신의 마음을 적다 보면 감정적 평화가 다가온다. 이렇게 적어두면 기억할 수 있다. 나의 감정에 폭풍우가 다가오고 천둥이 쳤다는 사실을 기억할 수 있다. 이런 날씨를 거쳐 어떤 결론이 났는지, 지금의 감정과 함께 놓고 볼 수 있다. 감정의 데이터베이스를 수집하는 과정이다. 이럴 때 어떻게 하면 좋았다는 것도 알 수 있다. 막연하게 짜증이 났다거나 힘들었다는 심정보다 구체적이고 실천적이다. 이렇게 나는 감정을 수집하면서 감정적 평화를 얻고, 감정의 대처 방안을 기록한다.

기록을 보면 이전의 내가 보인다. 어떤 단어를 많이 썼는지, 무슨 고민을 가

습 속에 품고 살았는지 알 수 있다. 여전히 풀리지 않은 고민은 다시 대면해보고 풀어낼 확률이 높아진다. 인간은 완료되지 않은 일에 부채감을 느낀다. 아무 행동도 하지 않았는데 풀렸던 고민도 있다. 이런 걸 보면 적어놓길 잘했다는 생각이 든다. 큰 문제가 아니니 앞으로 다가올 상황도 담대하게 맞이할 수 있다. 무슨 일을 하고 무슨 생각을 해왔는지 보면 걸어온 길과 걸어갈 길이 보인다. 물리적인 육신이 걸어온 길이 아닌 형이상학적인 나의 정신이 걸어온 길도 볼 수 있다. 어떤 형태로, 어떤 고도와 기울기로 인생의 길이 닦였는지 알 수 있다. 우리가 온 길을 기억할 필요가 있듯이 걸어온 생각도 기억할 필요가 있다. 되돌아가기 위해서가 아니다. 앞으로 어떤 삶을 살아갈지 사유의 흐름을 통해서 예측해보기 위해서다. 이미 걸어온 길의 방향과 기울기가 크게 다르진 않을 것이다.

우리를 하나의 프로그램이라고 도식화해본다. 그래서 인간마다 하나의 프로그램을 갖고 어떤 방식으로 쓸지 결정하면서 그 방향으로 계속해서 발전해나간다고 해보자. 프로그램엔 다양한 버그가 있다. 버그는 인생에서 우리에게 찾아오는 다양한 고난과 역경이다. 그러면 우리는 버그를 잡기 위해 업데이트를 한다. 그 버그를 해결할 수 있고, 더 나은 삶을 살 수 있는 기능을 넣어서 디버깅(버그를 잡는 과정)한다. 그러면 조금씩 프로그램이 나아진다. 의식의 수준이 높아지고 지식의 양과 깊이가 늘어나고, 할 수 있는 일이 늘어나며 관계의 확장도 일어난다. 기록은 이런 버그의 발생과 디버깅 과정에 대한 역사다. 과거에 어떤 형태의 삶을 살다가 지금은 어떻게 바뀌었는지 돌아보면 시스템의 업데이트 흔적처럼 추적할 수 있다. 이런 과정을 보면서 어떤 식으로 지금에 이르게 됐는지 알 수 있고 앞으로의 방향에 대해서도 고민해볼 수 있다. 기록하면 기억할 수 있고, 나아질 기회가 생긴다.

과거의 기록을 보면 웃음 지어진다. 내가 살아온 삶인데 뭐가 재밌냐 물어볼 수 있겠다. 하지만 재밌다. 때로는 치열하게, 때로는 나태하게 살았던 삶의 순간들을 종이 위나 액정 화면 위에 펼쳐진 검은색의 흔적에서 확인한다. 그리고 블로그에 첨부된 사진도 기억을 돕는다. 살아온 길을 훑어볼 수 있다. 누구도 해주지 않는 일을 해내고 있고, 고스란히 기록으로 남아 있다는 데서 흐뭇하다. 공개되기도 하고, 비공개되기도 한 기록에서 삶의 기억을 복원할 수 있다는 사실이 마음에 든다. 기록하지 않은 기간의 아쉬움은 말로 표현할 수 없다. 과학 기술 발전의 암흑기라 부르는 중세 시기를 보는 듯하다.

과거의 기록을 볼 때 참 소소한 것도 적어놨다는 생각이 든다. 시시콜콜한 상대방의 유머, 상대가 가진 특징, 그냥 나에게만 재밌었던 내용을 하나씩 적어놨다. 인생의 행복이란 어찌 보면 삶에서 이렇게 소소하게 웃음 지어지는 것들이 모여서 만들어지는 게 아닐까? 사람들이 모두 인정할 만한 거창하고 의미 있는 대상들도 많지만, 나에게만 의미 있는 대상들의 수집이 더 의미가 있을지 모른다. 이런 무의미함이 가지는 나만의 유의미를 위해 기록하고 다시 본다.

에디슨은 "나는 나 이전의 마지막 사람이 멈추고 남겨 놓은 것에서 출발한다"라고 했다. 나는 내가 기록으로 남겨 놓은 지점에서 출발한다. 내 삶에서 완전히 새로운 내용은 없을지도 모른다. 이렇게 내 과거의 지점에 기록이라는 형태로 하나씩 깃발을 꽂아둔다. 앞으로 가다가 실패하면 다시 그 깃발로 돌아갈 수 있다. 기록을 다시 보면서 과정을 복기하고 그 이후를 진행한다. 이렇게 하면 처음부터 시작하는 번거로움을 피할 수 있다. 어떤 일을 하면서 느꼈던 피드백을 스스로 해놓고 다음에 그 실수를 피할 수 있다. 이전보다 나은 방식으로 대할 수 있다. 기록은 우리가 게임 할 때 쓰는 공략집과 비슷한 역할을 한다. 어떤 방식으로 게임을 풀어가야 할지, 어떤 전략을 쓰면 좋을지 알려주고 실수를 기억하게 해준다.

　기록하면 기억할 수 있다. 당연한 말 같다. 그 당연한 말을 위해서 오늘도 기록한다. 지금 삶에서 일어나는 일과 감정의 온전한 남김을 위해서, 그리고 그 남김이 불러올 나은 미래에 대한 기대로 기록한다. 기록하면 현재를 잘 살아갈 수 있다. 기억은 언젠간 흐릿해지게 마련이다. 기록은 영원하다. 다양한 삶을 구성하는 기억을 하나씩 수집하면 하나의 덩어리가 된다. 우리는 기록한 덩어리를 바탕으로 우리 삶을 정의하고 돌아볼 수 있다. 오늘도 삶의 순간을 수집해보자.

기록하면 이뤄진다

우연히 메모 프로그램 에버노트를 살펴보다가 이전에 해놓은 메모를 찾았다. 2016년 당시 기록에 관련된 책을 읽을 당시, 개인의 목표에 대해서 적어놓은 부분이었다. 나의 개인적인 목표를 적어뒀다. 에버노트에 이렇게 적혀 있었다.

"목표 (3년 이내) : 기록하는 방식과 그것의 효용에 관련된 책을 낸다."

책 쓰기는 나의 오랜 목표였다. 책 쓰기를 본격적으로 하려다가 아이템이 좋지 않다는 의견을 받고 회사 관련 책을 구상하던 시절도 있었다. 회사에 대한 글을 적다가 멈췄다. 그렇게 다시 책 쓰기가 멈췄다. 본격적으로 책 쓰기 수업을 듣고 쓴 책이 지금의 책이다. 내 골수로부터 뿜어 나오는 내적 에너지를 책이라는 형태로 발산하고 싶었다. 기록하면서 느낀 애환과 기록하면서 바뀐 삶에 대해서 적고 싶었다. 나에게 책을 쓸 수 있는 능력 자체가 없다고 생각하던 시기였다. 그 이후로 이런 다짐을 적었다는 사실조차 잊고 있었는데 책을 적다가 우연한 기회에 다시 보게 됐다.

앞부분에서도 다뤘던 연필에 새겨 놨던 '토익 950점 달성'과 'A4 용지를 2박스 쓰기 전에 취업한다' 등의 목표는 의도 없이 적어놨는데 이뤄졌다. 의아하게 생각하던 '설마'가 '사실'로 드러나고 있다. 지금은 해보고 싶은 일이 생기면 우선 적고, 이뤄졌으면 좋을 일들을 어디든 적어둔다. 지금까지 맛본 다양한 기록의 효과를 다시 겪어보고 싶어서다. 이렇게 하나씩 데이터베이스가 쌓이면 기록을 통한 성공에 대한 믿음을 가질 수 있다.

블로그 포스팅이나 온라인 메모, 몰스킨 노트에 나의 목표를 적는다. 되도록 주위 사람들이 볼 수 있는 곳에 적어두면 좋다. 공언 효과를 가지기 때문이다. 자신이 이런 삶을 살 거라고 선언하면 주위 사람들이 주기적으로 묻기도 하고 스스로 적은 기록에 눈치를 보기도 한다. 스스로 넛지를 걸면서 목표를 추구한다. 나의 경우엔 블로그 포스팅을 안 하면 주위 사람들이 왜 올리지 않냐고 연락이 온다. 그래서 계속할 수 있었다.

적어두면 까먹고 있다가도 다시 볼 확률이 높아진다. 심심할 때 다시 메모를 훑는다. 내가 이런 목표도 가졌었나 싶을 정도로 아득한 메모도 많다. 그러면 놓쳤던 활동을 다시 시작하거나 그대로 묻어두기도 한다. 자신의 상황에 맞게 다시 시작해보거나 그대로 묻어놔도 된다. 해야 할 일은 다시 목표를 정하고 추구하게 된다. 다시 목표를 적으면 잠재의식에 각인된다. 이뤄야 할 목표라고, 이번엔 이루자고 말이다. 다시 목표를 향해 나아간다. 시간이 걸리더라도 달성하게 된다. 생각난 목표를 적어두는 기록은 재도약의 시작이다.

매일 하루를 적는 행위는 목표 달성에 큰 도움이 된다. 하루 동안 할 일을 아침에 적어두고 달성했는지 돌아보는 피드백 과정을 거친다. 회사에서 업무 할 때, 노트에 오늘 할 일을 적는 방식과 유사하다. 적어놨다가 흘려보낸 업무를 나중에 다시 챙길 수 있게 된다. 이렇게 잊지 않기 위해, 동시에 잊기 위해서 기록한다. 기록된 목표는 달성할 가능성이 올라간다.

기록에 대한 사례 중, 하버드 경영대학원 학생 중에서 목표에 대해서 적어놓은 사람이 그렇지 않은 사람보다 목표를 달성한 비율이 훨씬 높다고 한다. 책을 보면 수입을 기준으로 분류해 놨다. 졸업생의 3%가 명확한 비전을 기록했고, 나머지 13%는 비전이 있지만 기록하지 않았고, 나머지 84%는 구체적 목표가 없었다. 10년 뒤 돌아봤을 때 결과가 나온다. 비전은 있는데 기록해 놓지 않은 학생들은 구체적 목표가 없었던 학생보다 2배의 수입을 얻었다. 그리고 비전을 기록해 놓은 3%는 나머지 97%보다 10배의 수입을 얻고 있다는 설문 조사가 있다. 이렇게 목표를 기록해두면 우리는 자신의 꿈에 가까이 다가갈 가능성이 훨씬 커진다.

자취를 시작하면서 내 공간을 원하는 대로 꾸미는 과정이 재밌었다. 스스로 잊지 않기 위해 계속해서 해나가야 할 행위를 현관에 붙여 놨다. 낭송, 운동, 글쓰기, 시간 관리라는 4가지 항목을 적어뒀다. 신경 써서 문구를 읽을 땐 없었는데 문을 여닫을 때마다 보인다. 그리고 현재는 이 4가지 활동을 꾸준히 하고 있다. 시간이 날 때마다 소리 내 책을 읽는다. 강의를 위한 발성 준비다. 운동은 정말 안 되던 일인데 최대한 집에서 하려고 한다. 턱걸이나 발목 운동을 15분 내외 정도 매일 한다. 글쓰기는 포스팅과 책 쓰기를 통해서 실천하고 있다. 시간 관리는 뽀모도로라는 테크닉을 통해서 회사나 개인적인 일이나 어떤 일에 시간을 쓰는지 관리하고 있다. 이렇게 삶의 우선순위를 하나씩 파악한다.

자신의 목표에 대해서 기록하는 과정은 목표를 명확히 그려보는 일이다. 인간의 뇌는 상상과 현실을 구분하지 못한다. 생생하게 그려진 목표는 구체적인 행동을 수반하게 된다. 그러면 실천할 수 있게 되고 목표를 달성할 가능성이 기하급수적으로 올라갈 수밖에 없다. 맥스웰 몰츠가 제안한 '정신의 영화관'이라는 기법이 있다. 30분 정도 시간을 들여서 자신이 영화감독이 됐다고 생각하고 영화를 만든다. 하루하루 더 상세하게 만들어 나가고 완성되면 반복해서 영화를 시청한다. 나는 글로 적어놓은 정신의 문학관이 있다.

새벽에 일어나 책을 읽는다. 1~2시간 정도 책을 읽고 괜찮은 구절은 카드 뉴스로 만들어서 인스타그램과 페이스북에 공유한다. 책을 읽고 나면 홈 트레이닝을 한다. 아침 일찍 몸의 근육을 단련시키며 근육의 긴장감을 느끼며 흐뭇해한다. 건강을 유지하기 위해서 저단백 저염식으로 아침을 챙겨 먹는다.

오늘은 지방에서 강의가 있는 날이다. KTX를 타고 강의가 열리는 지역으로 간다. 강의 내용은 내가 지금까지 기록을 통해서 쌓아온 나의 역사와 기록을 통해 이룬 꿈 이야기다. 그리고 현재 만들어가고 있는 기록과 미래의 기록에 대해서 공유하고 그것을 지키기 위해서 힘쓰는 자신을 보여준다. 기록을 통해 꿈을 찾고 실현해 나가는 강의 내용도 포함한다. 강의를 마치면 내가 낸 책인 《기록 습관》에 사인을 받기 위해 수강생들이 모여든다.

오전 일정이 끝나고 주변 카페에서 시간을 보낸다. 지방에 있는 나의 팬과 만나기로 했다. 다양한 기록과 관련된 이야기를 나누며 그들의 꿈을 듣고 공감하고 응원하며 나의 새로운 꿈도 그들과 함께 나누는 시간이다. 주파수가 맞는 사람들과 대화를 통해 에너지를 얻는다. 다시 KTX를 타기 위해 기차역으로 향한다. 이동하는 중에는 오늘 강의에 대해 포스팅을 한다. 강의에 대한 소감과 다음에 더 잘할 수 있는 보완 사항을 남긴다. 페이스북과 카페에서 강의에 대한 평가와 후기도 살피고 감사하는 마음으로 소통한다.

포스팅 이후엔 책을 읽는다. 다양한 분야의 책을 읽는 편이다. 이북 리더기의 메모 속도가 엄청 빨라져서 만족스럽다. 그리고 가슴에 와 닿는 내용이 있으면 표시하고, 내 생각도 적어둔다. 수요일마다 참석하는 5년 된 독서 모임은 아직 함께하고 있다. 다른 모임 원들도 독서 지도사나 작가, 문화 평론가로 활동을 하는 문화

교류의 장이다.

집에 와선 일기를 적는다. 내일 스케줄을 워크플로위로 챙기고 다음 책의 내용을 구상한다. 이젠 기록이란 분야에서 확장해 독서와 관련된 책을 쓸 예정이다. 많은 책을 읽어오며 느낀 점과 나의 독서 방식을 공유할 예정이다. 내 경험이 담긴 깨달음을 나눌 수 있고, 그것이 사람들에게 도움이 된다면 나는 이 집필과 강의 활동을 계속해 나갈 것이다. 오늘도 나는 읽고, 적고, 말하면서 지식을 공유한다. 그리고 이 지식은 나뿐만 아니라 다른 사람의 삶의 성장에도 도움이 된다.

이렇게 앞으로 내가 살아갈 미래에 대해서 적혀 있다. 아직 이룬 일보다는 이뤄야 할 일이 많다. 글의 삶이 내가 앞으로 살아갈 미래라는 걸 믿어 의심치 않는다. 형태는 다양하게 발현될 수 있겠지만 경험하고 기록하고 공유하는 삶의 형태는 죽을 때까지 지속할 예정이다.

이 글은 하나의 시나리오다. 시나리오는 계속 수정되기도 하고, 변경되면서 내 삶이라는 하나의 영화가 만들어질 것이다. 인생의 지침 여러가지를 적어놓은 〈Holstee Manifesto〉라는 성명서가 있다. 여러 문구 중에서 'Live your dream(당신의 꿈을 살아라)'이라는 말이 가슴에 와닿았다. 꿈을 적으면서 나의 꿈을 살고 있다. 꿈을 살기 위해서 현재에 존재 하려고 한다. 당신의 원하는 미래를 적어보자. 터무니없더라도 괜찮다. 구체적으로 자신의 꿈을 적었을 때의 실현 가능성은 적지 않았을 때와의 실현 가능성과는 비교 불가하다. 기록된 꿈은 꿈이 아니다. 당신의 미래다.

변화와 성장의 순간을 기록하라

관심 있는 분야의 자료를 찾아본다. 주로 기록이나 문화와 관련된 콘텐츠다. 내 주변의 일과 생각을 수집하고, 활용할 수 있는 방법에 대해서 고민한다. 기록을 잘하는 이들의 SNS를 참고하기도 한다. 타인의 방식을 참고하는 건 자신이 원하는 방향으로 성장하는 힘이 된다. 어제의 나에게 새로운 기술이 장착된다.

나의 역사를 기록한다. 과거를 돌아보면서 현재 무엇을 할지 고민한다. 결정과 실행이 모이면 삶이 된다. 복잡할 수 있는 결정의 과정을 적어서 시각화하고, 단순화한다. 이런 과정을 반복하다 보면 결정도 하나의 프로세스를 갖게 되고 스스로 성장할 수 있는 결정을 할 확률이 높다.

꾸준히 기록해왔다. 언제 어디서든 메모할 수 있는 시스템을 갖췄다. 누구에게든 공유할 수 있다. 아날로그와 디지털을 오가며 다양한 메모 시스템을 경험했다. 새로운 방식이 있으면 시도해보고 나에게 맞는 부분을 남기고 나머지는 버렸다. 덜어냄이 없으면 채움이 있을 수 없다. 그렇게 하나씩 자신에게 맞는 스타일을 만들어간다.

기록과 관련된 프로그램과 서비스, 그리고 다양한 도구들에 시간과 돈도 많이 투자하면서 기록에 대해서 익혀왔다. 앞으로도 이런 시도는 멈추지 않고 지속할 것이다.

회사와 개인적인 부분도 기록을 쌓아간다. 데이터베이스가 되고, 모아서 새로운 방식으로 엮으면 콘텐츠가 된다. 깊이 생각하고 나의 철학을 만든다. 이상향을 그리면서 성장해나가다 보면 처음 생각했던 곳과는 다른 곳에 도착할지도 모른다. 그게 인생일지 모른다.

기록하지 않아도 된다. 자신의 하루를 온전히 기억할 수 있는 기억력이 있다면 말이다. 하지만 그런 사람은 드물다. 우리는 시각적 단서가 있을 때 기억하기 쉽다. 삶에 찾아오는 다양한 욕구를 저장할 수단이 필요하다. 성장을 기록하고, 기록하면서 성장할 수 있다. 일만 하며 살기엔 이전보다 긴 수명을 누리고 있고, 앞으로는 더 길어질 것이다. 다가올 긴 시간에 대비해 각자의 콘텐츠를 준비하려는 노력이 필요하다. 누구든지 살아온 경험을 콘텐츠로 만들어서 주위 사람들에게 도움을 주는 삶을 살 수 있다. 다양한 일을 시도해보고, 배운 내용이나 느낀 점을 기록하며 성장할 수 있다.

다양한 변화를 시도하면 내면에서 변화가 일어난다. 변화는 우리 삶의 근본이다. 변화하지 않는 삶은 살아있다고 볼 수 없다. 물도 흐르지 않고 멈춰 있으면 고인 물이 되고 썩을 수밖에 없듯 우리는 살기 위해 변화해야 한다. 매일 매일 삶의 변화를 기록하면 살고 싶은 삶을 살 확률이 높다. 변화의 방향을 스스로 인식하면서 살아갈 수 있다. 원하는 변화의 방향을 자신이 자주 볼 수 있고 알아볼 수 있도록 기록하면 된다.

모든 경험이 변화의 원천이 되고, 자신에게 다가오는 경험을 거르지 않고 받아들일 때 우리는 온전한 경험의 주체가 될 수 있다. 나에게 다가오는 경험과 감정에 대해서 거르지 않고 받아들인다. 다가오는 모든 것을 흡수할 수 있는 그릇을 갖게 된다. 삶은 성장에 대한 기회로 가득하다. 우리는 끊임없이 선택한다. 어떤 일을 할지, 어떤 식으로 할지 결정한다. 이런 결정이 모여 삶이 된다. 자신의 결정을 통해 변화하고 성장할 수 있는 사람은 행복하다.

모든 것을 기록하라. 자신이 원하는 분야나 변화를 바라는 부분, 어떤 시간을 보낼 때 행복한지 기록하라. 자신에 대해서 알아갈수록 성장하고 변화할 가능성이 커진다. 이런 삶을 살면 주위에 성장하는 사람들이 모인다. 사람들과 함께 성장하고 교류하면서 더 크게 성장할 수 있다. 기록은 성장하는 판이다. 원하는 방향으로 성장할 수 있는 판이 된다.

우리 스스로 변화와 성장의 증거가 되도록 하자. 우리는 누군가를 보고 배운다. 어릴 때 부모님의 영향이 컸듯이 주변 사람들의 영향이 크다. 닮고 싶은 사람들을 주위에 모으고, 스스로 다른 이들이 닮고 싶은 사람이 되자. 성장하는 삶을 살아가는 순간을 기록하고 그 경험을 공유하자. 그러면 당신 주위의 사람들도 선한 영향력을 갖고 용기 있게 새로운 시작을 할 수 있다.

이런 영향력은 관계를 이어준다. 관심이 비슷한 사람들의 힘을 모아서 앞으로 나갈 힘을 준다. 함께 앞으로 나가는 과정의 기록은 집단이 성장한 기록이 된다. 그들이 함께 쌓아온 순간이 하나의 글이나 사진으로 남고 하나의 역사가 된다. 자신들이 걸어온 길에 자부심을 느끼며 계속해나간다. 그들이 해나간 일을 보고 새로운 사람들이 동참한다. 이렇게 기록은 더 큰 역사를 만들어갈 동력을 얻게 된다.

기록은 개인에게 허용된 최대치를 살아낼 수 있는 방식이다. 하루를 기획한다. 무엇을 할지 적는다. 해야 할 일을 완료하고 표시하면서 알찬 하루를 보낸다. 열심히 보낸 하루를 돌아볼 때, 우리는 뿌듯함을 느낄 수 있다. 삶이란 하나의 가능성이다. 하루하루의 결과가 모여 특정한 형태의 무늬를 가진 삶이 된다. 당신은 어떤 무늬를 갖고 싶은가? 어떤 무늬를 그릴지와 원하는 무늬를 만들어간 흔적을 남길 수 있는 방식은 하루를 적고 기억하는 방식이다.

오늘도 적는다. 뇌의 부하를 덜기 위해 적는다. 머리가 기억할 수 있는 이상을 기록하고 적은 내용을 다시 보며 기억한다. 노트와 메모 프로그램이라는 외부 저장소에 삶을 쌓아간다. 필요할 때 찾아볼 수 있도록 미래의 내가 어떻게 찾을지 고민해서 정성스레 쌓아둔다. 삶을 쌓아갈 때 조금 서툴러도 괜찮다. 쌓아가는 과정에서 실수가 있어도 착실히 쌓아가는 행위 자체가 중요하다.

오늘도 나는 기록한다. 감정과 사건, 새로운 시야를 기억하려고 한다. 힘든 순간도 즐거운 순간도 기억하려고 한다. 손이 가는 대로 적는다. 글을 쓰기 위한 개요를 짠다. 쓰는 도중 새로운 생각이 떠오른다. 계속해서 적는다. 두서없는 아이디어를 하나의 방향과 생각으로 묶어낸다. 형태를 갖춘 하나의 정제된 콘텐츠가 된다. 이렇게 만든 나의 지식을 공유한다. 자신에게 이익이 되든 되지 않든 공유한다.

삶의 중간에 기록이 질려서 그만두는 일은 없을 거란 확신이 든다. 내 삶이 끝나는 날이 기록의 끝이라고 믿는다. 지금까지 해온 것처럼 열심히 기록할 것이다. 새로운 방식을 시도하고 기록을 통해 변화해 온 삶을 보여주려고 한다. 그 삶과 변화를 목격한 각자가 자신의 꿈을 살 수 있도록 도와주는 일을 계속할 것이다.

우리는 죽고 나선 자신이 살아온 삶이라는 하나의 책을 갖게 된다. 그 책을 우리가 죽고 나서 평생 읽게 된다면 어떨까? 오늘도 우리 인생이라는 책의 한 페이지를 완성한다. 살아온 인생을 다시 봐야 한다면, 그리고 반복해서 봐야 한다면, 당신은 어떤 내용으로 오늘이라는 페이지를 채우고 싶은가? 어떤 형태와 크기를 가진 삶이면 좋겠는가? 반복해서 볼 인생이란 책의 한 페이지를, 원하는 삶으로 채워보자.

마치는 글

내 삶을 관통하는 하나의 단어를 책으로 남기고 싶었다. '기록'이라는 한 단어였다. 내가 죽을 때까지 하고 싶은 일의 역사를, 다음에 나 자신이 읽더라도 도움이 될 기록의 철학을 담은 글을 쓰고 싶었다. 책을 쓰면서 기록이 삶에 어떤 의미를 갖고, 왜 기록하는지 명확히 알 수 있었다. 하나의 주제를 정리된 글로 녹여내는 과정은 내 삶을 찬찬히 돌아보는 뜻깊은 시간이었다. 그리고 앞으로 살아갈 삶의 방향도 명확해졌다.

독서 모임에서 '당신의 허용하는 삶의 하한치는 어디인가'라는 질문이 나온 적이 있다. 펜으로 글자를 쓰는 것도, 타자를 치지도 못하는 게 나의 하한치라고 답변했다. 그런 상태가 되면 더 이상 삶의 이유가 없을 것 같다고 말했다. 비슷한 질문이 나올 때마다 나의 삶 전체와 생의 마지막은 기록으로 장식하는 게 나답다고 생각했다.

지구에 존재하는 꿈의 수는 존재하는 사람의 수 만큼이나 다양하다. 다양한 삶이 있듯이 자신만의 욕망이 있을 것이다. 나에게는 대상이 무엇이든 내 삶을 스쳐간 것들을 기록하는 것이 나만의 욕망이었다. 인생이라는 백지에 그림을 그려 나가듯 하나씩 적어본다. 적은 꿈이 당신의 현실이 되는 날까지 계속해서 수정도 하고 새로운 욕망을 적어보기도 한다. 꿈을 시각화하고 자주 볼수록 당신은 모르는 사이 그 꿈을 닮아있을 것이다.

자신을 알아가는 일, 자신답게 살아가는 일 모두 중요하다. 내부에서 떠오르는 실낱같은 욕망이나 꿈을 하나씩 적는다. 자신에게 좋고 싫은 게 뭔지 적어본다. 그러면서 우리는 자신답게 산다는 '자신'이 뭔지 감을 잡을 수 있다. 모든 행복의 근원인 자존감은 자신을 아는 데서 시작한다. 소크라테스의 말처럼 우리는 자신을 알아야 한다. 자신을 탐구하는 과정의 시작은 자신이 좋아했던 대상을, 자신만의 욕망을 적어보는 일이라고 믿는다.

삶을 숨을 쉬고, 내뱉는 과정의 연속으로 본다면 나에겐 책을 읽고 문화를 소비하는 것이 들숨이고, 말이나 글로 풀어내는 것이 날숨이다. 사람이 들숨만 쉬어선 살아갈 수 없다. 날숨을 쉬면서, 자신의 생각을 표현하고 적을 때 인간은 살아있음을, 존재함을 느낀다. 들숨을 통해 모은 나만의 경험을 날숨으로 세상에 풀어 보는 건 어떨까?

독서라는 들숨을 오래 쉬다보니 글이라는 형태의 날숨을 내뱉고 싶어졌고, 책이란 하나의 출판물로 날숨의 온전한 흔적을 남기게 됐다. 책을 쓴 일은 지금까지 매주 한 권의 책을 읽고, 생각과 욕망을 정리하고 말해 온 독서 모임이 없었다면 가능하지 않았을 일이다. 오랜 기간 함께 해온 독서 모임에 고맙다. 특히 내가 써나가는 일을 응원해주고 문화적 다양성과 즐거움을 경험케 해준, 셋이라서 완전했던 삼발이에게 감사를 전하고 싶다.